赶山走海追春风

雪小禅 周大新 刘醒龙等 著
杨晓升 主编

江苏凤凰文艺出版社
JIANGSU PHOENIX LITERATURE AND ART PUBLISHING

图书在版编目（CIP）数据

赶山走海追春风 / 杨晓升主编；周大新等著. --
南京：江苏凤凰文艺出版社, 2022.7
ISBN 978-7-5594-6805-5

Ⅰ. ①赶… Ⅱ. ①杨… ②周… Ⅲ. ①散文集 – 中国
– 当代 Ⅳ. ①I267

中国版本图书馆CIP数据核字(2022)第075288号

赶山走海追春风

杨晓升 主编　周大新 等著

总 策 划	马利敏
策划编辑	孙文霞　陈艳芳
责任编辑	周颖若
装帧设计	末末美书
出版发行	江苏凤凰文艺出版社
	南京市中央路 165 号，邮编：210009
网　　址	http://www.jswenyi.com
印　　刷	唐山富达印务有限公司
开　　本	880 毫米 ×1230 毫米　1/32
印　　张	10
字　　数	198 千字
版　　次	2022 年 7 月第 1 版
印　　次	2022 年 7 月第 1 次印刷
书　　号	ISBN 978-7-5594-6805-5
定　　价	49.80 元

目 录
CONTENTS

02

寻旧访迹

03

山河远阔

04

人世光阴

01

煮字为药

小禅读帖

雪小禅

灵飞飞灵

春夜荡漾。春夜荡漾。简直睡不着了。春天来了风是知道的，虫子也是知道的，连春夜都知道。

《灵飞经》居于春夜，都是飞动的灵气和水汽。这样的春夜只能看飞起来的《灵飞经》，春水一样，波动着、荡漾着。

简直像一只翠鸟。

美好的事物总是喜欢袭击人。读它的人也喜欢这种莫名的袭击——在袭击与被袭击过程中完成一次精神的“互动”。

据说《灵飞经》是唐代书家钟绍京所作，钟绍京是三国魏国时的书法家钟繇的第 17 代孙。又有疑心者说并非钟绍京所书。

也并不那么重要了。关键是《灵飞经》的好，写小楷者无不临过《灵飞经》。简直是楷模中的楷模。

唐代的楷书也真是传奇——仿佛每个书家都能位列仙班。虞世南得体，褚遂良空灵飘逸，柳公权妥帖规矩，欧阳询的字简直一丝不苟得像军人。颜真卿宝相庄严不容侵犯，怀素和张旭都疯了——他们的字唱着摇滚乐。钟绍京是梅兰芳的《天女散花》，是翠鸟，是灵枝散漫，是花散去了，仙气香气还在，打开时，扑鼻一千年，不散。

《灵飞经》看得我一脸春气。闷了一个冬天了，忽然就想着一件春衫去春夜里走走，心里也全是《灵飞经》中的字，一个个跳出来陪着走。

《灵飞经》亦像端丽的男子，举止做派是不经意的飘逸。又高古又朴素又有格调。只穿了一件白衬衣，也没见什么配饰，却让人心动极了。心动极了。

又素又简，又空灵又飘逸。高级的美从来是素简低调，绝非花红柳绿。

有一年我去日本，单单爱站在马路上看人。特别是八九十岁的老年女人，尤其让我动容——她们个子都不高，穿着得体的黑、白、灰西服，化了精致的妆，优雅地走在风中，花白的头发更有莫名的性感——我忽然想起《灵飞经》，也是这样老了，还是这样性感着，每个字都意味深长地活了一千多年，越活越有味道，越老越优雅。简直是要迷死人的迷。

《灵飞经》本是经书，后来成为世人写小楷之模本。“如新莺歌白皙之声”。虽是小楷，处处灵动如处子，飘逸之气如天女散花，秀媚舒展之处不失沉着稳重，风姿不凡之体仿佛雌雄在身。

启功先生大爱《灵飞经》，曾说得其韵，得其骨。《灵飞经》中飞着一只百灵鸟，启功先生看到了，那么多人写启功体，不像，只有启功先生写了，才那么灵动。启功先生的字里，藏着一只灵飞鸟。

据说钟绍京得武则天重用，嗜书成癖，个人收藏王羲之、王献之、褚遂良真迹数百卷——这样的收藏令人眼羡，一个人看过好东西眼才能高，见过好东西胸才能阔，他的笔法精妙间，有前人给他的元气在身。

楷书中我尤喜小楷。庄重端雅之处，尽是一个人的精气神所在。小楷是写给自己的情书，一个字也不能含糊。每看《灵飞经》，都看到一个人在和自己发生爱情——艺术到极致的人，艺术就是他的爱情，他一个人，自我完成救赎，自渡彼岸，轻轻一跃，跨到光阴对岸。

每至深夜，翻看《灵飞经》，看一笔不苟之外，是风姿飘逸挺拔，是俊逸起尘中如何神采飞扬，在稳中求健，在得体飘逸中求风流，在飘逸中找安稳，在典雅中求苍劲，在质朴中求华丽，在天女散花中找到真经。

每每看得睡意全无。

恨不得找个人去春夜里走走。

哪怕不说一句话也好。

《灵飞经》有五种版本。望云楼本、哈佛燕京学社藏本、滋蕙学本、渤海刻本以及原帖墨迹。在书法碑帖中，墨迹为上，碑拓次之。但《灵飞经》给我们意外，刻本未忠于原帖，又锦上添花，又做了适当修改，反而更完美。

董其昌拥有过《灵飞经》，当然也拥有过《富春山居图》……每每想起这些拥有便释然，拥有过而已，不过是这样。董其昌也真是有意思的人（以后会多费些笔墨写他），大概是那把大火烧毁之后终于没落，于是把《灵飞经》抵押给海宁陈家。渤海本在陈家刻成。但陈家对《灵飞经》居然做了手脚，想想大概是太爱了，也顾不上道德了——人在至爱一个人或一件事物时是很容易忽略道德的——他们从中抽出了43行。但也在无意间保护了《灵飞经》，至少渤海本是完全的。这也是天意。

也见一些人问，技到意不到——一个人看不到《灵飞经》中的小鸟飞翔和春意荡漾，如何写得出那古朴清秀又似白衣少年歌唱的《灵飞经》？

写来写去，无非是个气息。气韵生动了，便忽略了技巧，落墨旁逸，是能看出其中的灵动和大好。有人说《灵飞经》体态婀娜，是女子；有人说，《灵飞经》是翩翩少年，婉若游龙。我与一老者聊起《灵飞经》，他说《灵飞经》是一白发老人，还有少年样。

我击掌叫好。

我有好友叫苓飞，南开大学艺术学院教授。画画极具灵性。她脸上常常有佛性的笑意，通透干净明澈。

她送我画和雕塑。是仙女。仙气的画和雕塑都有了神性似的。我没有问她是否临过《灵飞经》，我们一直叫她苓飞，但戊戌年春天，她改叫“灵飞”，这样的合我心意。

宏芳说：小禅，春天了，我们去看灵飞。

这样的春天，只能去看灵飞。

想平心静气的时候，就写写小楷。

烧了香，河送来的沉香，又泡了古树茶，用炭煮了，一边闻着茶香墨香一边写着——小楷能锤炼一个人的精神气质。《灵飞经》里有千朵万朵梅花开，骨骼清奇之处，全是楷书的精神长相，自有法度。

我越来越迷恋小楷，像迷恋一个精神整洁的人。每天把自己梳理得精致妥帖才示人，不能有一丝将就，也不肯将就。放纵中有收敛，收敛中有飘逸，飘逸中又有规矩。

老同学给我写信。本是书家，又写了小楷，一字字全是人世间的郑重，字里行间也并不是刻骨铭心，逸笔草草，不过是似水流年。

有人说此经用于请命延算，长生久视，驱策众灵，役使鬼神。这更是欢喜。抄经可以度人度己，抄经可以静心慈穆——人至中年，越来越信命了，上天安排的每一步都要走，每一步却是考验，是人生的必须。

屋里种了三盆蓬莱松。又清奇又有姿态，春天时抽出了新枝新绿，让人心里绿油油的。

我觉得这蓬莱松便是那《灵飞经》，一盆盆精神抖擞又空灵飘逸，格调高古又朴素动人。

一屋子《灵飞经》的飘逸。那字里行间藏着的少年少女纷纷扑向我，个个俊朗飘逸——隔了一千多年，他们容颜依旧，仿佛前无古人，仿佛后无来者。

他们在早春扑了过来。我们久别重逢。我们劈面相认。穿过春风去爱你，《灵飞经》，你，留在原地；我，留在你心里。

《山河帖》——褚遂良

山河二字大。壮阔波澜之味荡漾，用好了是锦上添花，用不好要压自己的运势。

也说不清为什么那么喜欢褚遂良，是发自心底里的喜欢，在我心底里排第一的喜欢——大概总有一个书家的魂儿会潜移默化侵略进来，或者隐约中就觉得亲和近，莫名的，说不清的。比如说当代文人中，我觉得和沈从文、孙犁近，也许到底文字中有相同的气息。

我初见褚遂良便心动。只觉地动山摇——就是他啊。灵魂中的 DNA 相近相认了。那字也个个似埋伏着的亲人，纷纷扑出来抱我亲我。个个欢喜，字字惊心。

我屋内有两张字全是褚体。一张是“春去花还在，人来鸟不惊”，另一张是“若有人知春去处，唤取归来同住”。挂上之后，一屋子飘逸空灵疏朗之气。古雅绝俗，瘦硬得体，字里生金，行间玉润，温雅大方之余，又生出几分妩媚、艳润，丰艳地勾着人，却又正大仙容。仿佛瑶台深锁婵娟，偏又露出一脚红鞋，未穿罗绮衣，又遍地风流意——像看梨园戏中曾静萍演戏——妖而不媚，艳而不俗，又像品一壶陈年老茶，不动声色中收了你的三魂七魄。

那字中“清远萧散”之意明明夹裹着无限的性感和迷离。

请允许我这样疯狂赞美着褚河南（人称褚遂良为褚河南），那中正平和之外全是一脸的妩媚和春色，妖啊。

褚字里有春风、有明媚的引诱，无论中锋、侧锋都婉约亮丽，处处勾人，我尤喜撇捺的优雅，那长出去的一点点就是若隐若现的风情，又熨帖又得意，明明勾引了你却又一脸正人君子。

《山河帖》带着盛世之息，褚遂良是开元盛世之臣，深得李世民之欢。历代帝王，李世民对书法的重视和喜爱登峰造极——前无古人后无来者，他尤其偏爱王羲之。“一字千金”故事因此而来，凡有王羲之字者，一字千金。于是集了《圣教序》，于是全国文人都写王羲之。李世民的精神知己书法知音是虞世南。二人长期秉烛夜谈，谈话内容多是书法艺术。

那真是盛世，李世民的贞观之治，开创了大唐的辉煌，长安城、五花马、千金裘，锦衣夜行，仿佛整个盛唐都弥漫着山河浩浩荡荡的气息。

但他爱书法，这个有鲜卑血统的皇帝，迷恋王羲之到登峰造极的地步，简直夜不能寐，简直神魂颠倒，书法的魅力达到从来没有过的巅峰，整个国家都带着墨香书香。长安城里，到处是写王羲之的人。

但他的知己虞世南死了。

他大恸，痛失知己。无以言说了，山河皆碎了，还有谁能懂他？一个皇帝，找崇拜的人，到处都是。找爱的人，三千佳丽。找懂他的人，难。

李世民悲痛好久，丞相魏徵推荐了褚遂良。

写得最像王羲之，也最有王羲之神韵的人。

褚遂良入住唐宫，成为负责李世民“起居注”的官。李世民所有行为都会被褚遂良以最好的书法作品，最真实的笔法记录下来。

李世民问：朕有不妥的地方，你也要记录下来吗？

褚遂良答：当然。他是个耿直的人，更多的时候，他是李世民的书法知己——辨别王羲之书法真伪，褚遂良独具慧眼，几乎能一眼认出，丝毫不爽。这为李世民搜集王羲之的书法提供了最好的佐证。在唐代的书法家中，得其王羲之真谛的，并神似形似王羲之的，褚遂良算是翘楚。

褚遂良开始参政——这也是他悲剧命运的开始，贞观十八年(644年),作为黄门侍郎的褚遂良开始巡察全国各地,高宗即位后，又升河南郡公，人称褚河南。高宗欲废后立武则天，他不要命地反对——将官笏放在台阶上，把官帽摘下，叩头流血，他被发配广西，坠入深渊。晚年的褚遂良又被贬越南。他致信高宗，诉说自己对高祖和太宗的效劳，无效。659年，褚遂良在流放中孤独死去，时年64岁。武则天并没有放过他，一方面削掉他的官爵，另一方面把他的子孙也流放到他死的地方。

他的代表作品《雁塔圣教序》，是去世前六年所书，仿佛一生的悲欣全在书中。字体瘦劲、极具丰神硕骨，法则有筋骨，行间多生玉润之风，字里生出飒飒丰姿，仪态万方。褚遂良法取王羲之，又得虞世南真韵，后来的颜真卿多受其影响。

《唐人书评》中这样点评褚遂良之书：“字里金生，行间玉润，法则温雅，美丽多方。”气势中全是平淡天真，又淡泊又有说不清的婀娜，轻重缓急之间，尽显萧散恬淡之气，尽得无以言表之风流，是一个穿着白衬衣的男子，平头，布鞋，但眼神间全是风情万种，这是褚遂良书法的魔力。它既是初唐楷书风格的创造者，也是晋人书风最好的继承者。“美女婵娟，不在多绮，在于姿态。”这个姿态，是飘逸的空灵的，让人欲罢不能的。后世颜真卿、米芾，皆出自褚遂良，运笔藏头护尾，一波三折，又圆润又含蓄又性感。何绍基说，这不是屋漏痕可以形容得了的。

米芾本宋代书家狂人，得了褚体真味儿。这个狂妄的人说：“锵玉鸣珰，窈窕合度。”有人说颜真卿得到了褚遂良的筋骨，这话好，筋骨比肉强。韵比形强，像一个女子，态要比美貌好。

每次去西安，都会在大雁塔下坐一会儿，听风铃。

《雁塔圣教序》共1463字，就在大雁塔下。风吹过来的时候，大雁塔的风铃吹得格外动人，仿佛也呼唤着千年前的褚遂良，他如何风日洒然写着《雁塔圣教序》和《山河帖》。

“山河阻绝，星霜变移。”我尤其喜欢《山河帖》中这两句，一种对山河岁月的无可奈何和绝望。人在时光中都是败寇，或者说是流寇，但真好啊，有书法和文字留了下来。然后在时光中继续被发酵，那些味道蒸发了出来，那些文字和书法被时光磨出了最美的包浆，然后熠熠生辉，然后星河灿烂。

他又写：“伤摇落之飘零，感依依之柳塞。烟霞桂月，独旅无归，折木叶以安心，采薇芜而长性。鱼龙起没，人何异知者哉？”真好啊，《山河帖》！这种山河飘摇无依之感，这种无以诉说的忧伤和无奈，好的书法作品一定有情绪的流动，这种流动异常打动人，有哀叹，有无奈，是每个人内心深处的无以诉说，是秋之况味，萧萧落意中，有散疏之气，却又莫名袭击人。

我就这样痴心地爱着褚遂良，甚至忽略了他的长相。翻了几本书，没有人描述过褚遂良的长相。但我知道，王羲之、王献之是玉树临风的，是帅气英俊的，苏东坡貌似一般，米芾喜欢个奇装异服，怀素做和尚也爱吃肉……很想知道，褚遂良的长相——我爱屋及乌了。但又觉得不那么重要，有那么好看、隽秀、飘逸的字给我看就应该知足。字品就是人品，他宁肯被武则天流放也不肯低头，最后客死他乡——大概也没有后悔过。

想想那么迷恋褚体，大概是喜欢那藏于书法中的气质——萧散、疏离，却又妩媚婀娜，并没有想吸引你，却以一种莫名的舒展和姿态让人欢喜。

也理解李世民为何那么疯狂地喜欢王羲之了，甚至爱屋及乌喜欢了褚遂良。他们是否秉烛夜谈过？是否因为欣赏王羲之而心动心跳到窒息？

不得而知。

我没有见过褚遂良真迹。但我见过苏轼、董其昌、文徵明真迹。在台北故宫，其真迹面前，我动弹不得，泪如雨下，感觉一千多年前的时光和气息在我体内流窜，热血贲张。

那次热泪盈眶，记忆如此深刻，以至于几年之后，我还记得当时的泪水夹裹着墨气，就那样让我臣服了。

那时的人写字就是写字，真气、元气十足，绝不表演。

那时的人写书法就是日常，就像现在的人发微信吧——而日常就这样袭击着人心，人心被艺术俘虏后，便是永远的囚徒。

写褚遂良时，放了一段赵荣琛先生的《荒山泪》，又凄又美又有味，在美与好之间，夹裹着淡淡的惆怅。手边是十年的老白茶，加了枣煮，想了想这个素净如瓷的夜，再谈《山河帖》，浑身山河意，人至中年，听《荒山泪》，喝老白茶，读《山河帖》，都是萧散又寂美的人生况味——说不清道不明，但体慰人心。

中途去了洗手间，看到自己略显憔悴疲惫的脸，又掀开头发看到白发。该染头发了。

窗外是一片星空灿烂，我打开窗，三九的寒气扑进来，我吸了一口，甜丝丝的，又有些寂寥空寞，是《山河帖》的味道，孤独啊，一样的，一样的。

我们和千年前的褚遂良一样孤独。

亦魔亦妖亦幻真

有一天深夜和书家聊到王铎，他忽然慨叹：王铎超迈雄奇的行草书，其实是最前卫的现代舞，那里边的恣肆狂野、纵横跌宕、出奇迷离，是最快意的前卫，怪不得林散之称他“自唐怀素后第一人”。启功先生温文尔雅，也称他“觉斯笔力能扛鼎，五百年来无此君”。

此君啊。此君是藏了几十年的大红袍，苍劲霸道，在张弛有度间力道千钧。此君还是老酒一坛，淋漓畅快，笔势奔腾着千军万马，字字有故事有来历，似埋伏在时光河流中的故人。而在王铎手下，下笔如下蛊。似大将用兵，“临敌万人，旌旗不紊”。王铎的一生，也活成了丈二书生，酣畅淋漓之外，是肝肠寸断的“贰臣”之名。

在我少年时，大抵以单纯的好人坏人来区分世界的好恶。这样的“贰臣”是我们不齿的，甚至，我们会诋毁他的艺术。

中年后，我们慢慢对“好坏”有了新的认知与判断——哪有绝对的好与坏？极致坏的人也有仁慈善良的瞬间。而我们所认识的完美有时恰恰是不完美，恰恰是有缺陷的不完美更袭击我们。比如屋漏痕、病梅、太湖石、残雪、有癖好有个性的人。比如涨墨。

就像我在中年后欣赏理解了王铎——在大时代的滚滚泥沙下，谁不是一粒尘芥？又奈何又奈何？他不过是一介书生，不过是降清的几十万分之一，我一度也以为书品人品紧紧相连，但艺术会超越一切。多少年以后，无以计数的书家在学王铎，甚至忽略了他的“瑕疵”。那是时代的烙印，他有，赵孟頫有，很多面临改朝换代的人都有。在此是奸相，在彼也许就是英雄。

所以，我从容地忽略了他的“贰臣”经历。

我只看书法本身的出神入化。王铎身上的复杂性让人心生眷恋——他降清后的书法是有情绪的，是无奈和忧伤的。每一个文人骨子里都有清高和傲骨，我深信王铎也不例外。

那涨墨之中的残缺之美浩浩荡荡，不由分说就开了宗立了派。

那是在多年之后审美提升了才能欣赏的残缺。

涨墨其实是败笔。天寒地冻用宿墨写往往笔滞，王铎懒，王铎加些水凑合，于是宣纸上出现了墨洇，居然有了抽象的飘逸之味——看似的败笔成了艺术。

梅兰芳和叶盛兰先生演《白蛇传·断桥》一折。梅兰芳演的白素贞对许仙又嗔又怪又恼，于是用手指头戳了一下叶先生演的许仙，不承想力气用大了，叶先生倒在地上，梅兰芳先生又趁势用水袖一搭扶了起来，虽然是失误，引来满场好，居然成了经典——现在戏曲演员演《白蛇传》，都要用力戳倒再扶起许仙，这是艺术之美。

王铎的涨墨往往让人想起内心有郁结的人——不是那么痛快舒意的人生，但王铎的书法中一直存有绝望的快意。一个直逼“二王”灵魂的人，在二王的飘逸中提炼出书法的意象，开创了王铎的书法。他是“似与不似”最好的典范，有人学了一辈子“二王”，始终在二王的阴影下，没有自己。而王铎50岁以后，就是他王铎。

在明之际，他没有像黄道周和倪元璐一样与国同亡，也不像傅山拒不出仕，固守清白。他选择了与滚滚红尘为伍——万事不如杯在手，百年几见月当头。所寄所托，唯有书法——心中的失意、郁闷、绝望、颓废、种种不能说……有时候活下去比死去更艰难。

有时候年龄真是最好的馈赠——我们明白了很多艰难。敬畏在沼泽中挣扎的王铎。他挣扎之后，又把书法做成一朵花别在岁月衣襟上。我们从他挣扎过的痕迹中看到活着的艰难。

尤喜王铎自身的生命能量。像一场核爆炸，风樯阵马、殊快人意，那魄力，自带天地大气场。丈二书法和大字自王铎起，雄浑天下。

降清后的王铎，恰恰有了书法和艺术上的百感交集。这种百感交集于艺术家是多么必须。一个一生荣华富贵衣食无忧，精神上没有受到重创的人，是无论如何也不会在艺术上有高度、强度的。恰恰是，一个人经历了万千坎坷、无限江山、凄风苦雨、万般悲欣，恰好他又是艺术家，那么，他将在艺术上永垂青史——因为艺术从此被赋予神旨一样的秘而不宣的邪恶，包括精神强度和坚硬的密度。比如苏轼，比如黄公望，比如王铎。从王铎的字中找不到“富贵”之气，那是属于沈周、董其昌的，他的字中，有悲愤和泣诉，有破阵之声，有缭绕难言之势，有耐人寻味的不得已。

还有无可遏制的生命能量和猖狂。

哦，猖狂。这样美妙的词语必须用在王铎身上。他的爆发力，他的原创力，他的前卫，他的丈二、涨墨，他超前的意识，是别的书法家望尘莫及的。

然而，他没入“化境”。

有一次和书家京闻聊天。他慨叹：才 61 岁，去世太早了，假若再给他十年，他 70 岁的书法会进入“化境”，进入“化境”的人太少了，“人书俱老”太难了，长寿且不失创造力，像齐白石晚年的泼墨荷花，像俞振飞 80 多岁唱《游园惊梦》时没板没眼，但王铎没有等到。

他的黄金时代，是 50~59 岁，是“泰山不可挡”和“月涌大江流”。是用书法和天地光阴对话，是带着生命厚气和时光对抗，在纵横捭阖之间完成了惊艳、惊幻和真气，那种情绪跌宕和雄壮奇伟、浑厚华滋，前无古人后无来者，火一样的生命，在飞沙走石的流言蜚语中尽兴飞扬。

欣赏王铎书法，实在不需要平心静气，喝了烈酒或老茶，一人饮酒，边看边击掌——有多少人一生一帆风顺？一帆风顺可有意思？看到那生命深处的哀号和痛泣，原来你也有过。

他同时代的书家傅山先生这样评价他：“王铎四十年前，字极力造作，四十年后，无意合拍，遂成大家。”无意合拍，五十自化，这是打通了他自己书法的“任督二脉”和“小周天”，那些一辈子规规矩矩写字的书家啊，那些不敢越雷池一步的人啊，快来饮王铎的“猖狂”，喝下去，野起来疯起来狂起来。

而无意合拍是多么高的艺术之境，无论任何艺术，无意合拍才是最有生命力的节奏。

写完王铎，我心潮澎湃，必须启开一坛多年的老酒，再泡上十年的大红袍，压压惊。

惜君如常

看赵孟頫的字时间长了，心里会长出湿气来。

这种湿气是润的，格调好极了。

慢慢会洇到光阴中，年龄愈长愈喜欢赵孟頫的字，圆润中不乏硬朗，姿态是高的，却又怀着谦卑的心，那字和画分明有水汽，后人说他姿媚之气，又因其入仕元朝，总觉得骨骼不清奇。

但我到底是爱赵孟頫的，当然也爱他的夫人管道昇。想来中国古代书画界也只有这样一对神仙眷侣了。有时候想，假若没有管道昇，赵孟頫字会这样清澈干净吗？

一个女子的力量绵延到一个男子的骨骼里，字和画就是证明，好的爱情便是寻常夫妻，举案齐眉，一粥一饭，惜君如常。

少年时爷爷习书法，喜欢临赵孟頫。父亲便有微词，说他是历史上的“贰臣”，本是宋家王朝的贵胄，偏偏去做了元朝的官。元朝是个什么朝代？父亲说：“一群‘外族’人，哪里懂什么汉文化？”他转念又说：“不过，还好有赵孟頫，文化到底被续了起来。”

父亲老年后开始习书法。他少年时被爷爷逼着打也不肯写，中年开始喜欢，到老年反而迷恋起书法。

父亲也临赵孟頫的字，《赤壁赋》还有《千字文》……我开玩笑说：“怎么临起了你以前不喜欢的人？”父亲说：“只有他的字静气凛凛，平静又和顺，温润又娴雅，地道的中国文人字。”

有时想想，我们要的日子无非是静水流深，花开富贵之后的散适。赵孟頫的日子太滋润太富贵了，字也是富贵清丽的，几乎可以感知那日子的温度和光泽。何况，他有那样红颜知己的妻子管道昇。

回想起那些古人，这样琴瑟和谐的文化眷侣委实不多，赵孟頫和管道昇可排第一，虽不是青梅竹马，但是举案齐眉，一起写诗、画画、篆印。虽然李清照和赵明诚也是这样的伉俪，到底只有半生缘。一辈子活得又深情又诗情画意的，只有赵孟頫和管道昇。

有一年去台北故宫博物院，恰巧看到《鹊华秋色图》，人就怔在那里，不能动了。一个人久久地站在画前，泪水夺眶。

在最美的事物面前，是天地间有了震颤，是穿越千年突然找到知己。

那画的静气、山色，那春秋佳日，那古意逼人，那芦花水草，茅屋鱼舍，行人往来如蚁，那荡漾在画中的气韵……

那年他 41 岁，辞了官，画了送给他的好友周密。一个人的内心不平静，如何画出这山色绝佳的画？他一定是喜欢王维的，后人多说他：宗室之亲，厚于夷狄之变（仕元）。他的内心是多么纠结：矛盾、悔恨、难过，不能与外人诉说的难堪，虽然一生富贵，但“中肠惨戚泪常淹”。他还曾写道：“捉来官府竟何补，还望故乡心惘然。”

幸好，他身边有她。有时想想，如果没有她，他还会是赵孟頫吗？他写《罪出》：“平生独往愿，丘壑寄怀抱。”他渴望归隐，渴望像陶渊明一样，带着他的妻隐于江湖。他写下“一生事事总堪惭”，心里的疼痛是有体积有重量的。幸好，上天给了他管道昇。

其实相遇不算太早。那年她都27岁了，他也35岁了。即便放到现在，他们也算大龄男女了。赵孟頫还可理解，11岁父亲去世，25岁南宋瓦解，丧了父又丧了国的落魄书生，无妻无子倒也正常。

管道昇为何到27岁还未出阁？是才情太高？一个女人才情太高，有时不是让男人愉悦的事情，往往会令男人生畏。梁思成在林徽因死后娶了助手，叹息自己应找一平凡女子。有才气的女子大多有恃无恐地骄傲，连发丝里都散发着孤独。

古时女子有几个识字呢？但管道昇诗书画俱佳，即使中人之姿，也让男人觉得可敬可畏吧？

有个作家姐姐，一身傲骨，常以蔑视姿态对待自己夫君。夫君倒也帅气，却在她面前呈现出猥琐，她不能容忍他居然和洗衣店女工私通，仿佛罪不可恕。我却知道，他必定在洗衣店女工那里找到男人的威严了。

赵孟頫和管道昇的结合，是真正的天造地设珠联璧合。五千年文化史也只存这样一对璧人吧，她得了一人心，他欲白首不相离。

那真是他们最好的时光，他虽为元仕，内心惆怅，每日写《与山巨源绝交书》，他是想与元代绝交吧，嵇康写的是他的心声呢。

但有妻陪伴，写诗作画吟词。在元朝，也算过得诗情画意，风花雪月。

日子久了却生出了厌倦——所有的感情抵不过时光的消磨，爱的温度渐渐降低，他见到她额上的皱纹，手上的斑，又见她发间的白丝……再回头看见身边女子明如皓月，而此时他又官至高位，不乏绝色美人在侧。他试探她：“我学士，尔夫人。岂不闻陶学士有竹叶、竹根，苏学士有朝云、暮云。”我便找娶几个吴姬、越女，也无过分。你年纪已过四旬，只管占住玉堂春。

这是他的心里话：陶渊明和苏轼都有小妾，我也想，你只管做好原配夫人就行了。他这样热烈地想纳妾了，即便他不举那些才子，他亦可以直接纳妾的——但他心里到底有她，而且去试探她的心里。那一夜不知她睡着了没有？捧着那纸笺，听着雨声，想必心如死灰……男人多想三妻四妾的，何况他是英俊潇洒的皇族后裔，何况他是绝世才子赵孟頫？

每一段感情开始的时候，都是斩钉截铁的唯一，都以为是情感的终点和最后一站，以身相许，海誓山盟，说此生唯一，说永远永远，没有给自己任何退路的死心塌地。

但总有一天，看到她再不心动，再也没有当时的怦然。而看到另一个人时，爱情却再度袭击而来。我们是人不是神，每一个优秀的男人或女人，不会一生只属于一个人，对于神秘的爱情来说，是罪过。

但管道昇不认可。

她提笔写下："你侬我侬，忒煞情多，情多处，热似火。把一块泥，捏一个你，塑一个我。将咱两个一齐打破，用水调和。再捏一个你，再塑一个我。我泥中有你，你泥中有我。我与你生同一个衾，死同一个椁。"

她自知玉貌一衰难再好，已是明日黄花，如今有的只是滚烫满怀的深情了。

她泪流满面，她心碎了。这是最后的挽留，她已做好了他离去的准备——女人在爱情面前，总能做最坏的打算。她在等待，像等待那被判处的爱情监禁，女人在爱情面前总是姿态低的，总是臣服的。

他看了。

泪水溢满双眼。还会有哪个女子再这样爱他？无论他好与坏，她随时有以命相许的姿态？自此后，他再也不提纳妾半字，且把这两张字抄了写来贴在案头，以博二人一笑。

他并不是被她的爱情打动，而是被深情袭击——还有比柴米油盐、耳鬓厮磨更坚固的吗？

有时看《深秋帖》会窃笑，那明明是人家赵孟頫写的嘛，却偏偏署上了"道昇"的名字。"道昇"二字有意思了，他写顺了手，把自己名字"子昂"写了上去，知道错了，马上又把"子昂"改成"道昇"。真真有趣味，那明明是管道昇写给姑姑的信，但毫无疑问，夫君赵孟頫是代笔，这代笔便是深情。

男人在爱情面前总是愿意娇纵自己的女人，周幽王烽火戏诸侯，为的是博美人一笑；李隆基让人从岭南快马加鞭运荔枝，为的是杨贵妃；李煜后宫里挂满夜明灯，为的是不让烟火熏了他后妃的眼睛……

而赵孟頫，他一字千金，却愿意为妻子写下这些啰里啰唆的信。那份疼爱啊，真令人动容。显然他无意间落了自己的名字，又改回了妻子的名字，却是两个名字重置，你中有我，我中有你。像《祭侄文稿》与《寒食帖》，匆忙间的顿挫全是漏洞，却因了那漏洞，绝代芳华。

《深秋帖》又何尝不是？

深夜品读，不禁动容，真正的你中有我，我中有你。

生活中哪有那么多惊天动地呢，全是似水流年吧，在一粥一饭一茶一帖中，两个人就这样老了，每一分每一秒，惜君如常，那才是上好的生活。

上好的爱情，他在，她也在，天地光阴都在。重要的是，一生的深情在。

愈到中年，愈喜欢赵孟頫了。宽厚、疏朗、明媚、古意、踏实、肯定。

消散荒芜之后，是中国文化的一脉纯真和深情，那样的滋润温暖，是中年的心态，是中国文化的心态。

元四家的倪瓒视赵画为宝，谓“赵荣禄高情散朗，殆似晋宋间人，故其文章翰墨，如珊瑚玉树，自足照映清时，显寸缣尺楮，散落人间，莫不以为宝也”。

我每每看倪瓒的画，都能看出赵孟頫的影子，想必心中的宽厚、疏朗、率真是一样的。一些人的青绿山水都能从赵孟頫的画中找到影子，一句话，没有赵孟頫就没有元四家。元四家中的王蒙是赵孟頫的外孙，赵孟頫的儿子赵雍也是相当了得的书画家……

写《惜君如常》的上午，窗外在飘雪，煮了一壶老白茶，听着余叔岩的戏，翻看着《深秋帖》，心中生出说不出的暖意。人生的好光阴就是这样吧，不紧，不慢，心里想着一个人，慢慢把日子过老过透，每一天，惜君如常。

无论走得多远，无论飞得多高，我在远方，惜君如常。那是对深情的交代，是对你、对我最绵长柔软的光阴，最好的深情。

大匠之门

胡　烟

一、匠人意气

我喜欢看匠人做工。比如，看木匠做家具，看银匠打首饰。站着看，蹲着看，不觉得累。跟他们一起屏息着在细节的打磨中潜水，听不见水面上的喧嚣。他们专注做事的时候，会有一种气息，那种气息能量很强，略微敏感一些的人都会为之感染或迷醉。

某一日清醒的时候我认识到，我这辈子最大的遗憾，是没能掌握一门手艺。这让我在写文章的时候常常觉得自己是个缺乏实践的人，是个坐在空中楼阁里贩卖思想的人。浮华年代，思想随之肤浅，淡化为一堆经不起推敲的观点，仅被用来对事物品头论足。我常对别人的理论表示不屑，对电视节目的虚伪嗤之以鼻，对隔壁苦练手风琴的女孩进步缓慢暗暗嘲讽。日积月累，我成为一个业余评论家，一个眼高手低、持正当理由对生活发出抱怨的人。

那天，偶然读到《庄子·天道》中那则寓言，是轮扁师傅启发齐桓公的故事："桓公读书于堂上，轮扁斫轮于堂下……"一个制作轮子的手艺人，对着一国之君齐桓公谈起自己的实践经验："斫轮，徐则甘而不固，疾则苦而不入，不徐不疾，得之于手而应于心，口不能言，有数存焉于其间。"在轮扁师傅看来，做轮子的经验，最终归纳为一种"气"、一种"数"，得之于手而应于心，根本不能用语言表述。以此推论，那些不动手、只知道死读书的人，是领悟不到万物的真谛的。

我被轮扁师傅所讲的道理给击中了。想象他一边斫轮子，一边漫不经心侃侃而谈的样子，实在迷人。他身上就有那种气场，那种朴素且笃定的匠人气。人在做自己擅长的事情的时候，是会发光的。没有谁比他更有资格谈论斫轮子的经验。他那么日复一日地动手，终于在一门手艺里，把"道"给捕捉到了，并成功地灌输给齐桓公和我们这些读书人。

我真应该去学门手艺。但也只是想想而已。我惧怕前行过程中的缓慢和艰难，抗拒着反复试验的失败。我深爱平淡。我拒绝逆行。长此以往，我的手，就这么闲下来，但各种想法却十分旺健。

小时候，我曾离一门手艺很近。五岁那年，我学会了织渔网。这世上，掌握这门手艺的人应该为数不多，数量也许超不过热衷写作的人。不谦虚地说，我是有天赋的。我织的渔网，比一般人要整齐。我能感觉到左手握住撑子的松紧度，和右手游走梭子的幅度之间有着某种呼应的关系。每一次手腕的往复回旋，都有一个不急不缓的节奏，这让一个网结在生成的瞬间，既不紧，也不松，富有弹性地恰好卡在窄小的撑子边缘。右手持梭子翻飞几个来回，银色透明的网结，一扣连着一扣，齐整排成一排，像少女洁白的牙齿，清新泛着光亮。一行复一行，在海风微咸的时光里，渔网变长。

可惜在那个时候，我完全没意识到这门手艺的珍贵。现在回想起来，好处很多。重要的是，它培养了我的自信心。我被以平等的身份安插在大人的队伍里。我们的渔民家族，有着明确的分工，他们有的缠梭子，有的吊铅锤，有的专门负责把弯曲的麻绳抻直，为了渔事团结协作，没人敢轻视我。

没多久，我不得不放弃织渔网。因为机器代替了手工。渔民们想节约时间，所以干脆丢掉了这门手艺。虽然他们用更短的时间捕到了更多的鱼，但海滩上因此溜达着一些无所事事的人。隔着海风，我能觉知到他们精神上的空虚。

我想，如果我沿着五岁那年的渔网，地老天荒这么织下去，并对其做深入的钻研，应该比现在更有出息。我相信一件表面上看起来普通的事情，其深度是无限的。坚持做，持续地做，总会有所感悟。就像轮扁师傅一样。村上春树也是如此，枯燥地跑步，跑出了深刻的哲学。织渔网当然也行。值得深入的方向有很多。比如，打网结的方式有很多种，正的、反的、花样的，不断翻新。还可以调整撑子的宽窄，根据季节不同，根据海岸线的地理位置、风向变换，编织出不同大小扣眼、不同颜色的渔网。再根据每个渔民撒网时候的动作习惯不一样，定制个性化渔网。我日复一日地织，最后，那些鱼，那些花花绿绿的鱼，总会被我的诚心感动，朝我编织的渔网蜂拥而至。然而，成熟后的我，志向早就不在捕捞更多的鱼，而是延伸到研究多种网。比如人际关系网，它的中国属性；再比如，观念之网，如何以习惯之名遁形，又如何让人感到窒息。

现在正相反。我丢掉了掌握一门手艺的机会，却妄图直接获得深刻。很多时候，苦恼大抵来源于此。回想这几十年，我学过电子琴，学过唱歌书法绘画，无一不是半途而废。有时候照镜子，我清楚地看见自己脸上的浮躁气，那是跟匠人意气相反的东西。思维活跃，能说会道，却对任何事物都谈不上精通。

写作，显然也是一门手艺。我运用着半生不熟的技能，常常四顾茫然。我感觉那些字词不怎么听指挥，生涩、执拗，好词汇故意躲着我，庸俗的句子常跳出来干扰我，令人气急败坏。思维的岔路也很多。它们欺生。就比如现在，我想写几个匠人画画的故事，却一下子写了这么多关于自己。

二、痴人戴进

明朝工匠戴进在偶然看到那一幕的时候惊呆了。刹那间，愤怒的情绪、绝望的情绪，夹杂着悔恨、不解、委屈，扭结在一起，像夏日的狂风骤雨般径直朝头顶砸来，进而觉得脚跟不稳。之所以会有这样地动山摇的反应，源于对一项技艺的痴迷。

作为银匠，戴进的手艺是远近闻名的。人物、虫鱼、花鸟、钗钏，工细巧致，形态殊特。作为著名画师戴景祥的儿子，戴进天生具有极强的造型能力。据明代《金陵琐事》记：永乐初年，大约戴进十七岁，随父亲进京城南京，在城门口，正四处张望的时候，行李不小心被一脚夫挑走，不知去向。戴进据自己瞬间捕捉到的印象，找来纸笔，画出脚夫的长相，一下子被众人认出来，循着找到了脚夫家里。

因为上好的造型功底，成为银匠的戴进，特别擅长取材，他把各种形象拿来为自己所用，不囿于前人经验。天上的鸟、地上的兽、河池里的鱼虾，目之所及，他皆能化为首饰上新颖精巧的图样。别致再别致，纤细再纤细，唯有设计出新奇的图样，才能施展他的满腹才华。

每打造一件首饰，戴进的构思心血、情绪乃至情感的寄托，同手里的金器和银器，随着高温的火，被融化、被锻造，继而迎来新生。金花银花，无不是他自己的心花怒放。他锻造的牡丹钗可以引来蝴蝶驻留。那些精美的首饰，装饰贵族、美人的发髻、颈腕，为他们引来鹤立鸡群的效果。这些美妙绝伦的作品，将被作为传家宝，承载着凝重的托付，代代相传。后人因此记得这个伟大匠人的名字——戴进。他庆幸自己的光阴没有虚度。

而在那个瞬间，在那个目眩的瞬间，银匠戴进，原本根深蒂固的人生观价值观土崩瓦解了。那些最令他沾沾自喜引以为荣的金首饰、银首饰，也随着那一瞬间情绪的混沌，在脑海的熔炉里，化为一摊摊黄的、白的水，付之东流。余下一场空。

那一刻，他看到一个回收金器的店里，正在熔金。所熔化的金器，正是他最中意的作品。他捶胸顿足，先是埋怨那个狠心的熔金者，“烁吾所造，亡所爱”，进而痛定思痛，回顾自己一路的匠人履历，“吾瘁吾心力为此，岂徒得精意，将托儿不朽吾名耳”。他幽怨地说，自己鞠躬尽瘁，将青史留名的期望都托付在一件件金银首饰上，谁知竟然落得如此下场。经受了重大刺激之后，戴进坦言，自己的初心并不是做出美好的首饰，而是借此获得不朽的声名。

这时候，有人来劝慰——金银首饰，那都是些俗人和妇人喜欢的东西。这些肤浅的人，哪里配做你的知音呢？如果转行画画，你一定可以流芳百世。

回首历史，熔金的一刻正迎来命运的转捩点，著名工匠戴进转身成为浙派绘画创始人戴进。

历史记载戴进的故事并不多，后人只能通过画作，来品咂他的人生。

匠人绘画，多有绝技。戴进转行绘画的时候，将他酝酿多年的匠人意气，一并带到笔墨中。

《风雨归舟图》中，暴风雨横扫，山川、树木、舟楫，路人艰难行走。就是这样一个瞬间的呈现，没有文人画关于出世和入世的矛盾表达，也没有人生境遇的影射，只是纯粹的描绘而已。他将风雨交加，狂风裹挟暴雨那一瞬间的“势”，准确表现出来。在暴雨中走过的人都知道，风雨是一重一重而来，并不是均匀的。戴进正是画出那种蛮横的感觉，那是写实的、直觉的、热烈的风雨神韵。

人物画，他的《钟馗夜游图》极为传神。记得在后来的《钟馗》戏里，钟馗嫁完妹妹之后，赴终南山上任夜行一段，唱、念、作，都异常精彩。有唱词说得特别热闹：“摆列着破伞孤灯，对着那平安吉庆，光灿烂吐寒星。……一行行大鬼狰狰，一队队小鬼狞狞……”《钟馗夜游图》描绘的正类似这一情节。钟馗的夸张神态，众小鬼的身形、样貌、心怀鬼胎的表情，上演着人间善恶的经典戏码。浮夸的线条，复杂的人物神态，戴进完全凭借想象完成。他尽匠人所能，画出“如戏”之感。

戴进画松也好。《三顾草庐图》《关山行旅图》《春游晚归图》《长松五鹿图》里，都有极为健硕的松。繁茂苍润，寻不到笔路。

古人品评一幅画的优劣，常用能品、妙品、神品、逸品来分类。匠人作品常被归为能品。然而，匠心是一味药，配方是技艺加诚心，佐以苦熬的光阴为药引，用来医治傲慢和虚浮。拿绘画来说，常有人把一块泼墨、一条线，说得神乎其神，表达某种超自然的意象、诗境，趁机混到文人画的队伍里去了。而戴进绘画，正是他们的反面。他让绘画回归绘画本身。

关于戴进的命运，传说他曾正式入过朝廷设置的画院，因业务水平超群而遭人排挤。有个小故事，是明嘉靖时的《中麓画品》记载：戴进的《秋江独钓图》，画了一个穿红袍的人，在江边垂钓。画画唯红色最难把握，而戴进独得古法。心怀嫉妒的画师在宣宗皇帝身旁敲边鼓："画虽好，但恨鄙野。"宣宗进一步询问其理由，说："图中的渔翁穿红袍，分明是讥讽朝廷大臣不务政事嘛！"宣宗勃然大怒。

戴进的后半生坎坷，都是因为小人进谗。

据说戴进最后一次遭谗，是宣宗召画院的谢环品评《四季图》，刚打开《春》《夏》，谢说："非臣所及。"轮到《秋景》，谢忌妒心生起，沉默不语了。宣宗问他原因，回答说："屈原遇昏主而投江，今画原对渔父，似有不逊之意。"宣宗没言语。再展《冬景》，谢又添油加醋："七贤过关，乱世事也。"皇帝勃然大怒，说："福可斩！"

当时，戴进和他的徒弟夏芷正在庆寿寺僧房喝酒。闻风后，夏芷把僧人灌醉，偷了度牒，剃光戴进的头发，让他假扮成僧人半夜仓皇逃跑，隐居到了偏僻的小寺庙去了。后来，为逃避搜寻，戴进一度隐姓埋名辗转漂泊到云南去。又传说，戴进晚年拿着自己画的门神四处兜售，以度余生。

郎瑛在《戴进传》中云："戴奔走南北，动由万里，潜形提笔，经几春秋无利禄以系之也。生死醉梦于绘事，故学精而业着，业着而名远，似可与天地相始终矣。"

想来这戴进，当银匠遭到了心灵重创，当画家也是一门心思钻研业务，没什么心机，听任命运的摆布，称得上是真人、痴人。他天赋异禀却晚景凄凉，呜呼哀哉。纵然这样，却也靠着精湛的手艺，圆了他名垂青史的梦——可与天地相始终，匠人气韵绵延至今。

三、哀仇英

旧时候的农村，有做木匠活的团队，在东家住三个月，打个柜子，在西家做个床榻，又住十天。裁缝也是，住三五天，裁好一件衣裳。我对绘画的兴趣启蒙，来自一班在柜子上画画的漆工。漆工班由三人组成，他们用各种工具，都是小巧的，先将黑色的堂木柜子漆成橙黄色，并在上面创作四格图。翠枝仙客、熊猫啃竹、鸳鸯戏水，没用几分钟就好了。我看不真切，跟着他们跑了好几家总算熟悉了套路。还记得，画熊猫用的是气球。小气球握在手心，一按又一按，轻重不同，大小也不一样。三五下，一张熊猫脸就成了。

“明四家”之一的仇英，就是漆工出身，过着类似漆工班的漂泊生活。

清代褚人获的《坚瓠集》里，记载了仇英受雇于人的履历：“周六观吴中富人，聘仇十洲主其家凡六年，画《子虚上林图》为其母庆九十岁，奉千金，饮馔之丰逾于上方，月必张灯集女伶歌宴数次。”这里提到的《子虚上林图》又叫《天子狩猎图》，描绘了皇帝带嫔妃外出游乐的情景，包括御龙舟、观狩猎、眺海景等众多大场面。画里有嫔妃、卫士、文武侍从将近400人，手卷长5丈。令人感慨的是，这样重大题材的鸿篇巨制，竟是一幅贺寿图。为了创作这幅画，仇英在有钱人周六观的家里寄居了六年。虽然得到了丰厚的报酬，却掩盖不了被人雇佣的身份。

据说这幅画后来还给周六观引来了杀身之祸。当年，严嵩的儿子严世蕃得知了这幅画，向周六观索要。周六观自然是舍不得，上交了一幅摹本，随后带着全家人出逃。宁可舍命也不撒手，可见这幅画的珍贵。

仇英，字实父，号十洲，原籍江苏太仓，后移居苏州。他出身卑微，职业生涯从做漆工和建筑彩绘开始。公元15世纪到16世纪中叶，大明王朝中期，江南商品经济繁荣发展，市民阶层壮大，乱花迷眼，翠光笑日，趋利求新，欣欣向荣。仇英正是生长在这个时期的苏州，这里是手艺人的天堂。

历史上，关于仇英的记载也不多。原因之一是，匠人文采匮乏，不太擅长表达自己。

作为漆工的仇英，履历并不复杂。他漆工出色，偶然被画家周臣相中，收到门下当徒弟，学习画画。后来，又认识了鉴赏大家项元汴，在他家里一住就是十几年，临摹了一大批古画真迹，画工越来越精，整天在文人雅士圈子里泡着，名声也越来越大。

文徵明的《湘君湘夫人》图里，有文徵明弟子的题跋：“少尝侍文太史，谈及此图云，使仇实父设色，两易纸皆不满意，乃自设之以赠王履吉。”这里记载，当时的仇英还仅仅是履行着跟漆工差不多的职责，负责给文徵明的作品上色，然而并不能使文徵明满意。值得欣慰的是，此图作于正德十二年（1517 年），当时文徵明 48 岁，成就卓然，而仇英才不到 20 岁，就频繁出入于文徵明的停云馆中，并能从事这类高级打零工的工作，可见其才华出众。

仇英画画下苦功。最有名的传世代表作《汉宫春晓图》长卷，描绘春天晨曦中的汉代宫廷后宫佳丽百态，画里有后妃、宫娥、皇子、太监、画师 115 人，个个衣着鲜丽，姿态各异，在明媚春光里忙些风雅事：有宫女领着孩童倚着栏杆眺望水上飞鹇；有宫女持宫扇；有宫女望着窗外孔雀凝神；有后妃拢手危立，注视宫女浇灌牡丹；有宫女正捕捉柳梢的蝴蝶；有人在梨树下摘花，盛满了金盆；有人采花插鬓；有人持扇迤逦而来……下棋的、刺绣的、嬉戏的，处处是光景，人的光景、花的光景、鸟兽建筑的光景。这么复杂的场景，手卷的长度仅30厘米左右，人物身高只有两三寸，五官刻画、发型设计、头饰衣着的细节都是生动精微，令人唏嘘不已，怀疑仇英当年是在挑战某项吉尼斯世界纪录。

始知丹青笔，能夺造化功。

意料之中，匠人出身的仇英，是个实在人。其时，在仇英所处的大明朝，已经有写意画的盛行。早在南宋时期，有个叫梁楷的宫廷画师，寥寥几笔就勾勒出一个人物，且能传神。如今画册里常见的《六祖伐竹图》《李白行吟图》《泼墨仙人图》等，让人觉得，并不耗费多少精力。而且，这梁楷喜好饮酒，酒后行为不拘礼法，人称“梁疯子”。皇帝曾特别赐给他金带，那是象征画院最高荣誉的，但梁楷却不接受，把金带挂在院中，飘然而去。就连这么一件小事，也被作为美谈称颂至今。

细想，临摹过无数古画名画的仇英，并不是没意识到有写意画法的存在。笔墨风格，与其说是主动选择，不如说是听从内心的召唤，匠心使然。匠人们大多不向往放浪形骸、惊天动地的人生。他们是一群木讷的人，是具有超常耐心的人。他们最擅长在时光里反复锤炼自己的手艺。

仇英即是这样，工细成瘾。他晚年画《清明上河图》，演绎当时的苏州繁荣。画面长近 8 米，宽只有三分之一米，用工笔重彩画山川、江湖、城郭、街巷，以及 1497 个人物组成的社会风貌市井活动。这样的画，北宋的张择端只画了一幅就名垂千古了。而仇英一生，繁复的作品居然绘有多幅。《桃园仙境图》《赤壁图》《玉洞仙源图》《桃村草堂图》《剑阁图》《松溪论画图》，无一不是构图复杂精微的苦心经营之作。勤奋到了跟自己较劲的程度。

清人吴荣光评价说："此真苦心积学之士，而有明诸名士断不屑为也。"这么麻烦的画，是明朝那些名士不屑于画的。

历史上，轻蔑仇英的人很多，理由也充分。在"明四家"中，他既没有沈周以儒立身、仁者爱人的君子修为，也没有文徵明科场失意和短期任命朝廷仕宦的阅历，更没有唐寅的命运劫数和文采风流。我一厢情愿地想象，他是以一种自卑的心态在作画，然而又马上对这一想法进行了推翻。他应该是没什么闲暇去瞻前顾后的。他每天忙着构思点染那些复杂的作品，随便一幅都那么烧脑。为了画出满意的画，他像愚公移山一样忙着搬运王屋太行的泥土，日复一日。他丝毫不怕工笔重彩画繁杂的三矾九染、九朽一罢，也不循捷径，他要让自己的作品在每一个细节上经得起推敲。所以，他的心里，只有画画——画什么，以及怎样才能画好。终其一生，只有这一念。一念即是一生。既是幸运，也是悲哀。

董其昌形容，仇英画画的时候，两耳听不到鼓声，心里没有杂念，跟禅定差不多。虽然缺乏顿悟的智慧，但也靠着艰苦用功，累劫修成了菩萨。

这样的仇英，活得很累，寿命仅有50多岁。齐白石在这个年龄，还没确立自己的绘画风格。

后来的画坛，对仇英的评价相当矛盾，既对其匠人手法表现出居高临下，说仇英为物所役，缺乏超然之气。又不得不对其作品顶礼膜拜，实事求是地承认，真是自叹弗如啊。

拨开画坛历史的烟云，几乎捕捉不到仇英具有个性的身影。仇英简单的生平，似乎是作为匠人命运的共同特征——没有风流逸事，也无表达深刻的思想。自始至终，就是一个老实巴交的超级工匠，一个将命运俯身在绢纸上，生命轨迹与其绘画历程完全重合的画家。

更令人悲伤的是，作为高级匠人的仇英，虽然一生曾斫出多个精彩的轮子，却始终缺乏轮扁师傅那样的自信从容。在画什么这个问题上，他似乎没什么自主权，大多受意于主顾的意思、名家的暗示和提携。他接受赞美的同时，也意味着接受其价值观的引导。夸其工细的人，引导其将工细发挥得更加绝妙；仰慕其设色的人，也激励其在色彩上进行更加高超的打磨。他的存在，不是为了自我表达。他的丝丝缕缕的情绪、得意与失意的真情，都隐藏在极其认真的笔墨里。他的存在，更像是一个象征，呈现着一种工艺的繁荣，让原本繁华的苏州更添几分风雅。

四、白石生香

赏仇英画，须用放大镜。放大镜，昭示着匠人绝技。在齐白石的几次大型画展上，也配备了放大镜。对准蟋蟀的触角、知了的薄翼和螳螂腿上尖细的锯齿反复观察，唏嘘赞叹声不绝。转而，再看白石老人笔下粗线条的《和平鸽》，又是大气魄的凛然。让你搞不清，哪一个才是真实的齐白石。

致广大，尽精微，都是齐白石。

关于绝技，白石老人自述说，他曾“琢磨出一种精细画法，能够在画像的纱衣里面，透现出袍褂上的团龙花纹，人家都说，这是我的一项绝技”。然而，他当时所称道的绝技，对于后来成为大师级人物的齐白石来说，只是雕虫小技而已。

木匠齐白石，天生是个没什么野心的人。并且，他终身以布衣身份为骄傲。这又是他高明的地方。

齐白石的木匠生涯从 15 岁开始。彼时，他拜本家叔祖齐仙佑学粗木作，专做床椅桌凳和犁耙水车之类的大件，或盖房子，立木架。由于年龄小、气力小，扛不动大木头，就被送回家。后又拜远房本家齐长龄为师，仍学粗木活。

偶然一次，他发现，自己的师傅对做细木匠的人特别恭敬，迎面走来都要避让三分，原来，细活、粗活，有高下之分。自尊心特别强的齐白石，遂跟着周之美，改学做细木匠了。靠着一门精湛的雕花手艺，齐白石很快干出了名堂。

由于琢磨《芥子园画谱》，别人的雕花千篇一律，他总能创新。没事的时候，翻很多新花样出来，人物故事、山水花鸟，常用常新，成了远近闻名的“芝木匠”。

齐白石家境贫寒。一大家子人，常常把吃饱饭当成最要紧的事。他原本以为，有个手艺糊口，一家人保暖自足也就够了。靠着手艺，他曾在家乡过了几年富裕安宁的日子，在湘潭老家买下20亩水塘，在屋前屋后种上花木，携妻带子过着幸福和乐的日子。世界那么大，他宁肯自扫园中雪。

经济宽裕一些，胆子也慢慢放开了，齐白石不再当木匠，专攻绘画。40岁之前的齐白石，画画的题材还在民间趣味的范围打转，主攻人物肖像、侍女儿童画，迎合大众审美，跟写意扯不上干系。

1902年，齐白石近40岁，离开了家乡湘潭去远游。远游7年眼界大开。他到西安、北京、南昌、桂林、广州、香港、苏州等很多地方，结识绘画名流，接触到众多的流派、思想。最值得一提的是，他被文人画的自我表达给迷住了。

他站在高处俯视自己，发现自己有“病”。他发现了自己木匠出身的局限——久学工笔画法，有画家习气。为治疗这种顽症，他大胆地给自己开药方——他开始临摹八大山人，把以前细致的工笔画法，一股脑儿给抛弃了。转而走向疏简。由追求形似，转求不似。

此处，齐白石与仇英分道扬镳，有了截然不同的绘画轨迹和人生。

齐白石临摹八大山人，有点匪夷所思。二者显然是性情迥异的两种人，从一幅芋头画就能看出来。

八大山人画一个芋头，刚从泥里拔出来，叶子直直地挺立，根须粗杂，旁边题诗："洪崖老夫煨榾柮，拨尽寒灰手加额。是谁敲破雪中门，愿举蹲鸱以奉客。"他补述当时画这幅芋头画的情景——彼时正值大雪天，太冷了，我朱耷缩在炉前，用短小的木柴棒煨烤着芋头，时不时去拨弄着木灰，让火势更旺盛些。寒风裹挟着柴灰四处飞扬，我不得不用手搁置额前，挡住灰烬扑进眼睛里。此刻，如果有客来，冒着大雪敲门，我也只好以此尽奉客之道了。情景极凄凉，但叙述口吻却平淡。表面的寒，彻骨的冷。

齐白石画芋头，一个大芋头，旁边两个小芋头，调皮。他自己说，画芋头，总忆起幼年用牛粪煨芋头吃的情景。题画诗："自家牛粪正如山，煨芋炉边香扑鼻。""一丘香芋半年粮，当得贫家谷一仓。"隔着宣纸，感觉暖烘烘的，仿佛闻得见烤芋头的香。连那粗鄙的牛粪堆，都成了带给人幸福感的好东西。

一个出世，一个入世。一个冷逸，一个温热。

齐白石靠着八大山人的笔法，治好了自己的匠气病。此后，便自立门户。

天遂人愿。为了避乱，齐白石定居北京，关起门来长年画画。在文人画家、好友陈师曾的启发下，他苦心经营摸索，衰年变法，成就红花墨叶派。

仿佛飞机跃上云层，从此晴空万里。乾坤朗朗，一点颠簸和游移都不再有了。对于这一标志性进步，他曾有题《墨荷》诗：“一花一叶扫凡胎，墨海灵光五色开。修到华严清静福，有人三世梦如来。”这是对他自己笔墨“开悟”的见证。

“告别凡胎”的齐白石，并没有完全抛弃自己的匠人技艺。状态好的时候，他画草虫，细致入微，栩栩如生，一张一张保存好。到了跟文人画家们飙画技的时候，这可是他的加分项。而茶余饭后，再逐一补上写意的花草。那些植物的笔墨，刻意潦草。简单一幅画，写实和写意都有。匠人气与文人气融会贯通。

画外谈。回过头去看，纵观齐白石生活的近百年，正是国家经历痛苦激荡和变革的日子。洋务运动、戊戌变法、辛亥革命、五四运动、抗日战争，解放战争、新中国成立……都发生在这一时期。然而，他始终处于大潮的中心之外。这是他作为匠人，与知识分子不一样的地方。盘算自己的小日子，既是一种狭隘，又是一种踏实的本真。

虽然与传统知识分子不同，却也异于普通匠人。壮年时候，有人曾推荐齐白石做内廷供奉，为慈禧太后代笔，吃六品俸，他坚决拒绝。并画菊花，题诗："穷到无边犹自豪，清闲还比做官高。归来尚有黄花在，幸喜生平未折腰。"这又是文人意气了。

齐白石晚年还有一个身份——哲学家。木匠的哲学比书斋哲学更接地气。他指向的不是前进，而是回归，回归作为人的初始经验，并散发着中国农民式的淳朴幽默。

他写一床被子的《被铭》："窄则不掩，薄则不温。累人至重，御寒觉轻。"

《绢铭》："黑则难驱，白则易污。"

《灯蛾诗》云："园林安静锁苍茵，霜叶如花秋景新。休入破窗扑灯火，剔开红焰恐无人。"对飞蛾的恻隐之心，是发乎本真，善良慈悲，胜却道理无数。

大匠之门，真火淬炼。绘画大师齐白石，曾刻有"木居士""木人""老木""大匠之门""鲁班门下"印章，既是对木匠身份的留恋和肯定，又是一种自信的自嘲了。

齐白石当过木匠的事，几乎人尽皆知。读白石老人画，总能感觉到有木质纹理被乡村暖阳晒过的余温。心里暖暖的，微甜。进而感觉到，生活的质地是柔软的。

很笃定。他那握着毛笔在宣纸上细细描摹的手，也曾紧握刻刀，在木头上精雕细琢、反复摩挲。那双手，曾调动所有的感知，用

“做”，去贴近物体的本质；那双手，是通达脑海意象并能对之进行成功物化的手；那双手，最深谙“慢”的哲学。都说脚踏实地，但一双木匠的手，同样可以通过与木头的对话，抚摸到最坚实的大地。

如此，白石老人的画里，便有草香、有木香。

莲蓬熟了，荷叶枯了，大地空旷，水面寂静。一只蜻蜓飞来，欲落而未落……秋风过后，枝上仅余几片贝叶，一只蝉在枯枝上鸣叫，蚂蚱在地上行走，一只红色蜻蜓从空中飞来。秋光如此明媚，以至于贝叶上的每一条叶脉、蜻蜓翅膀上的每一格小网纹，都像浸于滤镜中一般，快意明朗。

他画红叶，题诗：“窗前容易又秋声，小院墙根蟋蟀鸣。稚子隔窗问爷道，今朝红叶昨朝青。”

他的《小村》：“落日呼牛见小村，稻粱熟后掩篷门。北窗无暑南檐暖，一粥毋忘雨露恩。”

在一首《菜园小圃》诗中，有：“饱谙尘世味，尤觉菜根香。”

简单的画面，无尽的意味。是为写意。

作为匠人的写意，不是天然的粗犷恣肆，而是循序渐进的。他们最深谙积土成山的道理。白石老人有诗——苦把流光换画禅，功夫深处渐天然。

白石老人的功夫，很多徒弟想学。而老人直言：“学我者生，似我者死。”要想完全搞懂这句话的意思，似乎也不容易。木匠出身的齐白石，原本就擅长手作。跟纯粹的读书人不同，他没浪费时间去空想，而是边动手，边感悟。长寿给了他充裕的时间，让他得之于手而应于心，终于斫出了最好的轮子。而他的珍贵经验，依旧如轮扁师傅所说的，不可言传。

相遇中药

王常婷

当乳香遇上了丝绸，当飞鸿踏着雪泥，当刀锋遭遇龟骨，当壮士邂逅猛药，当本草遇上了有缘人……相遇，让天地神人、花鸟虫鱼演绎了不一样的传奇。

一、香遇

我要往没药山和乳香冈那边行，

直到天起凉风日影飞逝才回来。

——《所罗门之歌》

传说中，公元前的使者向耶稣献上了三份礼物：乳香、没药与黄金。这是乳香在历史上最盛大的一次出场。这是神话传说，是宗教，似乎也有依稀的历史，这抹奇香便在史册里弥漫开了。

1922年，埃及法老王图坦卡蒙的陵墓被发现，震惊世界，考古学家在无数的宝藏中，发现了一个密封的陶罐，里面装着超过3000多年却依然散发着香气的软膏，经过分析，发现主要成分就是乳香。古埃及人认为：乳香是最接近神的气味，是引渡灵魂的指引。所以他们非常喜欢乳香，在日常保养、医疗、祭祀和木乃伊的制作上，经常把它与没药、松香等一起使用。可以说没有乳香的话，金字塔内就会少了许多神秘与神圣，古埃及文明也会黯然失色。

乳香的神圣地位，一直延续到后来的希腊和罗马帝国文明。它的香气横跨了世界三大宗教：基督教、伊斯兰教和佛教（佛教最钟情的是檀香，同时也有使用乳香的习惯）。

也正是埃及皇室及欧亚各大古国，特别是神职人员对乳香的热爱，使得在3000多年前的阿拉伯半岛，一条乳香之路悄然形成了。从南部的产地阿曼，经过也门，沿着阿拉伯半岛西侧北上，直到埃及。后来又延伸到圣地耶路撒冷，再分送到罗马帝国、波斯，以及东方的印度乃至中国。这条道路全长3000多公里，全是浩瀚无际的沙漠，但在过去几千年里，它是阿拉伯连接世界的窗口。所以这条路上的乳香也被称为“沙漠的珍珠”——因为乳香生长、运输于沙漠中；“上帝的眼泪”——流出的树脂形如眼泪；“白色黄金”——当时乳香的价值的确等同于黄金，是统治者权力与财富的象征。

3000年前的陆上乳香之路，见证了乳香成为古埃及和古希腊药物和香料的历史。沿着乳香之路往北往东，就是著名的丝绸之路。中国的丝绸、瓷器与乳香在沿途的城市、村庄、驿站，甚至是临时栖息的帐篷里，神奇地邂逅了。也许就在此地交换了，各自带着异域的宝物返回；或者就此擦肩而过，一路驼铃，前方有更好的买家和约定好的卖家，或许——还有望穿秋水的女人……

相较于陆路，海上乳香之路的兴盛，真正让乳香在中国从殿堂之上走入民间，并且成为一种风尚。

据考古发现，最晚在西汉时，乳香已传入中国。1983年在广州发掘的西汉南越王墓里就发现了乳香实物。只是当时的乳香多用作香料，至唐代后才被看作是中药上品。随着乳香认知的发展和航海技术的提升，宋代海上乳香之路极为兴盛。航运的货运量和速度绝非陆路的人拉驮运可比。1973年泉州出土了一艘34米长的宋船，这艘船可装载200吨的货物，相当于丝路上700头骆驼的承载量。海船借助季风，即使是去东非，160天也够了。人们从船舱中发掘出2000多公斤香料及贵重药材，还有许多唐宋铜铁钱、宋代陶瓷器、木牌木签等，甚至还有船上水手娱乐用的象棋子。人们推断，这艘商船应是载着南洋等地的货物从海上归来，不幸沉在了家门口。

可以想象一下当年海上乳香丝绸之路画面：1000多年前，一边是阿拉伯人满载乳香和其他物品的大船从阿曼佐法尔地区出发，驶进印度洋，途经东南亚，并最终在中国的广州、泉州、杭州等重要沿海城市靠岸，阿拉伯人卖出乳香等物，买走丝绸、陶器等；而同期的中国人则满载着茶叶、丝绸、瓷器，从中国的泉州、广州出发，经马来西亚的马六甲、印度的卡利卡特等地，到达非洲东海岸，而这些地区也都随着海上丝绸之路的发展而兴盛。当来自中国的商船卸下精美的丝绸瓷器，装上了珍贵的沙漠珍珠；当乳香遇上了丝绸；当神的香气装入中国瓷器，在那幽暗的船舱里，穿行在悠长的时光隧道，伴着一路的波涛汹涌，茶香乳香氤氲里，丝绸瓷器，还有神，是否会进行一番超越地域、种族、灵魂与肉体、物质与精神的一次次对话呢？

乳香翻山越岭、漂洋过海到了中国，离神远了，离生活、离心灵更近了。

香料在宋代多被称作香药，这是因为香料在中国古代经常入药使用。宋代官方所编《圣惠方》中以香药命名之方剂即达120方之多，如乳香丸、沉香散、木香散等。其中以乳香最为出名。乳香，是橄榄科乳香属植物树皮渗出的树脂，新鲜树脂的颜色是乳白色；凝固的树脂有的像乳头状，加水可以研磨成白色或黄白色乳状液；而此树脂具有独特的香气；因此，阿拉伯人称之为“al-lubán”，意思是“奶”，在中国就称之为乳香。在中国又称熏陆香、马尾香、多伽罗香等。树脂类精油香气多偏厚重（如没药、安息香），但是乳香的香气却非常轻盈雅致，闻之能让人感受到如在宗教庙宇殿堂一般的神圣气息，具有安抚愤怒、惊恐、抑郁等情绪的作用。

宋代，因为航运的发达，香文化便进入了鼎盛时期。在当时祭祀庆典须用香；官府宴会、文武官考试及第须用香；祝寿、结婚、日常生活都须用香。达官贵人、文人墨客经常相聚于品香楼宇，玩香、斗香；百姓也常在庭园内的“诗禅堂”试着燃点新制的合香，品评香的气味、香雾的形状和焚烟的久暂。杨万里在他的《甲子初春即事》里描述了他烧香后引来蜂蝶流连的趣事：“老子烧香罢，蜂儿作队来。徘徊绕襟袖，将谓是花开。”此外，晏殊的“别殿香三炷，斜廊酒一杯”，薛抗“焚香坐清昼，此心自如如”，许尚“厅左清闲处，金猊罩宝香”……那一缕缕带着异域风情的奇香已经袅袅婷婷在宋人的生活点点滴滴中。中国的传统文化如“琴、棋、书、画、诗、酒、茶”等，到了宋朝都呈现出博大雄浑的态势，而香始终萦绕其中，从此，香料便走下神坛，自然而然成为人们陶冶情操、颐养性情的必需品。

几百年、几千年过去了，路还在，香气依旧，袅袅香烟中，作为一种通往神圣的媒介，现在就让它带领我们向内，跟自己的内在神性联结，去感受乳香的香气，回溯与生俱来的旷世的孤独与古老智慧，唤醒心灵深处源源不绝的力量，然后告诉自己：你可以面对一切……

二、文字遇

成语“刮骨疗毒”，是历史记载里中国古代比较出名而且成熟的外科手术。所谓的“刮骨”就是通过器械刮去骨上受病毒感染的部分。史上最出名的刮骨疗毒应该是关羽的那次手术。《三国演义》里，罗贯中为了烘托关云长的英勇无畏、刚强坚忍的大丈夫气概，还特地请来华佗为他手术。后经史学家证明，这是一场乌龙，因为关羽是在攻打攀城时中了毒箭，那是建安二十四年（219 年）的事；而华佗死于建安十三年（208 年），其间相隔11年，死人焉能医活人？然而关羽中箭疗伤却是事实。《三国志·蜀书·关张马黄赵传》言之凿凿：“羽尝为流矢所中……矢镞有毒，毒入于骨……羽便伸臂令医劈之。时羽适请诸将饮食相对，臂血流离，盈于盘器，而羽割炙饮酒，言笑自若。”其实，古代有“刮骨”经历的勇将远非关羽一人。《北史》所载的长孙子彦、北宋赵匡胤牙将张琼、南宋名将韩世忠也曾有“中毒矢入骨，亦用强弩括之”的经历。至明代，这样的例子也屡屡见载于史书中，不胜枚举。与现代外科手术不同的是，勇将们的手术都一律地没用麻醉药。其实中国早在三国时期，华佗就已经研制出麻醉药“麻沸散”，并能熟练地运用于手术中。可能是受制于环境（战场）条件有限，情况紧急，其实更可能为体现壮士们的英勇无畏，即使是痛彻骨髓，也只能忍着，咬紧牙关“谈笑自若”。

在中药里，有一种“骨”刮下的粉末不但无毒还可以疗伤，真正的是“刮骨疗毒”。这骨不是一般的骨，必须得穿越千年万年甚至上亿年，中药称之为“龙骨”。中药龙骨为古代多种大型哺乳脊椎动物，如三趾马、鹿类、牛类、象类等的骨骼化石或象类门齿的化石。可以生用或煅用。龙骨内服可以宁心安神，平肝潜阳，收敛固涩；外用可以敛疮、生肌。然而龙骨很少，其药性上并没有特殊疗效，完全可用其他药物替代。龙骨主要成分是碳酸钙，凡是动物和矿物主要含碳酸钙的药研细或煅后都可敛疮生肌，如牡蛎、珍珠母、乌贼骨等等。龙骨的宁心安神、重镇安神的作用，也有很多药可替代它，朱砂、远志、酸枣仁等都是常见易得的安神药；平肝潜阳的药材，很多贝壳类都具有此等功效；至于收敛固涩，牡蛎则是最好的替代品。

因为这味药，19 世纪末，河南省安阳县小屯村的农民们，在田间耕作时，便将无意间发现的这些近似龙骨的白片片出售到药店。光绪二十五年（1899 年），时任国子监祭酒的王懿荣，因为疟疾的久治不得，身体孱弱，才得以在 510 多公里之外的京城见到药材“龙骨”。先生的疟疾似乎不重要了，龙骨上的甲骨文证明了中国第一个有直接的文字记载的王朝——商代的存在，中国的历史追溯到公元前16—前14世纪。一个孱弱的王朝偏偏有着悠远灿烂的文明，这是怎样的幸福者与哀痛者啊！一年后，八国联军进京，光绪和慈禧仓皇逃命，受命留下来的王懿荣写下“主忧臣辱，主辱臣死”之后就投井自杀了。一个病入膏肓的王朝，靠祖上的文明来刮骨疗毒是不够的，已经痛入肺腑的王先生没能如壮士们刮骨时“言笑自若”，只能在绝望中壮士断腕、以死明志。

刮骨本为疗伤，谁知却刮出了一个朝代记忆，还有一个民族几千年来的骄傲与屈辱。中药的博大精深一直以来都被认为是中国文明的一部分，而当中药材龙骨无意间遇见了甲骨文，文化的邂逅，撞击出中华民族最伟大的文明。传说里，鸟爪在软泥上留下雀跃的痕迹，让仓颉有了造字的灵感；3000多年前，龟壳遭遇了古人的钻燧、火烤，龟裂的纹路成为他们研究阴阳占卜吉凶的凭据；于是刀锋在龟壳甲骨上一笔一画刻下了日月辰宿、安危祸福，刻下了生老病死、狩猎农耕、衣食住行……一个时代就在这不经意间，郑重其事地被镌刻在方寸之间。

文明史上每一次的相遇在当时是如此偶然随性，微不足道，可在千百年后，甚至万年后的后人们看来，却又是如此的必然：每一块贝壳、每一个绳结、每一道锲刻、每一个转角，都埋伏着阴差阳错与悲欢离合，也暗藏着机缘巧合，静待有缘人来破解。当中药遇上了文字，有心人便来揭开了3000多年前一个民族镌刻其中的文明密码。

刮骨疗毒，是锥心刺骨的，但为了疗伤，不管是不是猛将，你都得忍着。此刻，我们写出的横竖撇捺，曾经一笔一画地刻在骨头上。当年，古人在龟甲兽骨上钻刻时，甲骨们痛不痛？这算是几千年前的动物们为人类文明进步所做出的贡献吧。有阵痛，才有新生；有蛹的蜕变，才有蝶的飞舞；有刀锋深深的锲刻，才有文明流传千年。从此，从个体到族群，所有的情感、知识、思想、经验，通过文字，一代代流传下来，中华文明得以塑造与传扬。

中药里，龙骨依然是一味深沉的存在，因为动物化石的不可再生，而替代品越来越多，现在很少有人刮龙骨疗疮毒、安神息了。更多时候，它成为中药书里的一个符号。而那些被刻下文字符号的龟甲与兽骨，已经被收藏入博物馆里，从祖先的指间流传到我们的心灵，成为中华文明的基因，在每个中华儿女的血液里生生不息。

因为刻骨，所以铭心。

三、艳遇——美人赠我蒙汗药

“倒也！倒也！”

《水浒传》里，孙二娘出来拍手叫好时，二个公人已经倒下，孙二娘得意笑道：“着了！由你奸似鬼，吃了老娘的洗脚水！”这里的“洗脚水”，便是下了“蒙汗药”的酒水。如果不是武松使诈，孙二娘已经算计好武松“这等肥胖，好做黄牛肉卖”，而公差“那两个瘦蛮子，只好做水牛肉卖……”想来若没有蒙汗药，母夜叉的人肉馒头可就没那么容易出品。

一般认为蒙汗药是由一种叫“曼陀罗”的植物做成。曼陀罗又名风茄儿、洋金茄花、山茄子，产于中国西南各省，具有麻醉、镇痛作用。现用曼陀罗制成的洋金花制剂，多用于手术麻醉。蒙汗药可以溶解在任何饮料中，若下在酒里，便成悬浮液，酒色显得浑黄。蒙汗药与酒配伍，真可谓“珠联璧合”，酒的发散性，让麻醉效果更佳，药力见效快，真是出门便倒，倒头便睡。《水浒》里的蒙汗药便多是借酒下药的。除了上述十字坡酒店中武松与孙二娘之间的智斗；黄泥冈上“智取生辰纲”的成功就是靠的蒙汗药；宋江因揭阳岭李立酒店中的蒙汗药，差点被肢解；戴宗被蒙汗药麻翻，让梁山截获了蔡九知府给蔡京的家信；朱贵用蒙汗药迷倒了李云，得以把李逵解救出来。以蒙汗药为媒介，《水浒》的情节更加地跌宕起伏、妙趣横生。蒙汗药让中药者迷醉，却使读者兴奋，尤其是施药者骗过了对象，药效渐生，施药者念念有词地唤着咒语似的“倒也”“倒也”，而一个个大汉玉山颓倒的景象，令人忍俊不禁，拍案叫绝。

蒙汗药在《水浒》里是打家劫舍，可在民间传说中因常被居心叵测者利用，也落得个臭名昭著。

哥哥你走西口，小妹妹实难留，手拉着那哥哥手，送你到大门口。

送到大门口，妹妹不丢手，有两句知心话，哥哥记心头……

吃烟你自打火，万不要对人家的火，操心绿林响马，吹入了蒙汗药……

著名的民歌《走西口》里，一曲又一曲是小妹妹对哥哥出门在外的千交代万交代，其中好几处就是如何提防蒙汗药，不只是喝水，还可能烟吹。民间对蒙汗药了解如此深刻，可能跟其出处寻常有关。据药书载，曼陀罗花为一年生草本植物，夏秋间开花，花紫色或白色；果实呈卵状，表皮有尖刺。叶、花、果均可入药。宋代周去非《岭外代答》云“广西曼陀罗花，遍生原野”。广西盛产此花，但江、浙和湖北、四川、福建也都有此花生成，并非罕见物。制作也不难，一般取曼陀罗花曝干，研成粉末。再配以其他药物数种，便可轻松制成。来料容易，制作简单，故而使用范围又早又广。

人性有善恶，本草无对错，就看你如何用、用在何处。

蒙汗药制作容易，药效快，而它的解药也不难。《列子·汤问篇》中记述了战国时期的名医扁鹊用“迷酒”剖胸探心进行手术，手术后又投以“神药”使病人清醒的故事。以当年的医疗水平，剖胸探心，这有点神乎，但有解药是肯定的。《水浒》里孙二娘去调一碗解药来，“张青扯住耳朵灌将下去，没半个时辰，两个公人如梦中睡觉的一般，爬将起来……”小说里总喜欢故弄玄虚。清人程衡在《水浒注略》中介绍“急以浓甘草汁灌下，解之”。这个说法，却是有根据的。孙思邈《千金方》中说：“甘草解百药毒。”李时珍说得更清楚：“菜中有水莨菪，叶圆而光，有毒，误食之，令人狂乱，状如中风，或吐血，治之方：甘草煮汁，服之即解。”在中国，古代人们解蒙汗药用的可能就是甘草汁，只不过《列子》太含混，《水浒》则不点明，就让这蒙汗药更加神乎其神了。

比起文学作品里蒙汗药的神秘传奇，在医家眼里，它展示的却是治病救人的一面。《后汉书·华佗传》记载，东汉末年名医华佗首创以曼陀罗花为主的“麻沸散”能令人麻醉，“忽而不知人事，任人劈剖，不晓痛痒”。其实在唐宋期间，以曼陀罗花为主的中药麻醉方法已相当普及。南朝齐龚庆宣《刘涓子鬼遗方》、唐孙思邈《千金方》、宋葛弘毅《淄水千方》、明李时珍《本草纲目》、清汪林瑞《本草疏》等均有记载，只不过名称略有不同。但是，在清代以后，中药麻醉这一历史悠久的传统医药方法逐渐被丢弃。

中医西医、传统与创新，各有长短，各有扬弃，生活中的“蒙汗药”，你得提高警惕。医疗上的“麻沸散”，我们当用得用，如果是身体所需，不管是西药还是中药，都得改变观念，博采众长，及时重视关注、充分研究利用。

弃医从文的鲁迅在《我的失恋》里戏谑道：

爱人赠我金表索，
回她什么：发汗药。
从此翻脸不理我，
不知何故兮使我神经衰弱。

此处的“发汗药”即为蒙汗药，若撇去鲁迅诗中的冷嘲热讽，单从字面上看，回赠爱人予蒙汗药，这玩笑似乎开大了，难怪会失恋会神经衰弱。生理上的病，若有药能治便可减缓或痊愈；心理上观念上的病，就不只是药到病除那么简单了。母夜叉的蒙汗药，武松是偷偷泼了；若是美人赠的，当然这美人不是潘金莲，而是能和武二爷对上眼的俏佳人，如此艳遇，即便可能暗藏杀机，武二爷还会戒备森严滴水不漏吗？

哪天，若是有美人赠我蒙汗药，我是义正词严拒绝，还是欣欣然纳之……

四、山遇

有一味中药叫山遇。据说古时两军交战，败者退入山中，在没有粮草援军的情况下被围困了一年，竟然能够冲出包围圈，反败为胜。原来他们靠的就是山中的一种根茎粗壮的植物，人吃根茎，马吃藤叶，结果不仅没困死，还养得兵强马壮的。碰巧在山里遇上了它，故而称之为山遇。后来人们发现它不但能像粮食一样滋养人，还健脾胃、补肺肾．主治脾虚、泄泻等症。也用它做药，就把“山遇”改成“山药”了。

原来所谓“山遇”就是家常的山药，因为地域不同，有些地方称为山芋、玉延、野薯等，因产地不同，属性略有不同，但都是薯蓣科植物山药的根茎。

“秋斋雨成滞，山药寒始华。”（韦应物）山药本就是一种很随性的植物，所以灾荒年月，它常常救人于饥寒交迫中。“秋夜渐长饥作祟，一杯山药进琼糜。”（《秋夜读书每以二鼓尽为节》）深夜里，用功读书的陆游饥肠辘辘，一杯山药便如琼浆玉液。

因为气候和土壤原因，山药多生长于黄河中下游和长江流域，在闽南几乎是难得一见。传说中的军队进山遇得有山药，如果在闽南进山能遇见什么？

小时在农场长大，公屋的前前后后都是山。捡柴火、放羊放牛都得到山上。那时的山上多石头，石缝间的荒草又密又长，用竹耙一篼就是一大团，细细的山草，一遇火星就燃，是引火的好材料。山上经常有一些小坟堆，有的墓碑还在，多数没有，那些地方草丛是最密的。可是我们都不敢过去，怕惊扰了沉睡的魂灵。也有一些连土堆都没有的，就一个金瓮，或正或斜地撂那儿，有些已经破了，不白不灰的骨殖散落边上，在寒风衰草里瑟缩着，那该有多冷啊！有些坟堆可能是被盗过的，腐朽残损的棺材板散落在外，土堆上敞着黑乎乎的一个大口，深邃而恐怖，令人不寒而栗。不知道那些被惊扰的灵魂，会不会从这个口子里飘出，游荡在山间？在优游时，会不会山中遇故知？相见时，是否尘满面鬓如霜，相对无言唯有泪千行？

初中时，学校建在荒山野岭，背靠的那座山，人们称之为华侨山。因为新村的很多华侨死后都葬在这里，那些华侨墓都建得很漂亮，墓碑、墓丘、祭台等都比当地人的讲究，有的甚至还建有漂亮的凉亭。有的还是在国外去世后，骨灰漂洋过海送回来安葬的。只有回到国内入土为安，他的灵魂找得到归宿，在海外，孤魂野鬼是会被人欺负的。看校门的阿伯煞有介事地说道。阿伯姓许，因为他熟知阴阳二界的事，人称许半仙。“有些墓里并没有埋葬人，比如山头那几个，只有姓名，没有生卒年月或者言之不详的，就有可能是衣冠冢。比如这个。”许伯指了近旁一个玄武岩墓碑，上面只阴刻着卒年“一九六三年”，却无具体日期。许伯叹了口气，“可能就是排华时死去的，后人给补上的。”所有人都不说话了，因为农场的孩子都知道，华侨新村的建立就是因为印尼排华才有那么多华人流离栖居于此。“虽然身死他乡连骨灰都找不到了，可后人们只要有条件的，还是要帮他们建墓穴，说不定那些灵魂哪天就会漂洋过海寻回来呢！”许伯说着就笑了。

可我们都不敢笑，想着那山上有着空空的几个墓穴在等着漂泊的灵魂归来，少年们再怎么嬉闹也不敢往那山头上跑了，就怕一不小心撞上了那正要回归的魂灵了。大哥笑我们胆小，想太多了，世上哪有什么鬼。可坟山上遇鬼那不是很正常的事吗？

母亲说，当年家里穷，外公正当壮年去世时，在山上找了块地草草下葬，谁也没想要给外婆预留块地。眼下的活着都那么艰难，谁还去想死后的事呢？二十多年后，外婆去世，在外公墓地附近已经没有合适的地方了，只能安葬在山的这一头了。这对尘世的夫妻，在另一个世界里，要见一面是否得翻山越岭？山上，没有电话、没有网络，当外婆颠着一双小脚赶到外公那儿时，勤劳的外公会不会正巧赶着牛车去拉货呢？只在此山中，云深不知处，何处遇故人？那时的外婆该有多凄惶啊！给外婆做对年（周年祭）时，家里请人扎了纸厝，母亲特意交代要多扎一个纸电话，那样外公外婆“你在山这头，我在山那头”，也能时不时“上言加餐食，下言长相忆”。后来，因为修建公路，二座墓地都在拆迁范围内，于是理所当然的，给外公外婆另找了一处合葬的墓地，这对阔别多年的夫妻终于可以团聚。这是不是二位老人冥冥之中算计好了的呢？那年的清明，安葬祭拜后，大舅放了长长的一串鞭炮。二姨笑着说：这久别胜新婚的，我们是不是该把时间留给他们了？大家便笑着赶紧收拾下山。颠簸的山路上，表弟车载音乐放的是李玉刚的《刚好遇见你》：

因为刚好遇见你

留下足迹才美丽

风吹花落泪如雨

……

如果再相遇

我想我会记得你

……

我想，在另一世界相遇的亲人们，应该不只是“记得你”那么轻松，而是像一块山药与一块山药的相遇，你泥中有我，我泥中有你；是“山无陵……天地合，乃敢与君绝”的刚毅执着决绝。

门上沧桑

肖复兴

一

门联特别能见老北京的特色。这种特色，成了北京的一种别致的文化，与作为砖木结构的四合院最是匹配，格外能彰显古老浓郁的京都之味。国外的城市里，即便有古老宏伟而结实的石头建筑，建筑有沧桑浑厚而苔藓厚重的门，但它们没有门联。就像它们的门内外有可以彰显它们荣耀的族徽一样，北京的门联，就是和这样的族徽一般醒目而别具风格。这个风格，便是中国的风格，更是老北京的风格。

十五六年前，也就是 21 世纪之初，我偶然路过前门，在城南东西两侧原来的崇文宣武两区的老街巷里，看到很多依然健在的老门联，如见故人一般惊讶并惊喜。很多老门联，在我读小学和中学的时候，就曾经见过它们，几十年过去了，时代的风云变化，尤其是又经历过“文革”中的破四旧运动，它们居然还能劫后余生。那一阵子，只要我有空，就会往这一带跑，在本子上抄录下那些被岁月剥蚀的沧桑老门联。

二

我想把我那几年跑街串巷所看到的一些门联，赶紧介绍给大家，有兴趣者，可以前往一观，兴许过不了多久，它们便再也看不见了——

“好善最乐，读书便佳”（前孙公园 65 号）。

“多文为富，和神当春”（西兴隆街 53 号）。

“东壁图书，西园翰墨”（冰窖斜街 35 号）。

“诗书修德业，麟凤振家声”（草厂三条 5 号）。

“百年周礼乐，千载汉文章”（安国南巷 15 号）。

“图书存汉魏，礼乐备周秦”（永生巷 43 号）。

“忠厚培元气，诗书发异香”（南芦草园 12 号）。

“宏文世无匹，大器善为师”（校场口头条 47 号）。

“清华词作云霞彩，典重文成金石声”（栾庆胡同 14 号）。

“绵世泽不如为善，振家业还是读书”（庆隆胡同 3 号）。

“文章雅夺山川秀，华美分来日月光”（潘家胡同10号）。

“芳草瑶林新几席，玉杯珠柱旧琴书”（保安寺10号）。

这些门联，都是讲究读书的。我们的祖先崇尚万般皆下品，唯有读书高。所以，老北京的门联里，这类居多，最多的是“忠厚传家久，诗书继世长”。上面抄录的这些门联，写的意思是一样的，但特色不一样，要我来看，“多文为富，和神当春”，写得最好。如今，讲究一个“和”字，但谁能够把“和”字当作神与春一样虔诚地看待呢？又有谁能够把文化的多少决定着你未来富有的基础来对待呢？

最有意思的是，“宏文世无匹，大器善为师”，是前辈学者吴晓铃先生家的门联，其内容与吴先生相匹配。“忠厚培元气，诗书发异香”，以前院子的主人是一个卖姜的。你想想，一个卖姜的，和学问家吴先生无法相比，都讲究诗书，多少让现在我们的大小商人脸红。

而“图书存汉魏，礼乐备周秦”这一副门联，是在永生巷里看到的。永生巷，以前叫黄鹤楼，盖因在胡同的西口有座二层的小木楼而已（我造访那里的时候，那座小木楼摇摇欲坠还在）。如此称之，是那时的黑色幽默。北平和平解放以前，那里矮屋一片，是三四等妓女之娼寮丛集之地，杂居着破烂不堪的贫民窟。这些人恐怕连小人书都很少看，居然“图书要汉魏，礼乐存周秦”，那一份追求不亚于吴先生。尽管应该允许那里也应该有这样的追求，但这副门联比胡同的名字叫黄鹤楼，更有些黑色幽默。

三

“经营昭世界，事业宸寰球”（长巷头条58号）。

“祥开修骏业，升立建宏图”（王皮胡同40号）。

“及时雷雨舒龙甲，得意春风快马蹄”（长巷头条20号）。

“恒占大有经纶展，庆洽同人事业昌”（大蒋家胡同70号）。

上面这四副门联，“祥开修骏业，升立建宏图”和“恒占大有经纶展，庆洽同人事业昌”，将商家的字号各嵌在第一个字里，分别叫作“恒庆”号和“祥升”号。这样的门联很多，关键看嵌字嵌的水平了。

同为商家，“吉占有五福，庆集恒三多”（冰窖斜街12号），写得略好，“吉庆”也是商家的字号，嵌在联里面；五福即寿、富、康、德和善终；三多即多福多寿多子孙。都是世俗的吉利话，但具体了一些，心底的愿景明朗了一些。我去冰窖斜街看这副门联的时候，下联最后两个字，被一块“重点防火院”的红贴牌挡住，怎么看也看不清，一位买菜回来正要进院门的老太太，看我站在那儿发愣，对我说：我回家拿把钳子把这个牌子取下来，你就看清了！已经过去十五年了，我怎么也忘不了这副门联和这位好心的老太太。

“源头得活水，顺风凌羽翰”（南柳巷35号）。

“源深叶茂无疆业，兴远流长有道财”（南晓顺胡同16号）。

“道因时立，理自天开”（南柳巷29号）。

“合聚春秋管鲍业，德祥史记货殖风”（得丰西巷22号）。

这四副，前两副都说到了经商之“源”，后两副都说到了经商之“道”，第一副比第二副说得要好，好在含蓄而有形象；第三、第四副比第一、第二副说得也好，第三副门联的院子原来是一家当铺，后来当过派出所，不管干什么，都得讲究个道和理，好就好在把道和理说得与时世和天理相关，让人心服口服，有敬畏之感，不敢造次。第四副门联的人家不知开的是什么买卖，看门脸不大，院落也不大，猜想买卖也不会很大，但用典很古，便又猜想定是请人撰写的门联。用的是春秋时代管仲和鲍叔牙的典故，讲究的是重义轻利的合作精神。

再看，“定平准书，考货殖传”（东珠市口大街285号），“平准”和“货殖”均用典。货殖即是经商，见于《史记》，所以上面得丰西巷的门联说“德祥史记货殖风”。平准，则是在汉朝讲究的就是经商时候价格的公平合理，那时专门设立了平准官。对联虽然显得有些深奥，但讲的是经商的伦理道德。

“生财从大道，经营守中和”（东八角胡同12号），说得朴素，一看就懂，讲究的同样是经商的道德。前后对比，一雅一俗，古朴兼备，见得不同的风格，却是一样的经营之道。

能够将门联既作得有学问，又能够一语双关，道出自身的职业特点，是这类门联的上乘，也是更为常见的。

“义气相投裘臻狐腋，声名可创衣赞羔羊”（新开路4号），一看就是经营皮货买卖的，是户叫义盛号的皮货商。新开路，就在我家近旁，几乎很多老街坊都知道这家皮货商，和同仁堂的乐家住对门。

“恒足有道木似水，立市泽长松如海”（苏家坡89号），一看就是经营木材生意的。只是门联比院落破败得还要厉害，字迹模糊不清，我趴在门板上仔细瞅了半天，才勉强辨认出来，也不知道是否准确。

从院子里出来好几位老街坊，指着门联，热情地告诉我，每一句的头一个字连起来，就是这家木材厂的商号。那么，木材厂叫“恒立”号，这副门联就是他们家漂亮而别致的名片。街坊又指着门旁的一面白墙，问我看见上面那两个“隆庆”大字了吗？那原来是一家酒馆，也是这家木材厂的老板开的买卖。我心说，“恒立”和“隆庆”，还真有些对仗呢。

将门联作为自己的名片，让人一眼看到就知道院子主人是干什么的，也是北京门联的一个特点、一种功能。可惜的是，这里好多在小时候还曾经看到过的门联，如今已经难得再见。我见到的，只有北大吉巷43号的“杏林春暖人登寿，橘井宗和道有神”。那是老中医樊寿延先生的老宅。还有钱市胡同里几副：“增得山川千倍利，茂如松柏四时春”；“全球互市翰琛书，聚宝为泉裕货泉”；“万寿无疆逢泰运，聚财有道庆丰盈”；“聚宝多流川不息，泰阶平如日之升”。这几家都是当年铸造银锭的小作坊。

四

在门联中，一般住户，不在意那些一语双关，或者用典的深奥，着意家庭的更多，或祝福家声远播，家业发达——

“河内家声远，山阴世泽长”（长巷头条 70 号）。

“世远家声旧，春深奇气新”（洪福胡同 16 号）。

“五云蟠吉地，三瑞映华门”（珊瑚胡同 13 号）。

“颍水潆洄绵世泽，川原缭绕映春晖”（草厂头条 3 号）。

或祝福合家吉祥，太平和睦——

“吉羊云拥，福鹿星临”（草厂五条 17 号）。

“居安享天平，家吉征祥瑞”（西打磨厂 45 号）。

“家祥人寿，国富年丰”（梁家园西胡同 25 号）。

“瑞霞笼仁里，祥云护德门”（兴胜胡同 12 号）。

或期待兄弟子孙和睦相亲相助——

“慈晖永驻，棣萼联芳”（花市上头条 53 号）。

“世泽渊源三恪老，德门兄弟两名齐”（后兵马街 7 号）。

“子孙贤族将大，兄弟睦家之肥”（北大吉巷 47 号）。

“瑞日芝兰光甲第，春风棠棣振家声”（铁树斜街 77 号）。

或期冀山光水色，朋友众多，陶冶性情——

“山光呈瑞泉，秀气毓祥晖”（杨梅竹斜街 33 号）。

“门阑生喜气，山水有清音”（长巷三条 21 号）。

“圣代即今多雨露，人文从此会风云”（群智巷 53 号）。

“林花经雨香犹在，芳草留人意自闲”（草场三条 13 号）。

我要格外说一下最后一副门联。草场三条 13 号这家主人的儿子是我的发小，读小学的时候，我常到他家去玩，他自幼喜欢书法，如今是位书法家。他家经商，但重视孩子的文化学习。这副门联虽然也是笼而统之写意式的祝福，但这是一副集宋诗的门联，并非随意为之，体现了他家的文化向往，有文人气，无商人的俗气。

也有并非一般的过年话，有具体明确的指向，多是忠孝仁义这样的传统道德情操。

“孝□（此字看不清了）家声传两晋，文章德业着三槐”（草厂八条 8 号），说的是一个孝字。

“恩泽北阙，庆洽南陔”（草厂七条 12 号），诗经里有“南陔”篇，讲的还是一个孝字。

“文章移造化，忠孝作良图”（中芦草园 3 号），讲了一个孝字，又讲了一个忠字。

“入孝出则悌，坐言起而行”（东河漕 8 号），讲的依然是一个孝字。

“立德齐古今，藏书教子孙”（三福巷 4 号），说的是一个德字，古人所说的立德、立功、立言这“三立”，首位是要立德。

“传世惟清德，居家尚素风”（培英胡同37号），说的也是一个德字，心有清德，才能家有素风。一个清字，一个素字，用得真好。

“德心绵世泽，合志振家声”（得丰东巷29号），说的还是一个德字。

“槐华衍庆，树德滋荣”（东唐洗伯街47号），说的依旧是一个德字。

“韦修厥德，长发其祥”（南芦草园17号）。

“文章华国，道德传家”（南芦草园19号）。

“江厦勋名绵旧德，山阴宗派辟新声”（西河沿154号）。

“守身如执玉，积德胜遗金”（栾庆胡同11号）。

“宝为贤作国桢干，恒其德涉世准绳”（前孙公园胡同19号）。

讲的都是一个德字。在门联之中，孝和德两字，大概是出现最多的，这两个字确实是作为一般百姓心中道德与伦理的准绳的。

“安且吉兮，怀其德也”（同乐胡同21号），将德字和吉字连在一起，心怀其德，方才可以让日子安详和吉利。

“高才食旧德，流藻垂华芬”（北芦草园46号），将德字和才字连在一起。有德有才方为高，有才无德，则华芬难垂。

“厚德家声振，积善世泽绵”（栾庆胡同17号），将德字和善字连在一起。有德才会有善，德善兼备，家声方可以清远绵延。

“惟善为宝，则笃其人”（草厂五条27号），讲的是一个善字。

“中口且和征骏业，义以为利展鸿猷”（廊房二条65号），讲的是一个义字。

“忠厚留有余地步，和平养无限生机”（草厂横胡同33号），讲的是忠字与和字。

“门前清且吉，家道泰而康”（培英胡同33号），讲的则是做人的清白。

“芝兰君子性，松柏古人心”（西打磨厂58号），讲的则是心地品性。

“廉俭世泽，忠厚家风”，讲的是廉洁勤俭和忠厚，则是普通百姓人家最朴素最直接的愿望了。

也有希望多福多寿多子孙的：“大富贵亦寿考，长安乐宜子孙”（洪福胡同21号），“寿考”即高寿。朱熹说：“文王九十七乃终，故言寿考。”这样的门联很多。“登人寿域，纳福禄林”（草厂七条3号），便也是一种。

最有意思的是，草厂五条27号的门联“惟善为宝，则笃其人”，不是在大门上，而是刻在大门两旁的塞余板上，很特殊，很少见。这个院子原来是湖南宝庆会馆，很深的左右两进大院，高台阶，黑大门，进大门洞，可以看见大门的后面，还挂着一块1993年文明标兵的牌子，经历了这么多年，玻璃镜框还在。想一想，讲究“惟善为宝，则笃其人”的院子，应该得文明标兵的称号。

想十几年前第一次来这里看这副门联时，正是夏日中午时分，院落安静异常，槐荫里蝉鸣如阵，能听见屋子里传出午睡人的鼾声。现在想来，不觉恍然如梦。

五

北京老门联中，还有一种内容是关于择邻的，说明人们在买下这个院子，或者最早买下这里的地皮盖房子的时候，是讲究择邻的。这是可以理解的人们一种普遍的心态和愿景，从古至今，概莫能外。所谓千金买宅，万金择邻。这会让我们想起孟母三迁的古老故事。

“德门呈燕喜，仁里灿龙光”（好景胡同 16 号），就是这样的一副门联。好景胡同在南深沟以西，离我童年住家很近，我中学的一个同学就住在那里，这副门联，我很熟悉。龙光即君子，邻居住的是君子，邻里方才称为仁里，院门方才称为德门，这是在老门联中常会出现的词，甚至也会出现在胡同的名字中，居仁里就是其中之一，晚年的赛金花，就是凄惨地死在那里。

“天开寿域，德洽芳邻”（东河漕 30 号），说的也是择邻的重要，甚至认为选择一个好邻居，会直接影响自己的寿命。所谓芳邻，说的是有个好邻居，就像入芝兰之室，住久了，自己也跟着一起芬芳起来。所谓芳邻，《颜氏家训》有说法。芳邻、德门、仁里，三位一体，是老北京独有的特色，是老北京人理想的居住状态。

原来宣武门外东河沿街还在的时候，有一家的门联是“里仁为美，长发其祥”，说的也是这个意思，只不过说得更古雅一些。“里仁为美”，出自《论语》；“长发其祥”，出自《诗经》。选择一个好邻居，可以让日子长久地安康吉祥。好邻居就是这样的重要，好邻居是龙光之炫目，是芝兰之芬芳，合在一起，便是孔子说的“里仁为美”。

面对这样用词典雅古朴而意思美好深远的老门联，常让我叹服前人的文化修养。如今文化随着胡同一并衰落，老门联大多弃如敝屣一样，是葬送在我们自己的手里。这常让我感到悲叹而无奈。

北京老门联中，也有一些看起来刺目，是我不大喜欢的。旧文化中，不会都是尽善尽美的，那是老一代人的文化审美与认知选择。

比如：“永藏周鼎商彝古，宝列秦璆汉璧多”（草厂四条43号）。

再比如：“翠羽明珠罗异宝，琪花瑶草衍遐龄”（陕西巷56号）。

又是这宝贝那宝贝的，在自家珍藏着、罗列着，就是了，何必这般张扬，自吹自擂？老北京话叫“嘚瑟”，显得他们家很“趁”。有些暴发户的感觉。

又比如：“龙图世泽，虎关家声”（西晓市13号）。

还比如：“钟鼎勋庸大，弓裘世泽长”（锦绣头条10号）。

都说到了世泽和家声，但是，显示的是自己显赫的世泽和非凡的家声，龙图、虎关、钟鼎、弓裘，都是大词，有些吓人。

还有明目张胆地祈求仕途功名的——

“桐为弈世承恩树，杏是春风及第花”（长巷头条16号），前一句是求官做，后一句是梦想中第，所谓“春风得意马蹄疾，一日看尽长安花”。

“笔花飞舞将军第，槐树森荣宰相家”（西河沿152号），写得更为明晰露骨，梦想是做将军和宰相。当然，这没什么不好，也是人生的一种梦想。不过，我看到门楣上有难得一见的横幅“帝泽如春”（一般门联中很少有像对联一样的横批），意思更加明显，倒不遮遮掩掩，渴望的是皇上的恩泽，而不是自己的笔花，自家的槐荫。当然，不应该苛求，门联是老的，打上过去的烙印是再正常不过的，不能用新的道德标准去框架。不同的时代，不同的阶层，必然会有不同的理想和不同的追求。

在北京的老门联中，也有新潮一些的，尽管不多见，毕竟时代在前进。“古国文明盛，新民进化多”（草厂八条25号）；“长春麓永，泰运维新”（得丰西巷33号）。则明显可以看出完全是紧跟清末民初时期的新潮步伐了。

六

遗憾的是，我所看到的，仅仅是老北京门联的一小部分，不知还有多少精彩的，已经和我失之交臂。在我有意识专门寻找门联之前，很多门联早就消失，是我来得太晚了；也是我走街串巷的功夫下得还不够，会有一些漏网之鱼。况且，我仅仅走的是南城，东西两城，肯定藏龙卧虎，还有很多精彩的老门联。

有一阵子，我迷上了老门联，胡同串子似的到处乱串，像寻宝一样寻觅门联。因为我心里隐隐地感觉，这样的门联，也许快要成为“夏季里最后一朵玫瑰”了。每一次发现一副没有见过的老门联，都要兴奋一阵。那一次，偶然路过西打磨厂，这条老街，在这十几年中，我不知走过多少次，街上有人都认得我，老远就和我打招呼：又来了！但是，那一次，在路南的 50 号，我才发现有一副老门联：“锦绣多财原善贾，章图集腋便成裘。”这门很小，而且陷落下一截，整个小院凹下去，很不起眼，我一次次走过，一次次漏掉。那天，我还没有带纸笔，那时也还没有时兴带照相功能的智能手机，赶紧跟路人借了一管圆珠笔记在手心上，回家抄录下来，不觉自己笑自己。

还应该补充这样几个门联，都是独眼一般半副。

一在南柳巷林海音故居对面 51 号，右边半扇门上：

香光随笔是为画禅

一在杨梅竹斜街 90 号，左边半扇门上：

合力经营晏子风

前者，原来的大门在另一条胡同上，这是后开的门，开了门，却一时找不到门板，便随便找了一块安上了。找到的这块，却是棒打的鸳鸯，另一块门板，不知飘向何方。

另一在长巷五条路东一个小院，只剩下半扇门，摇摇欲坠，破裂得木纹纵横，但暗红色漆皮隐隐还在，凸刻着“荆楚家风”四个勾边颜体大字，还端庄有力。院子很小，我问老街坊：那半扇门哪儿去了？老街坊摇摇头说：谁知道呀？早就没有了！他们告诉我，最早这院子住的一户摇煤球的。摇煤球的也讲究“荆楚家风”，让我不禁想起南芦草园卖姜的家那副门联“忠厚培元气，诗书发异香”。尽管煤球和姜的味道同诗书的异香完全不一样，但他们愿意把这几种不同的气味连接在一起。这就是北京的老门联，只有这样的老门联，才能够将文学样式中最典雅高级的诗，乃至更为古老而艰深的典籍，飞入寻常百姓家，迅速地接上了地气，贯通了血脉，成了四合院的硬件之一，成为居住在这里的人们行为与思想规范的范本。起码，在我们的小时候，这些司空见惯的老门联，不仅是我们识字的启蒙，也是我们基本传统道德礼数的启蒙。

真的，在越来越多的四合院和胡同的拆迁下，在越来越多的高楼挤压下，我觉得这样的门联快要看不见了，或者说要看以后得去博物馆里看了（但愿那些四合院拆掉时老门联能够被博物馆收藏保存）。要看真得抓点儿紧了。

前些天，我路过棉花胡同，想顺便去母校戏剧学院看看，路过 31 号院，忽然看到门上有一副门联：“总集福荫，备致家祥。”

那天，我陪来自美国芝加哥大学的宝拉教授和她带来的一群美国学生看前门老街旧巷。在廊坊三条 12 号，还看到一副老门联：“宝刀赠客交游广，和璧连城钟往奇。”

前者，在戏剧学院读书和教书的时候，天天路过这里，我居然没有注意到这副门联。后者，我没少到这里来，都没有发现它。这么多年过去了，很多房子不是拆了，就是改建了，这两副老门联沧桑斑驳，却依然顽强健在，也算是奇迹了。当然，也说明北京的“老北京”真的是多，真的是生命力旺盛，这么的拆，这么的折腾，总还能和我们邂逅。这么说，也不全面，多少有些负气。还得这样说，是有心人保护，珍惜它们，它们才得以历尽沧桑而存活至今。

老北京的门联啊！

2019 年岁末写毕于北京

悦读

周晓枫

一

我怀疑，对写作者来说，书店是世界上最令他意乱情迷又垂头丧气的地方。

书店折叠时空。从远古天地的洪荒，到未来宇宙的神秘。从热烈的赤道，到旷寒的极地。从最小的物质单位夸克，到最大的生命个体鲸鱼。从人的情感，到神的法则。从零点一秒，到一千零一夜，再到亿万斯年。每本书都是一道打开的幻门，我们的身体无法栖居其间，但心思畅游，我们得以体验魔术般的奇迹与奇迹般的自由。这才是立即兑现的穿越，是妙趣横生的 cosplay，我们可以英雄驰骋疆场，可以神仙逍遥江湖，甚至体验花的一生、兽的一生、矿物质的一生。何须羡慕孙悟空七十二变？我们可以七百二十变、七千二百变、七万二千变……经历秘密而丰富、从有限向无限的演变。通过阅读，我们得以进入万花筒的魔法世界。身体像最缓慢的植物一样安静，头脑像最狂野的动物一样奔行。我们就这样，以文字抵达理解意义的远方。

逛书店，让我心花怒放；逛着逛着，又自惭形秽。翻翻别人的作品，写得真好。千军万马，排山倒海。炼丹一样炼字，每个字都包浆了，光泽养润。文风蕴藉，偶有滞涩之处，亦存枯笔之妙。好诗！让人狂喜、沉默、肝肠寸断，好诗人简直就是活着的日常的神明。出色的画面还原感，使鱼的鳞彩、鸟的羽光几乎目力可视，写海浪，让我的脚尖几乎触到卷挟着泡沫和散沙的浪涌。他们的想象无往不至，他们的语言如同魔咒。仰望那么多大师，惊叹那么多天才……我鸡立鹤群、难望项背，自己就像个对比之下的笑话。我会由此怀疑自己写作的意义和价值，并被席卷而来的虚无感淹没。

写作者爱恨交织，恰恰是书店的魅力所在。

峰峦如聚、波涛如怒，高山大海难道不是因为既美又令人恐惧，才堪称伟大？书山有径，学海无涯——书店是桃花源，也是一条始终敞开的勇气之路。

二

阅读是一种头脑的健身运动，它和体育锻炼一样，有人天生喜欢，有人开始阶段需要外力或自我压迫，才能逐渐养成习惯，然后才能变习惯为爱好。

了解知识和技能的方式，有些是由外向内的强行的观念灌输；主动阅读是由内向外的，出自爱好者心甘情愿的选择——所以有些教育的面目是严厉的，甚至狰狞，它包括难度和惩罚；而阅读往往伴随享受，以及由认同感带来的私密的快乐。

如果说学习说话，是寻找与世界交流的方式；掌握阅读，就是找到与内心交流的方式。看不清世界的时候，我们会在视力不佳的沮丧里；而看不清自己，不是同样沦入盲人般的命运吗？本雅明说："幸福，就是不受惊扰地进入自己的内心深处。"他所描述的状态，和阅读非常相似。阅读教育，意味学习一种获取幸福的日常方式。

何况，有些技能掌握起来是暂时的，且容易过时。比如我的邻居年轻时勤学苦练，成了非常有名的珠算大王，后来算盘不再被使用，他的技能也随之陪葬，包括为此消耗的大量时间和精力。阅读不一样，无论什么年龄和行业，它是永远不会丧失功用的法宝。

所以，从小养成阅读习惯，是父母给予孩子一生最为重要的礼物。阅读不仅培养气质，还培养观察力和耐心，可以巩固记忆，增加见识，丰富情感。学习理解自己、他人和世界，学习接受孤独如同接受安慰，学习想象和创造并使之成为奇迹……阅读，使孩子获得终生信赖的朋友和始终陪伴的家人。

三

孩子需要童话，正如成人需要梦想——梦想并非奢侈品，而是必需品。

一个逛书店的妈妈跟我交流："孩子喜欢读童话，可他问那个世界是不是真的，我不知道怎么回答，怕孩子伤心。"

所谓真实的世界，有些看得到，有些是看不到的。比如一个孩子想画画，虽然他不说出来没人知道，但这依然是一个真实的想法，你不能说它不存在。写作，就是在描述头脑中存在的真实世界。如果我们只承认可以在现实中呈现的部分，否认在现实中不可呈现的部分，等于把所有人都认定为植物人，认定他们不存在肉体之外的精神世界。

童话，是每个人小时候接触最多、长大以后几乎不再涉及的文体。当一个人不再相信会说话的植物和会做游戏的动物，童话的魔力似乎就解除了。然而，原初的天真和大胆的想象藏在童话里，它们对儿童的启迪与教育，重要到难以替代。帕乌斯托夫斯基在《金蔷薇》中说："诗意地理解生活，理解我们周围的一切，是我们从童年时代得到的最可贵的礼物。要是一个人在成年之后的漫长岁月中，没有丢失这件礼物，那么他就是个作家。"

童话看似无用，因为充满天真烂漫的想象。然而，一个人如果始终只接受现实中可以看得见和有用的部分，他容易急功近利；当浪漫主义和理想主义色彩在一个人的内心消失殆尽，他的灵魂也会被侵蚀得千疮百孔，甚至对现实中的美也视若无睹……就像离书太近，眼睛紧紧贴在纸页上，是什么字也看不到的。诗人说："那些让我放弃梦想的人，就像让我用一条腿来走路。"梦想是对现实有效的支撑，毫无梦想的现实会失去基础的平衡；如果没有候鸟般的志存高远，我们容易匍匐在地，或者混迹泥潭。

读童话的孩子不必失望。每个文字都是一颗安静却从未死去的种粒，童话般，酝酿着汹涌的花期。并未欺骗，只要耐心等待和灌溉，奇迹会像春天一样如期而至。

四

有的中年朋友抱怨，自己读书少。年少不懂事，或由于家境条件所限，总之，蹉跎了岁月；等到想读书了，事情多，体力和记性都下降得厉害，读了也像没读，了无痕迹。

“一日之计在于晨，一年之计在于春。”我们当初听来，只是过耳而不入心的一句告诫，没有以此类推，明白“一生之计在年少”。

什么季节做什么事情，年少就得读书和学习，就得勤恳播种。每个孩子都难免浪费时间，浪费时间的确很爽，但若想与众不同，需提前付出，唯此自己遭受的罪与苦才有回报。假设你给自己的心理暗示是：我还小，我再长长身体，以后再播种，可不可以？当然，小孩子觉醒得晚。然而，等到年纪大了再省悟，相当于秋天才开始播种，付出的劳动强度更大。因为天冷了，土地冻了。秋天播种的庄稼也有成活机会，不过收成，只有春天播种人的十分之一，甚至更少。每个人都要为自己的选择买单——因为曾经纵容自己，就得坦然接受这样的命运和结果。

中年人的未来和过去一样长。每个今天，相对于晚年来说都算年少；何况，与那些长寿动物相比，人类中的老人也是孩子。所以，读书这种事，读了总比没读好。就像中老年人的营养吸收能力差了，新陈代谢慢了，可饭，多少总是要吃的。

无论何时开始，只要沉浸在阅读里，我们就被赋予不同。正如司汤达描述的：“在萨尔茨堡的盐矿，人们将一根冬日脱叶的树枝扔进盐矿荒凉的底层；两三个月之后，再将它捡出来，树枝上布满了闪闪发光的结晶；跟山雀爪子一般大小的最细小的嫩枝，被数不清的钻石点缀得光彩夺目，熠熠发光；原来的树枝已辨认不出来了。”无论老枝或者幼枝，只要怀有耐心，知识会慢慢装饰，把你变为更加闪耀的自己。

五

好吧，我承认，自己正是那个令人遗憾的迟悟者。我读书缺乏体系，盲区甚多，尤其中国文化传统这块，基本空白。就像我不懂笔墨纸砚，书法上连基础的判断力都没有，写不出一个漂亮的签名。我对诺贝尔文学奖、布克文学奖、普利策文学奖、龚古尔文学奖等获奖书籍，有着稍后但约等于同步的追踪，在阅读视野上似乎是全球化的，但对中国文化的了解，却无知得令人尴尬。

反之，我有个写小说的朋友，基本不读翻译文学。有一天，他把他认为值得效仿的榜样文字发来，我很惊讶于我们之间的审美偏差。因为在我看来，他津津乐道的，不过是卖弄聪明的蠢话。之所以只看现在文学杂志上发表的作品，是因为，他想照猫画虎，追求速效的发表。然而，他不知道这条所谓的捷径上，挤掉了多少失意者。杂志上的作家，阅读背景往往更为辽阔，他们跟从优秀翻译的导读，照虎画猫；而你想照着猫，乃至是一只健康状况堪忧的病猫，画出一只威风凛凛的虎，恐怕是一条万难的路。

不懂外语的人，假设从不阅读翻译文学作品，就无法形成经纬更广的审美参考。某些自称师承中国章回小说传统的作家，文风虽稳健，但结构上没有时空的压缩和抻拉，文字也缺乏弹性和韧度，由于较少享受白话文运动至今翻译文学的累积成果，缺乏世界文学的整个参照，他们缺乏现代性，缺乏超越限定的那种智慧。毕竟，我们自己的小说写作传统时间不算太长，叙事经验也不算丰富。

我想，或许不必纠结于是否必须吃本地粮食才能获得健康，不必纠结于读翻译文学过多是否构成对母语的背叛。用汉语翻译出来，就是母语的组成部分，无论你吃的是牛羊还是鱼虾，长成的，都是自己的肉。我们今天吃玉米，吃西红柿，吃土豆，吃辣椒，从来不觉得它们原本属于异域，就像它们天生就栽植在中国的土壤上，天然地，被我们的肠胃所接纳。说来，白话文就是文言文的一种翻译方式。其实，无论是鲁迅，还是何其芳、陆蠡，这些现代文学作家，他们在起点上难道不是受到世界文学和翻译文学的滋养？他们中有许多，本身就是翻译家。翻译文学，不仅是汉语重要的组成部分，而且扩充了汉语表达的边界，使之更为丰富。

当然，另一方面，正是由于我自身的文化缺陷，我越加体会出地域、故乡、传统、民族等等，对于写作的重要意义。越是在趋同的文化环境、同质化的写作风格里，找到那一点点不同，就变得越发重要。那一点点不同看似微弱，但人与猩猩的基因之别，也不过是百分之一二。风格独特的作家，秘密而迥异的生物学配方，可能来自个人与众不同的隐秘经历，也可能来自对自己传统文化的细腻体会。乡愁和民族传统不简单体现于表面的地理意义的差别，而是被作家蓄意保留的心理时差。

博尔赫斯曾经写到两个做梦者的故事。一个开罗人家产荡尽，只剩父亲遗留下的房子，他梦见有人告诉他，他的财富在波斯的伊斯法罕。他醒来以后就出发了，长途跋涉，历经危险，到达后却被当地巡逻队长鞭打。当巡逻队长得知寻梦者的目的不禁大笑，说自己接连三次梦见开罗的一座房子，喷泉下埋着财宝，但自己却从不理会这些荒诞的梦兆。开罗人返回，他知道队长梦中所述正是自己的家，于是在喷泉下挖出了财富。由此可见，即使藏宝之地就在自己的家园，但旅程也是如此必要，唯此我们才更能清晰地认识自身和家园的价值，才能如候鸟般获得返程中的重生。

所以，世界辽阔，开卷有益。

六

每当在书籍里发现心仪之选，我深怀感激。因为一个好作家写一本好书，他所需要消耗的，是漫长的时间、巨大的精力和剧烈的情感。而我花费微薄的钱款，就将这一切据为己有。没有比这更划算的经济公式了。每次进书店，我就像一条幼鲨进入五光十色的大海……贪婪游弋，身体渴求更多的营养。

我在书架上搜寻篇目，线索可能来自对作者的既往阅读经验，寥寥数语里暗示的品质，或者仅仅依靠从封面装帧引发的直觉，挑到心仪之选。

麦尔维尔说：“可悲，有人宁可取悦世人，却不愿令人闻风丧胆。”除了恐怖小说，我喜欢如遭重击的文字，远胜于抚慰的文字。体裁和篇幅倒是不限，因为各有妙处。就像朱诺·迪亚斯诡辩然而诚恳的理解：“这就是短篇小说的巨大魅力——你可以写出完美的作品。长篇小说则恰恰相反——它的魅力在于你永远无法写到完美。”

文学不是数学，不存在依据什么公式找到的标准答案。文学妙就妙在，存在读解的多义性，一千个读者有一千个哈姆雷特，而且无法被法官式地宣判对错。同一个作家，同一部作品，有人迷恋得要命，有人痛恨得要死——就像有人嗜辣吃川菜，有人喜欢清淡偏爱淮扬菜。没关系，不合口味的就放下，随时可以结束一段相互折磨的关系。

我读过有些几乎不容置疑的经典作品，它们的声誉就像化石那么结实、那么旷日持久、那么不容修改，是教科书上那种与日同辉的典范……可我真的无感啊，没觉得不好，就像没觉得怎么好。以下的书单，都在我的无感之列里：《傲慢与偏见》《了不起的盖茨比》《大师与玛格丽特》《麦田守望者》……在引起非议和公愤之前，我应该及时制止自己继续列举篇目，以免给自己增加受到攻击的口实和罪行。

到底，什么是必读书呢？焦虑的家长和焦灼的读者，都唯恐自己错失最重要的内容。学术研究当然必须脚踏实地，循序渐进；至于享乐式的阅读，我倒觉得不必那么严苛。我看必读书只有字典，其他的没有传说中那么重要。在浩瀚海洋里，吃这条鱼也行，吃那条鱼也行，不至于没吃上某一条具体的鱼就导致肌体的营养不良。需要做的，只是提高捕鱼的技巧，以及强健自己消化的肠胃。

七

不仅挑什么书众口难调，在什么地点、什么天气、什么心境下读书，爱书人的表现也大相径庭。有人喜欢下雨天，有人喜欢在度假的小屋，还有人每时每刻，手不释卷。

有人坚持睡前阅读的习惯，无论悬念多么紧张、情节多么陡峭，放下书，在枕头上翻转一下身体，就翻滚着跌入黑睡眠的深渊。我不行。晚饭后的时间，我主要是用来浪费的。

有人能边洗澡边看书，当然不是淋浴。我不行。不是怕浸湿书页，而是泡在浴缸里的我就像头肥膗的海象，这让我无法保持良好的阅读情绪。

对我来说，最理想的阅读环境，远在众人之上：飞行途中。在低噪中，在陌生人之间，在脱离地平线像脱离自己生活经纬的高空，真是完美的沉浸式体验……让一本好书，勾魂摄魄。我甚至爱屋及乌，在候机厅里也兴致勃勃，从来不因延误而扫兴；在其他乘客的抱怨声中，我欢乐如遇节日。取消航班就取消航班，我住在临近机场的宾馆读书，大快朵颐，乐不思蜀。当然，前提是有足够的书。有人盯着机场的通告牌或飞机前方座椅靠背的搁板，能够长达数小时。我不行。假设手边没有储备，或是飞机下降之前我就读完结尾，不仅令我沮丧，简直就是一种打击。

“如果去荒岛只允许带一本书，你的选择是什么？”提出这种假设的人真是残忍。我永远会受到这个问题的胁迫，几乎立即感到饥饿般的恐慌和屈服。这就像是被问：“你的人生所愿保留的最后一样东西是什么？”看起来只是在追问什么最重要，其实呢？残忍在于你能放弃什么。健康？智慧？情感？不，我根本不敢假设那种取舍。

有了电子书的法宝，终于，我们可以从威胁中解脱出来。等等，万一荒岛上没有网络和电源怎么办？太可怕了，相当于整个世界都是一块黑屏。

八

荒岛上的写作者，可以创作，由此撑过一段无书可读的难熬日子——他依靠的，是平时的阅读储备，像挨饿的北极熊依靠自己皮层下的脂肪。这时候，写作的优势就显现出来了。

不仅非常时期，平凡日子也能显现出写作之妙。写作耗材不多，就是费点电，电脑算是耗电最低的电器了；何况停电的时候也可以工作，一张纸片一个铅笔头，利用有限的文字完成近乎无限的千变万化。当然艺术创作的基础材料都是有限的，像绘画里的三原色、音乐里的七个音符——不过，颜料和乐器，可比纸笔贵多啦。

看起来，作家这个工作太好了。读小说是工作，看电影是工作，躺着发呆竟然也是工作……人间怎么有这种神仙日子？其实呢，作家常常置身炼狱，独自为人物和情节所煎熬；备受折磨、痛苦不堪，但作家难以获得他人的拯救，即使有了同情的眼泪也杯水车薪，无法为他扑灭烧灼的火焰。

写作是一种用文字做梦的能力，是在既现实又非现实的魔幻世界里穿越。写作者需要阅读，因为阅读可以提供显著的帮助，并成为重要和必要的部分。没有阅读支撑的写作，相当于打电子游戏的过程中赤手空拳；没有装备的支援，一般打不了多远。

尽管随时面临着考验，尽管途中有各种摩擦力的阻碍，我庆幸自己始终没有放弃始自年少的文学梦。我根本不能停止热爱的惯性，除了理想的初始之力强大，还因为一直有阅读的磁力牵引。那些最好的作家能够在毁灭中重塑你，每当想到他们神明一般的名字，我感激不尽。

经过数年的职业生涯，我依然在自称“作家”的时候感到一丝羞赧，这个称号对我来说，保持着可望而不可即的近乎失真的神圣。对至爱的作家，我愿保持神秘的想象，我以为他们吐气如兰，说出的每个字都是音符，每段话都是旋律……哦，我并不想见到他们，因为我觉得自己的呼吸会污染空气。

九

见识见识：先有眼睛里的“见”，才能有内心的“识”，否则不过纸上谈兵；阅历阅历：先从书本上读，再去经历和了解，否则也是走马观花——两个词语，在这里是可以互换的。见与识，阅与历，需要同时精进，写作者才能打通任督二脉，拥有眼界与胸怀、绝技与神功。

假设没有经历的体验，没有阅读的了解，当我面对任何题材的时候，写起来都会犹疑。所谓的“笔触”——要让作为工具的笔，有动词化的接触和碰撞；同时，要让笔端具有神经元般的感知细胞。需要不断克服自己与他人的间距。写作涉及万事万物，是一种用文字来完成拟态的技术。如果不去观察和研读，就以为能够以自身认识覆盖他者经验，这是作家最应该警惕的傲慢——它会让我们在自以为是中误入歧途，无法完成情感的渗透与交流，最终停滞在一己之狭隘里一无所获。

在将近三十年的写作训练中，我得出经验：那最不像捷径的道路，才是真正的捷径；而看似是捷径的，不过是陷阱的另一种包装。深入生活，并不是写作的套话，恰恰是写作的真谛；潜心阅读，也是磨刀不误砍柴工，工具带来的高效胜过徒手的劳作。无论身体力行的行千里路，还是手不释卷的读万卷书，我们去靠近与了解……素材和灵感，都在体验和阅读的途中。

写作是独自面对困境，是永无尽头的远方，什么外在的条件都未必能给你提供真正的保障。每个作品，都是向茫茫书海掷出一只渺小的漂流瓶，不知它会被什么样的眼睛所发现，什么样的手所捡拾。然而，一个人用自己最大的诚意、勇气和能力写，他就是创造他个人的写作的最好的时代；即使身处困境，只要握牢手中这支笔，他就拥有破冰的镐、自救的绳索。

每个写作者就这样燃烧自己，像安徒生童话里那个卖火柴的小女孩，用词语的火柴，用头脑里的想象，去擦出一道道光亮，用以抵抗黑暗、寒冷和死亡。所以，当写作者置身书籍，他将被周围和自身的光源所照耀，并因灵魂的趋光性而生长。

02

寻旧访迹

在苏格拉底被囚处

周大新

最初看到那三扇铁栅门时我没有在意。我的目光一晃而过，雅典有太多的景致吸引着我这个新到游客的眼睛。待旅居雅典的作家、学者杨少波先生介绍说“这，就是苏格拉底当年被关押的地方”时，我才吃了一惊，才赶紧从近处的橄榄林里收回目光，定睛去看它们。

它们立在一道石壁上，都不是很宽。三扇铁栅门后，是三个石室，也就是石洞。

我惊看着那三个石室。原来，我敬佩的古希腊思想家、哲学家和教育家苏格拉底，赴死前就被关押在这里。原来，这道石壁和这些石室，目睹过那个伟大哲人的身影，聆听过他的声音，见识过他的智慧，而且看见过他最后赴死的情景。

这么说，法国著名画家雅克·达维特于1787年创作的油画作品《苏格拉底之死》中，关于关押苏格拉底囚室的描画，是不准确的，是过于理想化了。在那幅画中，囚室很大，石块砌成的墙壁很高，向上还有很多阶梯，明显是正规的房间，而囚室是在房子的底层。画面上苏格拉底坐着服毒自杀的那张床很宽大，而这三个石洞中最大的一个也摆不下那样气派的床。看来，雅克·达维特在创作那幅画前没有来过雅典，没有看过真正囚禁苏格拉底的地方。他把事情向好处想了，他不知道真相比他的想象要严酷得多。

我环顾着四周，想，这三个石室当年应该是位于一座监狱的院内。因为柏拉图曾说过，他和几个朋友每次来看被囚的苏格拉底时，总要在监狱门前等候大门打开。我留意到，三个石室前壁上都留有凹孔，这些凹孔表明，过去石室前是有附属建筑的。

我看着石洞囚室里不大的空间，努力去想象苏格拉底当年被囚时的生活情景：他会坐在囚室的小床上去宽慰妻子桑蒂比及他们的孩子，会在床前狭小的空地上边踱步边默想希腊城邦的未来，会在柏拉图和克利托等学生们来看望他时向他们谈他关于肉体和灵魂的最新思考成果，会席地而坐吃下狱卒们送来的食物，会在去囚室门外放风时远眺雅典城区并伸手抚摸橄榄树上嫩绿的叶子，会在那个较小些的石室里进行最后一次沐浴……

我猜想，当年苏格拉底被关进囚室后，可能会反复回忆，安尼托、梅勒托和吕贡这三个人为何要以不信本邦神灵，企图另立新神和迷惑、毒害青年两个罪名起诉自己。那明明是莫须有的罪名。他可能最终想起来了，那个控告他的主谋安尼托，他其实是得罪过的。有一次他同美诺讨论美德是不是知识的时候，正巧碰见安尼托，于是便拉他过来提问。结果在提问中不仅让安尼托陷入自相矛盾，还损及了对方崇拜的政治家，致使其失了面子。他拂袖而去时撂下过狠话：我觉得你这个人很容易说别人坏，我奉劝你慎重些！苏格拉底可能也想起来了，那个梅勒托是诗人和悲剧作家，而他对诗人没有好印象，曾经讽刺过诗人们，对方参与控告很可能是在为诗人们出气。他也许到最后也想不起怎么得罪了无名演说家吕贡，因为吕贡根本就没进入过他的视野。不过他后来可能想明白了，吕贡会因为参与控告他苏格拉底这件事本身，迅速成为雅典的一位名人，这也是人成名的一个法子。

我猜想，苏格拉底被关进囚室后，可能会反复思考，由 500 个公民组成的法庭，为什么会判并未犯罪的自己死罪？他对希腊城邦充满感情，没有任何有违城邦法律的举动，他只是喜欢用不断提问和谈话的方式追求真理。他知道把权力交给民众的全部好处，他思考过希腊城邦制度的各个方面，他对人性有过深刻研究。可他就是没有想到，民众在某些时刻对精英人物是存在敌视情绪的——这是人性中极其隐秘的一面。真正的思想者有时会搅乱平庸的日常生活，也因此，真正的思想者不仅可能被执掌权力者视作威胁，也可能被怯懦的民众当作破坏其安宁生活的祸首。苏格拉底的一些思想让民众觉得他太反常、太出格，就是这种反感和敌视情绪促成了错误的判决。这当然是精英人物的悲哀。他们思想的目的是让民众生活得更好，却恰恰又让民众对其生了敌意。人性是一个隐秘的洞穴，所有的精英人物都应该探身这个洞穴，以对其有所了解。

我猜想，苏格拉底在拒绝逃跑决心赴死时，并没有估计到自己被处死这件事的全部影响。我从史料上看到，苏格拉底被判死刑后，有朋友和学生曾劝他逃跑，而且当时他也确有充裕的时间和机会逃跑。但他决然地拒绝了，理由是，既然身为雅典公民，就理应遵守雅典的法律，雅典的法庭判我死刑，我就应该甘愿受死，以维护法律的尊严。若越狱逃走，就是以错对错。我估计，他当时只是想用自己赴死的行动，去感动更多的人遵守雅典的法律，他根本没有估计到，他的死会成就他的不朽声名。几乎没有留下任何著作的他，能获得西方哲学史上最重要的地位，很重要的原因是他的从容赴死给他带来了广泛关注。在那个没有报纸、电台、电视和网络的时代，人们在口口相传他被不公正地处死这一事件的同时，开始互相传述他的思想，他的思想便随着他屈死的故事流传开来。

苏格拉底死了，他的死让今天还活着的我们意识到了三个问题：其一，不要因为私心和私利去控告他人，不要利用社会公器去伤害他人。即使你使用的理由很堂皇，即使你当时得到了广泛支持，即使你获得了完全的胜利，历史都有可能跟你算账，都有可能让你像安尼托那样，在史书上留下一个小丑的形象。其二，不要因为自己是平民，就认为所有的人间悲剧都与己无关。普普通通的民众，有时也会像当年雅典的那500位公民一样制造出悲剧。其三，不要以为死就是生命和事件的结束，恰恰相反，像苏格拉底这样的死，正是他哲人生命的另一种开始，是他遭控告事件被追询的开始。

苏格拉底死得太冤了。

苏格拉底又死得太有价值了！

苏格拉底，我来向你致敬了！

石问

王剑冰

一

我正在穿越四千年的时光隧道，我要去看大石棚。

已经进入九月，东北大地还是一片葱茏。最多的是玉米，很少看到大豆高粱。当地人说，大豆还有，高粱稀少了，人们吃上了大米白面，谁还稀罕那玩意儿。高粱是古老的食物，有史籍证明，高粱种植最少有五千年历史，大石棚时代，人们或用其果腹。

车子从大道上下来，拐入小路，小路两边出现了果园，梨、苹果、葡萄，随处可见。野花和蓬蓬草点缀在周围，向日葵也在其间炫染。同车的人说，刚才有一种梨，酥酥的，吃了会醉，是营口特产。哦，是一种古梨吗？朋友笑了，你什么都要同古时想在一起。

小路盘盘绕绕，忽上忽下，当地的朋友虽然来过，却总是迷路，使用的导航有时会失去作用，不得已下车再找。终于越上一道山梁，绿丛中开去不远，已是路的尽头。下车往前，一片青纱帐，仍无所见，扭头时，猛然站住。

阳光硬性地如雷电穿云透雾，直接照亮了那个庞然大物，它就在庄稼地里，神坛一般，矗立于天地间——怎不是将天地合在了一起！直让人目瞪口呆，要喊叫出来。如果不说是筑于中国的青铜时代，你定会怀疑是地球人所为。

怀着敬畏走去，越离得近，越感到一种沉重的压力。它是如此巨大，四块石头上演了一出建筑杂技：三块片石，突出地面达3米高，挤合成一个“门”，生生将一块巨石顶起。巨石整个如一个大棚，遮严一方天地（我后来看到了数字：盖石长8.6米，宽5.7米，厚0.46～0.55米，占地约50平方米）。无论下面哪个方向，它都留下一块阴影。

辽阔的山顶一片沉寂，大石棚现出凝重的色光，看着的时候，感觉到它的气息，它也在同你对视。重压之下的大地，微微战栗。

二

这里的山离海很近，山后就是海。可以想见，我们的先人常常能够望见大海，大海的辽阔形成了他们的气魄，所以早先的东北人，同样敢想敢干。在中原，除了为解决居住方式向下挖洞，尚未发现有此凡世称奇、仙界惊羡的动举，有愚公带领子孙移山不止，也只是寓言。那时的殷墟，正在铸造鼎之类的礼器，三星堆的鱼凫人，会接起一棵铜制的金钱树。

大石棚的朝向也是向南，这或是祖先早就对自然现象有了认识，顺应天道，得山川之灵气，受日月之光华。在人类历史的长河中，南向已经成为一个遵循的方向。

多少年前，营口发生过大地震，那个时候我还朝东北投去关注的目光，没有想到一年以后，我所在的唐山同样发生。这次接到营口的邀请，我立刻想到了那场灾难。大地震摧毁了那么多现代建筑，竟然没有撼动这古代的大石棚。

正看着，旁边的苹果地里钻出来一个人，这个人叫徐海，黑黑的，有五十多岁，孩子在外边打工，他在家经营着果园。

徐海说，当地百姓把石棚也叫古庙，正月十五开庙会，石棚周围的村子都上来，在石棚这里热闹。问这附近的村子叫什么？就叫石棚村。山呢？石棚山呗。石棚存在了四千多年，山名和村子必然都是后来叫的，显见对于石棚的在意与崇敬。

周围群山连绵，想看到点儿什么痕迹。这庞大的石棚，石料来自哪里？如何开采，如何运输，又是如何矗立？

山地起伏，有的地方陡起来，有的地方斜下去。我问徐海，附近可有河？徐海说，有浮渡河，还有三道河。我听了有些兴奋，果然有水，而且这水入海，说明水不小。陪我的朋友说，在营口地区，石棚的建造地附近几乎都有河流，那些河多通辽河。

我第一天入住宾馆，进门看到窗纱飘动，好奇地近前去看，窗外竟是一条大河。河水像土地，满是斑纹，对岸是一派自然田野。我觉得我认识这河，一问，果然是辽河，一条滋养辽宁大地，奔赴大海的母亲河。

我指着三道河方向问徐海，河水附近的山上可能采石？我想听到一个满意的回答，徐海却说，近处的石头不能用，质软，粗糙。那么，大石棚的石头会来自哪里？徐海说，这种石料应该在东边，那里有老帽山。他手指着。远远的山，有些绿着，有些裸秃。离这里多远？二十多里吧。那座山上的石头是青石，可以整块地开采，然后从河里运过来。我有些相信，但是我怎么觉得这石头不像是青石，而是花岗岩之类。而且，四千年前的运输条件不可能承载这么重大的石料。找不到研究史籍，我满怀着好奇与渴望。当地搞宣传的朋友也说不出什么。大石棚周围，应该有一个说明，或博物馆之类，让世界走来的人了解我们祖先的智慧与勇敢。现在，只能凭借有限的知识，展现自己的想象。

在没有超大起重设备、运输设备的情况下，或者等河结冰，在冰面上运行，或者走旱路，在冰道上运行。无论怎样，最终还是走冰道。要使得旱路冰层十分厚实，必须不断洒水，使之层层冻结，成一个整体，而后靠人力将石块推进。

必是一次部落群体行为，河道以及道路两边，野树、杂石、土塄子，都已经清除干净。那么，民族的智慧与力量起航了，圆木在大石下面转动，并不断地轮换铺展，整个大地浑然有声。那是一条昂扬的血汗之路，没有什么可以阻挡这庞大的石头。

目的地到了，巨石怎样上去，又是一个问题，这个问题同样没有难住我们的先人，他们不断地取土，直到将土填垒到足够高度，足够结实，完全地挤住了立石并在侧面做成斜坡，斜坡上依然洒水凝冰，而后起运。

寒冷变成冰，而后变成呼喊，变成众志成城。数十吨的坚硬硬不过一滴汗水，土筑土堆，代表当时最先进的攀高设备。我不知道有多少人成为这个筑石大军的一员，他们没有留下姓名，每一个人都凝成了永久的姿态，是的，我甚至看到了一张张表情。领头的在呼喊，那是一种什么号子，亦如后来我们听到的搬运号子、抬船号子、上梁号子、拉纤号子？我随即听到了群体的应和，如排山倒海，如雷霆滚动。藤葛道道，树杠排排，臂膀丛丛，一整块的巨石在同太阳一起上升。在此之前，它已经经历过利器的楔打，烈火的炙烤和冷水的淋浇而从山体分裂，再经历水、木、冰的间奏，经历风、雷、电的合鸣。庞大无比的巨石，终于带着无限信仰，安妥在无限的不可思议、不可解说中。

我分明看到撒在其上的信念以及属于盐的物质，这就是那逝去了无数生命的生命，时间一般长短与坚硬。

在看着的过程中，又有了新的疑问，这么大的石料上，竟然没有任何凿打的痕迹，它如何达到了双面平整如砥，而近乎四方的边沿如何切削成形？我的想象受阻，无法往下进行。还有，这片地域，紧靠着山河与大海，绝对是氏族部落集中生活之地，他们在此耕种猎取、休养生息，或许在石棚不远处，一声啼哭会震破黎明。那么，建造石棚，究竟有何目的？有说石棚是先祖葬地，有说是祭祀所用，我比较接受后者，如果建造石棚是为安葬长者，那么，该有无数长者的石棚聚在一起，不可能孤零一个。

无从知道大石棚的工程，到底经历了多长时间，中间许有停留，设计与实践发生了矛盾，就再合计，再试着进行。我们的祖先有的是时间，同样，也有的是力气。只要意志决定，就不会改变。许多的人类奇迹，都是如此完成。肯定会有伤亡，现代艰难的工程尚且会发生意外。血汗的代价是后来的欢呼和雀跃，那是一个辉煌的展现，这个展现直到今天。那么，它如何不是一个标志、一个意义？

三

压顶的石头顶部有谁画上去的画，仔细辨认，看出是龙。旁边的石壁上，有凸起的石刻，像象形文字。还有“天下太平”等刻画，更多的叠压着不同年代的字迹，难以分辨。

徐海说，原来这里正对门有一棵古松，很多年头了，古松有九枝，就像九条龙伸向天穹。树上挂着钟，上工的时候用，也许更早些还有别的用处。有一枝干搭上了石棚，人们就从那里爬到石棚顶上去玩，尤其是小孩子。我说你上去过吗？他说，当然，周围村子的孩子差不多都上去过。那是一种本事的体现，谁也不会落后。徐海说上边还有画的棋盘和其他格子，他们就在上边玩棋、跳房子。我想假如生在这个地方，童年也会与这石棚结下不解之缘，同他们一样，玩耍蹦跳捉迷藏。晚上敢来吗？月黑风高，在周围钻来钻去？别说那时，现在也未必有这个胆子。后来呢？后来让小队给砍了。小队就是后来的村民组。徐海说，那是棵神树啊，砍的时候冒血。

现在院子里又长起来一棵松树，徐海说，这树也十来年了，但是比原来的差远了。原来门前还有旗杆，旗杆上飘着杏黄旗。我看到现在门口立着两根铝合金旗杆，徐海说这是后来有人自发立起来的。

顺便问起了果园的收成。徐海说，还算是风调雨顺，就是水果不大好卖出去，苹果一块五，桃一块，葡萄一块，成熟的早点儿还能卖贵点儿，现在就有些晚。说话间，地里又钻出来一个人，是个比徐海大些的女人，她说是另一块园子的，从这里过。问她是不是石棚村的，她说是，但是从别的村子嫁过来的。那时也常到这里玩，村里没啥好玩的地方。

从山上下来不远，是原来二台农场的场部所在，一个台阶上，坐着三位老者。张大爷的耳朵有些背，听不大清。旁边的人说，他差两岁就满一百了。那你们呢？一位八十四，一位七十一。三个人就那么坐着，让黄昏的阳光披在身上。你能够想到，平时他们就是这样，常常坐在这里，没有什么话，也无须说些什么话。见到来人，就有些兴致，聊到大石棚，就更有了兴致，好像那是他们的什么熟人。

张大爷说，那大石棚子，一丈八长，一丈八宽，以前后边还有观音坐像，正月十五庙会，都是人。说到那棵老松树，张大爷说他小的时候就跟大伞一样，撑出去好大一片。树上挂着钟，一人高，声响能传二十里。以前有人惦记石棚下面，曾经挖过，就顺着立着的石头往下挖，有人怕挖倒了，哪知道下去一人深，还没有到底。石棚里铺地的大石板是一整块，也被动过了，现在一块块的，有些不整齐，也是找下面埋着什么。张大爷说，反正过去这么多年，这么多朝代，保不准有谁惦记着。他们说的，与山上徐海的话有对应处。

旁边的老人说，那个时候，有人砍了老松，还想将大石棚弄翻，用它的石料。可是无论如何整不了，想是触怒了神灵，加上群众也不愿意，只好作罢。另一位老人点上一根烟说，闹日本时期，这里住过日本人的垦荒团，走的时候也炸过，看着石棚纹丝不动，跑了。这样说来，大石棚倒真是有了一种禅意，它默默打坐，宽和坦然，宠辱不惊，佑护着一方百姓。

后来又来了一位，叫王家成，听我们聊大石棚，话立刻就跟上了。他说，你想，那不定是哪路神仙弄的，现在你不用器物试试？谁说的，你就是使出洪荒之力也不成！所以人都有了敬畏，在那里燃炮焚香，祈丰求福，祛病消灾。我记得很清楚，小时候常跟着大人去上香，石棚的后面侧面都有香炉。老王很健谈，也很幽默，他不大乐意坐着，边说边来回地走。问起年岁，看不出他七十有八。这一带的人，都活大岁数。

我想，大石棚在石棚山已经构成了一个氛围，一个象征。再没有比其更能体现出人对于未知的敬畏，既然生活中有无可言说的痛苦与需求，只有一代接一代投之于信赖。

四

告别了老人们再次上路，本想再去看看其他地方的石棚，盖州宣传部的朋友打了好几个电话，也没有问明路径。他们说，那些石棚也是单个的存在，都不及这个壮观和完整，只好作罢。

太阳已经下山，离大石棚越来越远了。

我的眼前，依然闪现着它的形象，依然感受到它传递的信息。只是它立在那里，有些孤独。瓜果熟了又落，庄稼一季又一季，围着它的顽童变了容颜，沧海桑田四千年，它只是无名无分，无声无息。走向它的人很少很少，我来了又走了，对它有诸多茫然和不解，不能为它做些什么。

但是,我想告诉你,它或许是在一处神域,怀云袖雾,经天纬地,守望这一方世界。它那般凝重、那般沉厚，诉说着一个时代的开采史、运输史、建筑史。讲说着关于生活、信仰与图腾，关于平衡定理、力学定理、杠杆定理，当然还有美学、设计学原理。

真的，你应该来看看的，看看这个大石棚，我相信，不同职业不同身份的人来，都会为它立地顶天的气魄所震撼，会带走无数感想和慨叹。

到灯塔去

郭　梅

年终岁尾，照例来看我的老学生比较多，其中一位还我一本书，是著名英国女作家弗吉尼亚·伍尔芙1927年创作的准自传体意识流长篇小说《到灯塔去》，不禁勾起了我几次到灯塔去的美好记忆。

虽然从小生长在沿海的浙江，读大学时还被不少外省同学理所当然地认为是海边人，其实我和大多数浙江“内陆”人一样，对大海根本谈不上熟悉。记得第一次看海是在高考后的那个酷暑，和同学们一起到普陀山，踩沙滩、吃海鲜，穿着泳衣摆个姿势拍照，就算是到过海边了。而岱山的云天海涛，却直到六年多前才第一次有机会亲近。

在去岱山之前，我对灯塔的认知是十分有限而肤浅的。我只知道那是一种航标，也是颇得画家、摄影家青睐的创作题材，象征光明和希望，似乎还染着些许浪漫和瑰丽。小时候集邮，曾经很喜欢一套灯塔邮票，造型、色彩均美甚，搬家时不慎遗失，还心疼牵挂了许久，但邮票上具体是哪几座灯塔，却记不清了。而和灯塔相关的文艺作品，熟悉的也屈指可数，其中，印象较深的有小时候看过的电影《没有航标的河流》，那是根据老作家叶蔚林的同名中篇小说改编的，曾获文化部优秀影片二等奖和美国第四届夏威夷国际电影节东西方中心奖——伊斯曼柯达奖。还有，就是伍尔芙的《到灯塔去》。另外，因为鲁迅先生，不少和我一样略上点年纪的中国人知道了一个荣获过诺贝尔文学奖的名叫显克微支的波兰作家，他的一个短篇代表作叫《灯塔看守人》——有意思的是，当年我从图书馆借阅这本小说的时候，不无惊讶地发现译者竟是施蛰存先生，那位曾被鲁迅骂作“洋场恶少”的老作家，“新感觉派”的代表人物。当时，老人家还健在，就在我就读的大学任教，而且是我的杭州同乡前辈。一个现代文学专业的博士师兄是施老的弟子，我还曾跟随他不无好奇地拜访过施府。现在想来，也许对外国文学颇为隔膜的我，便是因此而记住了显克微支和他的《灯塔看守人》吧。不过，也就仅此而已，无非是模模糊糊地知道灯塔可以设置成堪称完美的小说故事场景罢了。

换言之，在2011年第一次去岱山听海、拜访灯塔之前，我所有的直接或间接的人生阅历，都还不足以引发我对灯塔的好奇和敬畏，而真正让我对灯塔及其看守人具备基本认知并肃然起敬的艺术作品，是2011年5月下旬一个晴朗的春日，在岱山下三星灯塔下的一次现场小品表演——两位演员和我们一路寒暄着上岛，还时不时地停下脚步耐心地等待气喘吁吁的我们。没有剧场，没有舞台，没有乐队，没有灯光，更没有启闭的大幕，也没有观众席。我和摄影家、作曲家、画家们站着围成一圈，就在高高的灯塔下面，观看灯塔工的妻子上岛看望丈夫的寻常故事。人物，有且仅有两个，就是灯塔世家的男主人公亮子和他的妻子叶儿。故事，也简单得不能再简单，讲的是叶儿第N+1次上岛探亲，带去的除了衣物和食品，还有一包泥土——岛上缺少的不仅是人们一般容易想到的淡水，还有一般人想不到的泥土，因为台风一刮就没了。“泥土是个宝，岛上很稀少，不管谁上岛，必须带一包”，这不成文的规定，也被自封为灯塔婆的弱女子叶儿奉为圭臬。亮子因为岛上泥少缺地气，脚浮肿得厉害，叶儿就拿自己背去的泥给丈夫做特殊的足浴……我和文艺界的朋友们虽都是看惯正规演出的，平时的艺术眼光不无挑剔，但却无不被这“原生态”的表演感动得泪满双颊，而且，至今仍历历在目。当然，让我们激赏的，绝不是表演的“档次”，而是守灯人的执着坚守和无私奉献。

虽说平时惯于舞文弄墨，还被公认为文笔尚可，但灯塔工的艰辛，我委实倍觉难以用文字来形容，只能老老实实地复述几个细节——守灯人退休了，往往喜欢找个最热闹的十字路口站着，一站就是大半天。做什么呢？看人！因为，人多啊，好看，看着开心，听来令人酸鼻。当然，木讷、拙于言辞也往往是守灯人的“职业病”。台风来了，最可怕的不是交通断绝回不了陆地，而是岛上淡水没了补充不上去。时隔六载有余，我依旧清晰地记得，当时带队参观灯塔的海事局王书记告诉我们，他记忆里刻骨铭心的一个细节：狂风巨浪中，王书记率队驾船送水，但风浪太大怎么也靠不了岸止不住锚，岛上的师傅已年过半百，腿脚并不利索了，但沿着海岸拼命追船，追呀追，只为一桶在我们眼里最是稀松平常的淡水！一看就是条硬汉的王书记还忍不住动情地强调，当时岛上的淡水只能勉强盖住一个小桶的底，而且已经长绿毛了，灯塔工还舍不得倒掉，因为必须靠它维持生命！还有，从机房到灯塔也许只有区区 20 米，但在能把大树连根拔起的台风中，这 20 米却是如走钢丝，稍有不慎就会被卷入波涛汹涌的大海，消失得无影无踪……

长年累月的孤独、寂寞，见不到亲人的痛苦和无法照顾亲人的内疚，是守灯人挥之不去的“伙伴”。叶中央、赵盛仕……几乎每一个模范灯塔工都受过亲人伤残甚至非正常死亡的重大打击——叶师傅曾经为守灯献出了妻子和女儿两条鲜活的生命。而赵师傅则为守灯耽误了儿子小海的病情，致使其智力受损。而且，海岛通信十分不便，赵师傅在岛上是“独行侠”，有一次病得快不行了，不得不点燃篝火求救，这听起来像是发生在古代题材武侠小说中的情节，却的的确确是当代灯塔工赵盛仕的亲身经历，令人唏嘘。还有，在根据叶中央的模范事迹改编的电影《灯塔世家》里，灯塔工的妻子因为台风而不得不靠电话里医生的指导分娩，最后失血过多，给岛上添了一座新坟。这根本不应该发生在现代社会的惨剧，却并非完全出自编剧的虚构，看了让人黯然神伤。影片中这位爱上了灯塔工的女教师书秀，和小品里的叶儿一样，可爱、可敬。

岱山归来，我才明白，灯和灯塔，对大众来说，是光明，是希望，是巴金、张抗抗等作家笔下的美文《灯》，也是一个从古至今具有丰富象征意义的美好意象；而对灯塔工和他们的家属来说，则更多的是坚守、是隐忍、是责任、是守望，更是常人难以想象的自我牺牲。

海岸边、灯塔下，听海观涛，与满天繁星对话，对我们这样偶尔一到的游客来说，是偷得浮生半日闲的悠哉和浪漫；而在守灯人的辞典里，也许压根儿没有诸如“辽阔”“壮美”“浪漫”“水天一色”“直挂云帆济沧海”等漂亮的词句，他们有且仅有——责任、责任、责任！！！

没有坚守，就没有光明，没有希望。

唯有坚守，才有光明，才有未来。

那一天，那一刻，在下三星灯塔下，我蓦然悟到，灯塔的第一关键词，不是光明，不是希望，更不是浪漫，而应该是——坚守。

灯塔的颜色，或红或白或黑，或红白、红黑、黑白相间，我曾经想当然地以为那纯属审美元素。去过岱山才知道，灯塔外观最主要的功能是引起过往船只的注意，故而首选醒目且不会和周围环境混淆的色彩——白色的灯塔最为常见，就是因为它晚上也醒目，而海边的灯塔少见蓝色，也出于同理。于是，内心不由得涌起强烈的感动和敬畏——我们的先人和严峻甚至恶劣的大自然环境相抗争，在顽强生存下来的同时，不曾忘记美，或者更准确地说，他们不曾忘记创造美和享受美。于是，一座座灯塔阅尽千帆历尽沧桑，在指引航向昭示希望的同时，也给予人们美的享受和美的力量。而一个如此热爱美，乐于并善于创造和欣赏美的民族，本身就是美的极致——自尊、自爱、坚强、坚忍，美得端雅、美得大气、美得诗意！

灯塔，如诗，如史。

灯塔，如史，如诗。

在显克微支的笔下，史卡汶斯基，一个是命途多舛的波兰七旬老人，在人生的暮年渴求找一个安静的地方度过余生。很偶然的，他来到离巴拿马不远的阿斯宾华尔岛，并在此处获得了灯塔看守人的职位，灵魂开始了真正的皈依。他除了每天给海鸟喂自己剩下的食物，就是在夜晚来临的时候爬上几百级石阶去点亮那给大海中行驶的船只以希望和光明的灯塔。可是，很偶然的一件事打乱了他的平静——他收到从纽约寄来的一个包裹，因为他曾将自己半个月的工资捐给一个波兰侨会，侨会就给他寄来几本书作为报答，其中有波兰大诗人密茨凯维支的一本诗集。诗句唤醒了老人对故国的深切怀念，那一夜，他竟激动得忘记点亮灯塔，于是，他被免职。在故事的结尾处，他怀揣诗集离开阿斯宾华尔岛，就像怀揣着光明和信念。显然，在这个故事里，我们读到了爱——一个漂泊异乡的老人对祖国深沉的爱，沉甸甸的，温暖、明亮，一如灯塔。

于是，我想起了关于灯塔的最古老的传说——“古希腊女教士希洛点燃的火炬照亮了每夜泅过海峡来的利安得尔的眼睛。有一个夜晚暴风雨把火炬弄灭了，让那个勇敢的情人溺死在海里”。巴金先生强调，“熊熊的火光至今还隐约地亮在我们的眼前，似乎那火炬并没有跟着殉情的古美人永沉海底”。确实，希洛的火炬长明不熄，因为，它是国际航标协会的会徽图案。

灯塔，极古老，而又永远青春。

灯塔的关键词不仅是“坚守”，更是“爱”——因为“爱”，所以“坚守”。

灯塔，代表光明和希望。

灯塔，将坚忍、坚守和最柔美的爱与情完美结合，让人顶礼，又令人迷醉。

也许，岱山人都喜欢两部以灯塔为题材的外国影片吧，即2004年的法国片《守望者》和2009年的美国片《灯塔看守人》，它们都胜在抒“情”。

《守望者》的故事发生在1963年，在阿尔及利亚战争中负伤退伍的安东尼被政府安排到布列塔尼小岛上看守灯塔。排外的当地人不喜欢他，他的搭档依冯起初也不喜欢他。在共同孤守荒塔的过程中，依冯逐渐发现了安东尼的可贵品质，慢慢转变了对他的态度。当地的少女们被安东尼的英俊外表所吸引，都很喜欢他，引起男人们的嫉妒，加深了对他的厌恶。最后，安东尼不得不离开这个充满敌意的地方，但此时他与依冯的妻子玛蓓已经产生了深深的爱情……

《灯塔看守人》的背景则是1912年美国马萨诸塞州的鳕鱼岬：蓝天碧海，没有人烟，远离红尘，却有在黑夜里熠熠闪光的灯塔，还有一个讨厌女人的守塔老人。翻滚的海浪卷过来一个也讨厌女人的年轻人，他说：“如果你看见我和女人打情骂俏，就请打我。”老人答：“如果我和任何女人说话，你就淹死我。”不久，鳕鱼岬来了一老一少两个女人，老妇人原是守塔老人的妻子，只因一时误解而分开。老人讨厌女人，却在心中永远留着妻子的位置；老妇人拒绝着老人，却从来没有停止过在乎他。于是，美丽的故事逐渐展开，最后老人和年轻人各自遇见爱，两对有情人终成眷属。

也许法式浪漫和美式浪漫有所不同，但两部影片都令人心底慢慢涌过感动的潮水，让人体会到纯净的爱，和爱带来的幸福与快乐。两部影片的编剧和导演不约而同地选择灯塔作为主人公爱的见证，余韵悠悠。

2005 年 7 月，中国灯塔博物馆在岱山建成开馆，成为当地的文化地标，岱山人拍婚纱照也往往要到这里取景，在灯塔下发出爱的誓言也已经成了当地的新时尚。也许，黄昏时分，驾一叶扁舟到海上去拍摄，那画面，便酷似莫奈《远方的灯塔》了，激情内敛、深沉隽永，一定是相册里最耐看的一幅，美极了——我悄悄地这样想。

下一次去岱山，不妨带上弗吉尼亚·伍尔芙的《到灯塔去》，或者菲莉斯·桃乐赛·詹姆斯的《灯塔》，我又想。

也许，只有在岱山，在灯塔下，才能更好地体味伍尔芙对女性气质的独特理解。而《灯塔》作为继阿加莎·克里斯蒂之后的又一位“侦探小说女皇”，菲莉斯·桃乐赛·詹姆斯创作于 85 岁高龄的巅峰之作，情节与中国读者所熟悉的《东方快车谋杀案》

和《阳光下的罪恶》颇为相似，但故事以灯塔为凶案背景，让读者在灯塔下享受推理的乐趣，则显然是作家的匠心所在。

到岱山去。

到灯塔去。

癸辛街旧事

陆春祥

周密（1232—1298），字公谨，号草窗、华不注山人、弁阳老人、四水潜夫。祖籍山东济南，自曾祖父随南渡始移居湖州，寓居杭州达四十年之久，著有笔记《武林旧事》《齐东野语》《癸辛杂识》及诗词集数十种。

——题记

一、癸辛街

杭州的民间故事中，于谦少年时的一则对对子轶事，颇吸引人，小于文思敏捷的聪明劲毕现。

杭州少年小于，一次和父亲、叔叔路过一条街，街上人来人往，热闹异常。于父抬头望巷口，原来这条街名叫癸辛街，于叔也看到了，他对哥哥说：作对子最怕用干支字，就如眼前这癸辛街，如以此街名为上联，下联则很难应答，你试试小于，便知我所说不虚。于父吟道：癸辛街。小于脑子迅速闪现出《三国演义》中魏延给诸葛亮讲过的地名，于是答道：子午谷。于父、于叔惊喜交集，不约而同地赞道：这孩子长大后必能光宗耀祖。

街巷向着癸辛的方向就叫癸辛，南宋的临安城，以天干地支命名的街巷，仅此一条。还有一座城门艮山门，也比较特别，用的是周易里的卦名。至于为什么这么取名，我还没有找到说法。

清朝以前，癸辛街依然热闹，南宋名作家周密居住于此几十年，直到去世。他的几部著名笔记《武林旧事》《齐东野语》都写于此，还有一部索性就叫《癸辛杂识》，“癸辛盖余所居里”。

子午谷，在秦岭大山长安县西南，南北纵向，北出口称“子口”，南出口称“午口”，整个峡谷三百多公里长，悬崖绝壁，栈道无数。魏延的计策是，率五千精兵由子午谷快速奔袭，一举拿下长安，而诸葛亮最终否决，因为太没有把握。子午谷今天成了旅游探险的好去处，而癸辛街只存在于周密的笔记中、历史的记忆里。这条街，清初被圈入八旗驻营之内，有人认为在涌金门与钱塘门相接处的洪福桥一带。而我的同事、南宋史专家姜青青认为，就在今天的长生路附近，长生路因为有长生桥而得名，癸辛街与长生桥同在一条河畔，他复原的《南宋咸淳京城四图》上面，清晰地标着，洪福桥就是洪桥，京城图上也有。

穿越七百多年的时光，我们要回到周密的癸辛街上，那里有他长久苟命的居所，那里有他时时串入他脑中的南宋城郭和旧事，那里自然也有他朝夕相处志同道合的朋友。

二、齐人周密

周密的《弁阳老人自铭》，对自己的身世，有一个比较完整的记录。他祖籍在山东历城，历山下，华不注山的南面，周氏显然是当地的望族，靖康元年（1126年），周密的曾祖御史中丞周秘，随高宗南渡，先是在湖州的铁佛寺暂住，后来又搬到天圣寺长久借住，待时局安定下来后，周秘就在吴兴置业居住，成了吴兴人，周家这一住，就是四代，公元1232年5月21日，周密出生了。

周密不是出生在吴兴，而是出生在富春县衙。这是怎么回事呢？

这就要先说周密的父亲周晋了。周晋历任富春令、闽漕干官、衢州通判、汀州知州等。绍定四年辛卯（1231年），周晋出宰富春，九月到任。周密在《癸辛杂识》后集里有《先君出宰》，写到了他父亲在富春县令上的一些事。

周晋刚一到任，正碰上慈明太后（宋宁宗的皇后）去世，要求富春县办理棺木，周晋办得非常妥帖，也没有以捐税差役去骚扰百姓，老百姓都称周晋为“周佛子”。百废待兴，周晋全力改革，节省不必要的开支，将财力集中到为百姓办的事情上，他修建县学，并制定规范的管理制度，重新制定祭奠礼仪，并将祭奠的各种规章，一并刻到石头上。他还在富春江边，重新修建了合江驿，驿后有一大阁楼，上书“清涵万象”。他还为百姓修建了一个公园，园中花草芬芳，有楼阁，有池塘，第二年，莲池中的荷花盛开，还长出了极为特别的双莲，周晋就取了“合香”之名，取古诗“风合雨花香”之句。壬辰岁，周密就生在那个富春县衙。

富春江边，鹳山脚下，富阳县城的东北方，富阳县衙就在那里。我查《康熙富阳县志》上的文字和图，记载清晰：唐咸通十年（869年），县令赵讷开始建设厅宇；宋宣和年间（1119—1125年），毁于寇，县令刘举夔重新建造；嘉定二年（1209年），县令吕昭亮又大规模修建；景定五年（1264年），县令赵汝崖新建了狱舍。一直到明到清到民国到现代，成了现今的富阳区政府大院，也就是说，这个地方，一千三百多年来，一直是富阳的政治中心。这个大院，我去过多次，院子挺大，旧房旧舍，草树茂盛，但唐宋元明清的老县衙遗物，却全无踪影，据说20世纪大院边上的邮舍弄还有一点老城墙，后来也都拆光了。

光绪县志上标注着，老富阳县衙内建筑不少，照墙、县衙门头、大堂、川堂、安吉堂、三堂、斐如堂、大仙楼、土地堂、申明亭、监狱、捕署、内公所、粮署，小周密应该就出生在这个老院子里的某一间房内。其时，周爸爸正年轻有为，意气风发，出身名门的周妈妈［周密外祖章良能，处州人，淳熙五年（1178 年）进士，做过枢密院编修、礼部侍郎、御史中丞等，外舅杨伯嵒是南渡名将］，虽柔弱多病，也欣喜若狂，他们夫妇俩的独子，今后将成为南宋历史上的著名文化人物。

周晋在富春县令任上只待了三年，他学识渊博，为人正直，为官勤廉，却一直没有大的作为。周密说了一个原因，他得罪了一个不该得罪的人，这人就是李宗勉（文清）。

周密说，他刚出生的时候，李文清正在老家闲居，李是富阳人，开禧元年（1205 年）的进士，做过著作郎、监察御史、工部侍郎兼给事中，最后做到左丞相兼枢密使，以光禄大夫、观文殿大学士的身份辞官。这样的身份，即便是贬官闲居，也还是个重要人物。周密写到，李家的数十个仆人，非常强悍，他们把握着县道，似乎有点横行乡里的意思，而周晋这个地方官呢，又不善于拍马屁，或者马屁拍得不好，不能事事都满足李大人，于是，周和李之间就有了积怨。

周密坐在癸辛街的书房“浩然斋”里，看着窗外的飞鸟，依然在回忆父亲的事。他父亲还有一件事的处理，李宗勉就认为是周晋故意为难他。李大人看中了富春县的官妓蔡闰，时间长了，李就想为蔡脱籍，也就是让她从良，还其自由身，但一直没办好。有次周县令和李大人还有蔡一起喝酒，李大人就向周县长敲起了边鼓：这个小蔡呀，我还没有考中进士的时候，她就已经在册了。李大人的言外之意就是，蔡在册时间已经很长了，可以考虑她的自由身了。此时的周晋呢？他转身问小蔡：你什么时候入的籍呀，今年几岁了？那小蔡，真是笨，没有理解李大人的意思，如实向周县长汇报。大家一听，咦，李大人考中进士的时候，小蔡只有十岁，显然不可能。而此时的李大人呢，脸红一阵白一阵，周晋其实无意，李大人却认为故意，于是更加怀恨在心。

李宗勉重新入朝，掌握实权的第一件事，就是弹劾周晋。宋史中，李宗勉也算是一个正直的官员，他去世后，被赠为少师，谥号文清。周密也是一个正直的作家，不见得会造谣，立场不同，性格不同，要找一个官员的碴子，无论是谁，分分钟的事。

周密就生长在这样的环境中，故家遗泽，积厚流光，健康成长，志向高远。家里的书几万卷，仍然不断买书抄书，一直坚持到老，周家曾经有多少书？三世积累，凡有书四万二千余卷，三代以来金石之刻一千五百余种。

周密从小到大，都随着做官的父亲到处居住，长大，娶妻，妻就是杨伯喦之女。周密子周铸，周密有《藏书示儿》长诗一首，其中有句，这样表达了对儿子的期待："我家有书种，谨守毋或坠。诗成付吾儿，永以诏来世。"

这样一个基层官员却又是知识分子的家庭，靠着祖宗积累下来的名声，凭着自己的才气，日子过得还是惬意的，他的日子平稳而有节奏，他因祖父的恩泽步入官场，做过临安府幕属，做过和剂药局、丰储仓的管理者，还有义乌令。接下来，我们进入他职业生涯中的一段，说说周密管理药局的事吧。

三、和剂药局局长

1.

管理国家的医药局，咸淳年间，这个职务，周密差不多干了五年。

国家统一管理药材，这在北宋王安石改革时代就开始了。我们熟知王安石变法中的青苗法、保甲法、农田水利法、方田均税法等等。其实还有一个流通领域的市易法，按照此法，药品贸易属政府行为，由政府控制，此举既可以有效防止和治疗传染病，也增加了税收，稳定了药品市场。熙宁九年（1076年），北宋京城首次设立官药局，也称熟药所、卖药所，从药材收购、检验、管理，到监督中成药的制作，都有专人负责。官药局不仅管理医药市场，还配有医生开方子治病，药价仅为民间的三分之一，大受百姓欢迎，效果非常好，这显然是惠民的大好事，政府索性将官药局改为“医药惠民局”，重点突出惠民。

几十年后，政府又将熟药所负责制药的业务剥离出来，设立两处修合药所，作为专门炮制药物的作坊，生产和经营两分开。

政和四年（1114年），熟药所改名为医药惠民局，修合药所改为医药和剂局。惠民局管理制药和经营，和剂局根据药方配置药物。北宋变南宋，医药体制依旧，周密就担任官方的和剂药局监督官。

周密迅速进入工作状态。除了休息日，他每天从癸辛街出发，十几分钟的马车就到了上班的地方，在他的《武林旧事》《齐东野语》《癸辛杂识》中，有许多条目，都写到了医药，他尽心尽职，医药管理，人命关天。

一个内心淡定的文化人，看着自己管理的部门，救死扶伤，立竿见影，内心时不时会有一种喜悦。特别是每有新药研发成功，或者看到发现数种好药材的汇报材料，他的喜悦程度一定会加倍，而这种快乐，往往会成为他坐在癸辛街书房里写作时常闪现的灵感。他心中甚至想，这个职位要是干久了，他完全可以整理出一本类似苏东坡和沈括那样的《苏沈良方》来。

2.

周密的和剂药局在太府寺的右边，这个地方，如今是杭州热闹的中山南路一带，靠近皇城，是御街。

1996年2月，我们的报纸报道了这么一则小考古新闻：惠民路北侧的杭州上城区文化中心基建施工时，发现了一处南宋建筑遗址，三开间房址，坐北朝南，中间房内发现深埋于地的两只大陶缸，缸内发现残留白色沉淀物，现场还发现有石碾轮、石夯，及不少瓶子的碎片，因为面积不大，专家认为，这是一处南宋年间私人制作汤药的小作坊。

杭州清河坊一带，自南宋始，一直到明清到现代，都是中药制作的重地。

我爸今年八十八，血压低，血色素也低，中医说花生衣泡茶喝有好处，我去胡庆余堂买，不仅仅是买药，也是再去领略一下中国中药的标杆。江南药王，胡庆余堂，门楼上“是乃仁术”匾额为胡雪岩亲自所立。两千五百年前，《孟子》对梁惠王说的“医者，是乃仁术也”，至今听来浑厚威严。高墙深院透着一种古朴，有问诊的，有拿药的，也有不少游人，坐堂名医们大多白髯飘飘，仙风道骨，和颜悦色。1874年，徽州商人胡雪岩创办这家药铺时，遵循的就是宋代皇家药典《太平惠民和剂局方》，去粗取精，再结合临床实践，药馆制作的丸、散、膏、丹、胶、露等数百种，名动天下，这里汇聚着数千年的中医精粹。国药大厅，看着“真不二价”和“戒欺”的横匾，这个接着南宋医脉的中药馆，你的心似乎一下子就顺畅安定下来。

调理慢养，疏经松脉，护佑中国人几千年的中药，博大精深，周密管理这种伟大的事业，乐此不疲。

然而，南宋王朝随着陆秀夫抱着八岁的赵家小皇帝在崖山那一跳而彻底湮灭。周密的心也如死灰，他只沉浸在他的文字里，他用文字承载着万般复杂的心情，文字里有阔大的乡情、友情，文字里有他曾经的辉煌故国。

四、西湖吟社

暖风熏得游人醉，直把杭州作汴州。南宋的杭州，各项事业都发达，文人的社团组织，也如雨后春笋，拔地而出，比如各种诗会。

景定年间（1260—1264年），杨缵发起组织的西湖吟社，周密、吴文英（宁波人）、张枢（杭州人）、张炎（张枢之子）、施岳（苏州人）、徐宇（桐庐人）、李彭老（德清人）、毛逊（衢州人）、徐理（萧山人）等都是骨干。

西湖诗社的规模不会太大，但参与者档次极高，志同道合，他们效法姜白石，仰慕晋宋间人物，追求独善其身。当暑月的骄阳烤得人喘气都困难时，这些失意于现实的文人，却在西湖深处泛舟沉醉，西湖岸边垂柳依依，湖水碧绿，成片的荷花，将西湖塞得满满的。如果船上只是会作诗词的男人们，似乎有些无聊，必须带着身材姣好会唱会跳的年轻女子，听过曼妙的曲子，喝过碧筒莲叶酒，于是，每人分一诗题，大家限时作。作完了，古琴大师们马上谱出曲子，短箫立即试吹，宫商角徵羽，12356，长吟和短唱，朗声和婉转，飞鸟似乎也要停下来，湖水似乎都要静止。

周密除笔记之外，诗词的成就最高，感怀身世和时事，咏史咏物，怀友赠友，兴观群怨。少年诗流丽钟情，春融雪荡；壮年诗典实明赡，博雅多识；晚年诗感慨激发，抑郁悲壮。他的400多首诗分别收入《草窗韵语》《弁阳诗集》《蜡屐集》三个集子中，153篇词收录在《蘋洲渔笛谱》《草窗词》《弁阳老人词》中，时人将他和吴文英并提。

周密的词，在王国维的《人间词话》看来，失之肤浅，“一日作百首也得”，但似乎贬得太过了。其实，周密词兼姜夔、吴文英两家之长，词风清丽典雅，他写西湖十景的组词《木兰花慢》，就是他的成名作。写杭州西湖的诗词，苏轼、杨万里都是高手，西湖十景组词，虽然杨缵老师改了数月，我还是以为相当有读头。比如其中之一的《断桥残雪》：

觅梅花信息，拥吟袖、暮鞭寒。自放鹤人归，月香水影，诗冷孤山。等闲。泮寒睍暖，看融城、御水到人间。瓦陇竹根更好，柳边小驻游鞍。

琅玕。半倚云湾。孤棹晚、载诗还。是醉魂醒处，画桥第二，奁月初三。东阑。有人步玉，怪冰泥、沁湿锦鹓斑。还见晴波涨绿，谢池梦草相关。

我居杭州几十年，断桥残雪，只是偶尔看过几次，说实话，无论晴或雪，断桥上基本都是人，即便是阴或者是雨，一样人多。

许多外地男生，慕名来寻多情的白娘子，许多外地女子，同样也会寻善解人意的许仙。不过呢，周密写雪，却不着眼于雪，就如他的诗句：谁云冰雪姿，中有春风心。踏雪寻梅途中，天寒地冻，素裹银装，但他已经穿透厚雪，读出了春天的梅花信息。而一说起西湖边的梅花，那孤傲清高的林逋，那伴他的情鹤，一下子就在孤山活了起来。林和靖居孤山，二十年脚都不踏进杭州城一步，他受不了那里的暖风。

泮寒晛暖，冰融化曰泮，阳气浮动曰晛。用不了多久，雪化春回，到那时，冰雪消融为水，流入御沟，潺潺而鸣，人间又是生机勃勃。“瓦陇竹根”为什么会“更好”？因为有雪点缀呀，看，白雪之下，一白遮全丑，什么景物都变得漂亮了。往东边的花园回程，在小园幽径之上，有莲步轻盈的姑娘在慢行，她们东一脚西一脚，轻轻嗔怪，雪消后的浅泥，溅湿了她们绣有鸾凤图案的锦鞋。晴波涨绿，这新绿溅溅的水中，尽含雪的魂影。

说到了周密的诗和词，这里顺便带一下给周密诗集《蜡屐集》写序的邓牧。

三年前，我读完邓牧的笔记《伯牙琴》，对这位宋元之际的杭州异人，印象颇深。他比周密小了十来岁，是非常有思想的一位隐士，他的《逆旅壁记》中有这样的句子：“游公卿，莫不倒屣；行乡里，莫敢不下车。”哈，他很贫穷，但牛的程度，世上很少有人可比。我虽不敢夸口说阅尽了古人之所著与所解，然而我游于公卿之间，谁不热烈欢迎？行于乡里之中，谁敢不下车致敬？这样性格的人，自然要做隐士，所以，他晚年长住大涤山上的洞霄宫里，与道士为伍，经常“身披褚衣，一日一食，枯坐于空屋之中，经月不出”。他为周密诗集写的序，应该是五十岁以前，序言也极其简洁：

蜡屐非履非舄，不足以忘足，而阮孚爱之。诗，发乎情性，与蜡屐不类。周公谨以名其集，岂以阮孚所以忘足者而忘心于诗？物无美恶，溺于所爱，皆不得为情性之正，安得与诗同日语？然与为阮孚，犹愈于祖约畏人，况不为阮孚者乎？

这微博式的序，除去标点，总共不足百字，也没有谈到周密诗的成就，还用了一个长长的典故。蜡屐是什么东西？既不是草履，也不是布鞋，穿上它不足以让人忘足，但阮孚却喜欢它。而我们说的诗，一定是发于性情，与蜡屐完全不是同一类事情。那么，周密为什么要拿来做他诗集的名呢？难道是像阮孚那样，用玩木鞋的心情来爱他的诗歌创作吗？物其实无美恶，如果溺于所爱，都不能说是好事情，只是着迷罢了，喜欢木鞋怎么能与写诗同日而语呢？然而，周密与阮孚一样，都是真性情的流露，比祖约怕人看见要高明得多。何况，周密还要超越阮孚呢？

如此看来，周密给自己的诗集取《蜡屐集》，意思就明白了，敝帚自珍，爱我所爱，不管别人说什么！

五、《鹊华秋色图》

元贞元年（1295年）十二月，癸辛街周密的府上，来了一贵客，他的忘年交，湖州老乡，著名的书画家赵孟頫来访，此时，他刚刚从济南府同知任上卸任。主宾在“浩然斋”里亲切交谈，谈时事、谈艺术，而周密和赵孟頫的话题，重心就在那个“齐”字上。前面“齐人周密”已经说了，齐地是他魂牵梦萦的故土，但，自他曾祖之后，他们都没有回过齐地，故乡只存在于思念和文字中。

我虚拟一个小时候周密家中经常出现的场景。

父亲周晋，自打周密记事起，在家中常常唠叨的话题大致有以下三个：儒家的那些经典，你一定要细读，我们是齐人，那里是儒家经典的发源地，做人做事，都要遵循儒家的优良传统；我们虽居吴，可我的心，没有一顿饭的工夫忘记齐呀，我的父亲没有忘，我不忘，你们也不能忘；国破山河碎，你一定要从小立志，为国家为理想而奋斗！从记忆角度说，从小灌注的东西，记忆特别深刻，且情景会常常不断浮现。对小周密来说，故土如山样沉重，他时时背负着；故土也如春天的种子，一直撒播在他的心田里，随时都会发芽。

周密有一个号，叫华不注山人，那是他对梦里故土的致敬。

华不注山为历史名山，山名来自《诗经》，坐落在济南的东北角，山其实不高，只有两百来米高，但平地突起，景色壮美。周密没有亲历过华不注，但似乎熟悉那里的山山水水，思念久了，幻化成形，十分自然的事。

现在，赵孟頫来了，他是画家，以他的眼光，谈起齐地，更有声有色。赵孟頫太知道周密的齐地情结了，因此，他回乡的第一件事，就是来看老朋友。谈故乡的话题，永远是愉快和令人向往的，茶水添了又添，酒喝了一壶又一壶。最后，赵孟頫两手一拍掌，迅速做了一个决定：我为周先生画一幅齐地的山水吧。

说画就画，对久藏在心里的山水，有了灵感的催发，又有好朋友的期待，《鹊华秋色图》就呼之欲出了。

鹊华，就是鹊山和华不注山，鹊山浑圆敦厚，华不注山尖耸入云，以这两座形态完全不同的山作画的主心，遥遥相对，中间地带，再辅之以烟树村舍，芦荻舟网，红绿相间，枯润相杂，错落有致，一气呵成。赵孟頫在画中题款：

公谨父，齐人也。余通守齐州，罢官来归，为公谨说齐之山川，独华不注最知名，见于左氏，而其状又峻峭特立，有足奇者，乃为作此图，其东则鹊山也。命之曰鹊华秋色云。元贞元年十有二月。吴兴赵孟頫制。

画作产生原因、时间、地点，记录得清清楚楚，可是，赵孟頫这画的表达，并不如此简单。

这位宋太祖的十一世孙，去元政府做官，让很多人诟病。而周密这样的南宋遗民，当时在杭州就聚集了很多，他们有一个共同的特点就是，新政府，不合作，我有病，我隐居，总可以吧。而元仁宗在位期间，整顿朝政，实行科举，以儒治国，他看中了赵孟頫的人和才，极力相邀，态度诚恳，心中依然有志的青年赵孟頫，就接受了邀请仕元。但现实情况并不如人意，最终在元仁宗去世后，他就托病归乡隐居。而赵孟頫对那些隐而不仕的南宋遗民向来理解和尊重，所以，他也借这幅《鹊华秋色图》明志：我送周公谨故乡画，以慰他惦记故乡之心，也同时表达我对宋朝故国的深深怀念。

我看赵孟頫这幅《鹊华秋色图》，整个长卷，图的上半部分，都是各类题款，那大大的“鹊华秋色”四个字，就是乾隆所题。《清史稿》载，乾隆十三年（1748 年），乾隆去华不注山一带围猎，围猎赏秋，好不惬意。当他登上济南城的城楼上时，他发现远处的景色十分熟悉，这不就是赵孟頫画过的吗？但他仔细一看，发现两座山的位置不对，他眼前是鹊山和华不注山，是隔着黄河相对，而画中的山却是在同一侧。乾隆像是发现了大新闻，大怒，一个著名画家，山的方位都没弄清楚，万一发生战争，按着图打仗，那不是完全乱了吗？烧掉烧掉！作为皇帝，乾隆的文学素养应该还算不错，但他却闹出很多笑话，四万多首诗，没有一首有名的，把假的《富春山居图》当宝贝一样存着。而现在，面对赵的名画，他居然看不出中国山水画写意和写实的区别。幸好没有烧掉，但雪藏的最大好处是反而保护了《鹊华秋色图》的完整无损。

此画到底精妙在何处？还是让行家来说吧，董其昌赞：“有唐人之致去其纤，有北宋之雄去其犷。”那个画《富春山居图》的黄公望，有这样两句诗赞他的老师：“当年曾见公挥洒，松雪斋中小学生。”松雪是赵孟頫的号，黄大痴也够谦虚的了。显然，赵的画，已经远远超越了前人了。

《鹊华秋色图》，现在正安静地躺在台北故宫博物院里，我们感谢赵孟頫的同时，自然也不能忘了周密，正是因为周密浓重的思齐情结，才促生了此幅名画。

六、宋人生活录

对周密来说，让他朝夕牵挂的故乡齐地，只是思念而已，但这种思念，抵不上亡国的痛。作为南宋遗民，他除了纵情沉醉山水、思念流泪之外，所能做的，也只有将故国以往的辉煌和荣光，用他的文字记录下来，留给后人，这也算一种光复南宋吧。

周密的数部笔记，要数《武林旧事》最为厚实，这完全是一部文学版的南宋文化生活史。

《四库全书总目》评价云：湖山歌舞，靡丽纷华，著其盛，正著其所以衰。遗老故臣，恻恻兴亡之隐，实曲寄于言外，不仅作风俗记、都邑簿也。

在我所读的几千卷历代笔记中，段成式的三十卷《酉阳杂俎》和周密的十卷《武林旧事》，最为烧脑，信息量最大，也就是说，读一次远远不够，且常翻常新。这一次，我就将它当作风俗记、都邑簿式的“宋人生活录”来读，列举一些：

1. 元日：一年的好日子，从大年初一开始。这一天的大朝会，3350 人，举着黄色旌旗庆祝，皇帝的仪仗好威风，但这排场已经比北宋减少三分之一了。而宫外呢，士夫皆交相贺，细民男女皆鲜衣，往来拜节，各种层次的庆祝，街市，赏灯，烟火，家家饮宴，竟日不绝，小摊小贩，甚至允许进宫卖食品。

2. 立春：街道的树上突然多了一些彩带小旗，满街的女人们，头上插着五色绢做的花，这就表示立春到了。皇上要去八卦田，那里已经准备好了春耕的一切，犁、牛、种子，牛身上还披着五色丝带，皇帝在牛后面扶犁，太监在前面牵着牛绳，皇帝大喊一声，开犁喽！边上的官员们都拍起手掌，这一切都只是象征，不过，春天呢，似乎就要来了。

3. 寒食：清明前三日，都城人家，皆插柳满檐，虽小坊幽曲，亦青青可爱。杭州南北两山之间，车马纷然，妇人泪妆素衣，提儿携女，村店山家，人们带着酒壶和各种罐子，不在坟前，而在野外祭奠。仪式结束，大家围坐一圈，分吃剩余的食物，古人的寒食和清明，过得比现代人潇洒，将缅怀与春游完美结合。

4. 端午：将艾草扎成老虎的样子，或剪彩为虎，粘上艾叶，自然，菖蒲酒也要准备，可以益寿延年。葵花、榴花、栀子花，还有各色香囊，粽子绝对也是主角，艾草高悬门楣，甚至还要将诗写在白心红边的罗布上，用以辟邪。尽情地游玩吧，过了端午，炎暑马上赶到。

5. 六月六：虽是盛夏，但是时令鲜果扎堆上市了，新荔枝、奉化杨梅、秀莲、新藕、蜜筒、甜瓜、枇杷、紫菱、碧芡、金桃、蜜渍昌元梅、木瓜、金橘、冰雪爽，我举不过来，水果和冷饮太多了。人们高枕取凉，栉发快浴，在西湖的游船上，尽可以睡到日落回家。

6. 乞巧：当七月七的月亮升起来时，家家户户的妇人女子，还有那些小女孩，皆手持荷叶，效仿摩睺罗（小泥人的样子），打开窗户，对月穿针，向天孙乞求女红之巧。嗯，女孩子们，必须熟练掌握这门手艺。仪式结束，重点节目是吃果饮酒。刚刚乞巧时，顺带也将自己未来的心愿一并诉说了，只要我心诚，万事有可能！

7. 中秋：明月高挂，夜已深，宫廷里的音乐却依然震天响，那御街上的绒线、蜜煎、香铺，东西堆得放不下，货的品质都是上等。周密这里用了一个词“歇眼”，就是让人的眼睛看得痛，看衰竭。这个词我觉得现在依然可以用，用在人们每时每刻都在看的手机上最合适，只是看多了，眼睛真有可能衰竭。这一夜，钱塘江上，还放灯，数十万盏羊皮小水灯上下浮动在江面上，灯还有一个非常好听的名字叫“一点红”。明月朗照，江两岸人头攒动，“一点红”如蚂蚁样在江面上忙忙碌碌，荡漾着轻盈和亮丽，这是南宋的中秋夜。

8. 八月十八：这个节日应该浙江独有，农历八月十六至十八的几天时间里，受太阳和月亮的引力影响，再加上钱塘江口喇叭形的口子，潮水易进难退，口子越来越小，后浪赶前浪，一浪叠一浪，玉城雪岭，际天而来，大声如雷霆，震撼激射，吞天沃日，势极雄豪。气势如牛的钱塘江潮涌来时，南宋的海军也没闲着，他们乘机训练，如果此等风浪都能抗住，那么战时就不在话下了。显然，这是官方的一厢情愿，否则不会有崖山之惨烈。生在江边的人，水性就是好，大潮来临，那些“吴儿善泅者数百，皆披发文身，手持十幅大彩旗，争先鼓勇，溯迎而上，出没于鲸波万仞中，腾身百变，而旗尾略不沾湿”。这不就是一场精彩的冲浪表演赛嘛，而且难度系数极大，因为要让大旗不被沾湿。凶猛的大潮，精彩的节目，自然观者如堵，江岸上下十余里，车马将路都堵塞，人们纷纷搭起观潮帐篷，摊贩售价比平时贵好几倍。一千年后，我也去看过好几回，不过，只有涌潮，大部分时间潮头并不高，也没有表演。有一两回，请了几个外国运动员，做了表演秀，但远没有周密笔下精彩。

9. 重九：九月九，这个节日，登高，插茱萸，大诗人王维早就安排了规定动作，但杭州人还互赠菊糕：以糖、肉、面粉杂糅，上缕肉丝鸭饼，缀以榴颗，标以彩旗。又以苏子微渍梅卤，杂和蔗霜、梨、橙、玉榴小棵，名曰“春兰秋菊”。道路两旁菊花怒放，新涪酒，酒上面还漂着茱萸，精致的菊糕，加上刚刚上市的炒银杏、梧桐子，重阳节就弥漫起秋天的丰收味道了。

10. 除夕：从腊月二十四的小年夜开始，中国人就沉浸在过年的快乐中，什么烦恼事忧心事不快事统统放下。这里不说其他，只说一件宋时的民间风俗，卖懵懂。五更时，突然叫一声别人的名字，如果他答应了，便说“卖给你懵懂”，沿街呼卖，希望将懵懂卖掉，自己变得聪明。范成大也有诗序如此记载：分岁罢，小儿绕街呼叫云，卖汝痴，卖汝呆！世传吴人多呆，故儿辈讳之，欲贾其余，益可笑（《腊月村田乐府十首序》）。这种风俗一直传到元朝。我不知道现在哪个地方还有这样的风俗，此风俗看似好笑，其实包含无限的机智，大过年的，图乐为最高目标，当那些稚气孩童在沿街欢呼叫卖时，场景一定喜人，那些大人们，应该十分配合。卖汝痴！卖汝痴！谁要卖汝痴！我要，我要！于是围着的人群阵阵笑声传出。

而周密写完这些南宋的日常，“青灯永夜，时一展卷，恍然类昨日事，而一时朋游沦落，如晨星霜叶，而余亦老矣”（《武林旧事》自序）。于是，我们对他《武林旧事》中许多篇章都有庞大罗列的信息，就能理解了，他想还原一个真实的王朝，尽管这个王朝已经烟消，但文字可以永志，作为一个南宋遗民，他能做的，也只有这些了。

七、尾声

一个晴朗春日的傍晚，我从体育场路218号的杭州日报社出发，骑着小红车，沿中河路直行，右转至西湖大道，在古涌金门小站一会儿，面前就是西湖。西湖边的柳树，在三月的晚风中摇曳婀娜，三三两两的游人，都忙着拍西湖的晚霞。一条千米长的西湖隧道，连接起了古涌金门和古钱塘门。从涌金门往钱塘门方向，一路慢踱到东坡路，这一带的湖滨，早已经变成了步行街，街心的青石板上，隔几米就刻有一两句诗，写杭州写西湖的诗数不胜数，都是名人名诗。说实话，我并不喜欢这样的设计，诗是用来欣赏的，拿来踩踏，总感觉有些亵渎了那些美好的文字。我小心翼翼地绕开那些诗句走，东坡路的尽头，就是南北方向的长生路。

周密的好友邓牧，他的《大涤洞天记》有记：癸辛街有座杨和王的花园叫瞰碧园，茂林修竹，引来外湖的泉水，以为流觞曲水。它的西边，紧挨着周密的居所，应当在涌金门和钱塘门的相接处。

方向和地理都对，这长生路，差不多就是癸辛街了，那时，西湖还是城外，因此称西湖为“外湖”。出东坡路，我先左行，直接到长生路的起点，就在西湖边，前面就是五公园，起点处有一座小的石拱桥，下面有一条小河，河边有生动的柳树，这其实不是河，它和西湖相通，就是西湖的一处小浅湾。长生路只有七百来米，从西湖边起，过蕲王路，过东坡路，过太平里，过菩提寺路，过孝女路，到浣纱路止。一段一段地看，一个小时，来回走了两趟。长生路两边，老建筑不多，蕲王路口，长生路55号的“湖边邨”，是大韩民国临时政府杭州旧址，这是一处上百年的建筑，近千平方，20世纪30年代，韩国临时政府的要员们，在此开会、办报，搞独立运动抗日，志在祖国光复。周密的居所，也是这里吗？我心里说，就算是吧，周密的心中，也深深隐藏着一种光复南宋的力量，只是，他的行动都凝聚在那些磅礴有势的文字上了。

新月已经在夜空静静高挂，前边大樟树浓密的树叶间，有一道细长光映出，那是周密“浩然斋”里刚刚点亮的永夜青灯吗？

我心里依然认定，它就是癸辛街上的旧光！

公园记

彭　程

来到北京后，到过的第一个公园是紫竹院公园。

那是四十年前，1980 年的 9 月上旬，入学后的第一个周末。从学校门口乘坐 332 路公交车，在白石桥站下车，走几步就到了公园的门口。同学们站成一圈，听班上的团支部书记介绍这次活动的具体安排。

这是第一次校园外的班级活动。

初秋时分，正是北京最好的季节，暑热已经稍稍减退，蓝天白云，阳光明亮，树叶熠熠闪光，清新得像被水洗过。今天时常袭扰京城的雾霾，那时还没有踪影。

团支书是一位北京女同学，端庄大方，一口好听的普通话，微笑着提示大家游园的注意事项，一点也没有我刚刚告别的家乡中学里的女同学们那种扭捏羞涩的样子，让我有一种新鲜的感觉。

类似的感受，其实这几天中已经反复出现过了。当时入学刚刚一周，除了住在同一宿舍的，大多数同学相互之间还叫不出名字。一帮十七八岁的少男少女，来自全国各地，在一个陌生的环境里开始了自己的新生活，看什么都新奇，兴奋活跃，还有几分懵懂。

这次班级活动也是如此。一进公园门就是大片的竹林，茂盛浓密，我还是头一次见到这种植物。往公园深处走去，小路曲折纵横，经过树林和小丘、长廊和亭台，眼前是一大片辽阔清澈的水面，微微泛着波浪，水岸边荷花绽放，远处湖面上小船摇晃……这些景观，是当时刚刚从小县城里走出来的我从来没有见过的。半天转下来，眼花缭乱，没有记住一处具体景点的名字，一路看到的那些风景画面，相互叠加起来，铺展开来，在脑海里交织成一大片跳荡的色彩，形成了一个鲜艳葱茏而又缤纷繁复的印象，让我眩晕。不久后，我有机会观看法国印象派画家的作品时，产生的也正是这样一种感受。

这种微醉般的情绪，还有另外一个更重要的来由。

在那时，一个人考取最高学府的荣耀感，今天难以想象。当时还是计划经济时代，高考几乎是青年学子拥有美好前景的仅有的可靠途径，因此竞争远比今天激烈。那些有幸考上的，都会被视作天之骄子。戴着白底红字的校徽，走在街上，迎面投来的都是极为羡慕的眼光。得意也好，虚荣心也好，对于当时还不满十七周岁的我来讲，这无疑是一种极大的满足。相信不少同学也和我一样，尽管努力装得若无其事，但时时会意识到左胸上方衣襟上那个长方形小铜牌的存在。

因此，今天回想起来，对于1980年秋天的我来说，来到京城后第一次走进的这个公园，就仿佛是他彼时生命的一个隐喻，存放了快乐和满足、梦幻与向往，虽然那时自己还不能意识到。一个小地方的懵懂少年，因为幸运，一脚迈进了首都，进入了一种全新的生活，这种生活的魅力就像早晨天上的霞光一样闪耀。在这个秋天，他的生命刚刚绽放自己的春天。

那个年龄，正是最容易将可能性和事实混淆的年龄。我不知道也不曾想过，将来的生活会怎样展开，会是什么样的面貌，却深信一切都会十分美好，就像此刻映入眼帘中的风景，阳光明亮，绿意葱茏，碧波荡漾。这种信念甚至不是一种意识，而只是一种感觉。

我当然更不会想到，将近四十年后，我会频繁地走向它，在它的林间和水畔徘徊，被它的气息环绕裹挟。它将成为我的人生后半场的一个主要的陪伴者和见证者。

想象从这个地方拉出一条线，向东南方向延伸，穿过众多的街衢巷弄，止歇于陶然亭公园。它是第二个给我深刻记忆的京城公园。

这段距离其实并不算长，十公里出头。但我的脚步到达那里时，已经是四年之后了。

毕业参加工作，单位的大楼是一座建于 20 世纪 50 年代的苏联风格的建筑，与对面的前门饭店、斜对面的工人俱乐部、东边的友谊医院（最早名为中苏友谊医院），成为一组风格相近的建筑群，在以平房为主的平民集聚区的南城，是一个特异的存在。站在报社六层的楼顶上，俯瞰远近广大区域内一片连绵的平房屋脊，喧嚣的市声仿佛尘土一样飘浮上来。

单位距公园不远，15 路公交车坐两站就到它的正门东门，但我更喜欢步行。更多的时候是穿过纵横交织的小胡同，从它的北门走进公园。这个过程持续了将近五年，一直到成家搬离集体宿舍。算起来，它应该是我去过次数最多的公园。那几年主要上夜班，晚上九点多钟开始工作，第二天凌晨一两点钟下班，白天有大量的时间可以自己支配。这种日子隐约有着某种虚幻的特质，连我自己有时都能感觉到，仿佛飘浮在这个城市的上空，与周遭的生活若即若离。

这样的状态，正适合在公园里置放和展开。

清代康熙年间，这里是南城外的郊野荒凉之处，一位朝廷官员在建于元代的慈悲庵旁，修建了一座亭子，命名为陶然亭，源自白居易的一联诗句："更待菊黄家酿熟，共君一醉一陶然。"此后便成为文人墨客聚会之所，因而各种诗文题咏留下了很多，我曾经有意识地搜集过一些，记在小本子上。像这一副楹联，“烟藏古寺无人到，榻倚深堂有月来”，是光绪皇帝的老师翁同龢书写的，题写在陶然亭正面的抱柱上。还有几位不记得名字的诗人的和韵诗里的句子，如“萧萧芦荻四荒汀，寂寂城阙一古亭”“斜日西风浅水汀，芦花如雪媚孤亭”等等，很能渲染出一种孤寒荒僻的氛围。

到了民国时代，这里依然是外地来京文人们的必游之地。在俞平伯的名篇《陶然亭的雪》中，它还是那么荒凉，旷野之上，到处是累累的荒冢，被茫茫落雪覆盖。而郁达夫在《故都的秋》中，谈到“陶然亭的芦花”时，是与“钓鱼台的柳影”“西山的虫唱”“玉泉的夜月”“潭柘寺的钟声”相并称的。

当然这都是过去的事情了。今天这里已经是热闹异常，晨昏时分，许多周边居民来此运动健身。公园中亭子众多，山丘上、湖水边，走不多远就会遇到一座。记得当时一处名为“华夏名亭园”的园中园刚建成不久，汇聚了全国各地的历史名亭，完全按照相同的样式和大小建造，有兰亭、沧浪亭、醉翁亭、独醒亭、浸月亭等等。在它们之间行走，我时常会感觉到自己遁入了时间的深处。

与那些亭子上的楹联所透露的萧散气息相比，镌刻在 20 世纪 30 年代的年轻革命家高君宇墓碑上的文字，则完全是另一种精神气质。墓地位于将湖面分隔为东西两部分的湖心岛上，锦秋墩北麓的小松林旁侧。“我是宝剑，我是火花，我愿生如闪电之耀亮，我愿死如彗星之迅忽。”这一首他剖白心志的短诗，被石评梅刻在墓碑上，同时也刻上了自己的心声：“君宇！我无力挽住你迅忽如彗星之生命，我只有把剩下的泪流到你坟头，直到我不能来看你的时候。”因为悲伤过度，她不久后也撒手人寰，被安葬在高君宇墓旁。这一对恋人生前未能合卺，身后始得并葬。两座方锥形的大理石墓碑，紧紧相邻，仿佛两条伸出的手臂，向苍天指认他们的爱情。这样纯粹的、贯穿生死的爱，正适合那个年龄对于爱情的理解，又因为每次去岛上都要从墓地旁走过，因而对这个地方的印象也最为深刻。

但对于我来说，最真切的撞击来自那些刻在墓碑上的语句，它们激烈而悲壮，仿佛具有超越死亡的力量。某个时候我想到，他们的事迹固然可以镌刻于青史，但倘若不曾留下这样的文字，很难想象会有现在这样感人至深的效果。与这一理解同步，让自己的生涯与文字建立起关联，是那个时候开始逐渐明晰起来的信念。

我记得很清楚，那一年的春末夏初，坐在西湖北岸、澄怀亭东侧的一条长椅上，头上是一棵枝条披拂摇曳的垂柳，我读完了当时出版的沈从文的全部作品。眼前湖水潋滟的波光，让我的思绪飘向湘西，飘向那一条流入洞庭湖的、“美得让人心痛”的千里沅江。那么多残酷而美丽的故事，发生在这条河流的水边和船上。正是从这里，少年行伍的作者开始用自己的眼睛观察和体味这个世界，阅读“人生”这部大书。

那个年龄有着不知餍足的好胃口，域外同样也进入了我的阅读视野。印象最深刻的是两位俄罗斯作家的作品，帕乌斯托夫斯基的《金蔷薇》，还有蒲宁的《阿尔谢尼耶夫的一生》。这两部作品鲜明的感性风格启发了我，一向混沌粗糙的感受仿佛骤然间被磨亮了。在两个漫长的夏季，我仔细观察大自然的种种表现，涉及光和色、声音和气味，感官能够触碰到的方方面面，并记在一个本子上，期望将来某一天以此为素材，写出一本书。“夏天的美丽”——我甚至连书名都想好了。

那时社会上已经开始了向市场经济的转型，周围一些机灵活泛的同事和朋友，开始议论下海之事，甚至有所行动。但一种自我封闭，同时也是不切实际的秉性，却让我对这些视而不见，而沉湎于某些看起来虚无缥缈的事物，自得其乐。对于这样的气质，在种种可能的诱引中，文学显然极具优势。

来去公园的路上，经常会从中央芭蕾舞团的门口走过。这一间高雅艺术的最高殿堂，却是一座毫无艺术色彩的老旧楼房，矗立于一片杂乱的平房屋顶之上，让人不免有一种错位感。那些挺拔美丽的姑娘走过时，像一道阳光，瞬间照亮了逼仄暗淡的小巷，梦幻一般。在我那时的感知中，文学与生活的关系，就仿佛她们和这片街巷的关系一样。

玉渊潭有比陶然亭更为开阔的水面。

第一次来这里，是参加工作后不久。大学同宿舍的一位要好的同学，按照当时的政策，被派遣参加单位讲师团赴山西吕梁一年。临行前相约来到这里，租了一条小船划向湖面深处，一边吃着面包、火腿肠，喝着北冰洋汽水，一边交流工作以来的感受，勾勒未来的打算，一些今天看来充满理想主义色彩的梦想。事先向单位同事借了一台相机，拍照留念，照片上的自己清瘦黝黑，一头乱发，胡茬好几天没有刮了。

再次来到这里，已经是几年后了。那时已经成家，住在西城区百万庄，妻子家提供的一间房子里。每天的生活轨迹，变为在城区西北与东南之间的往返。百万庄离玉渊潭公园不远，婚后头两年，没有拖累，时间充裕，因此每到周末，经常两个人结伴骑车来这里。

游泳是最主要的目的。这里水面阔大，没有障碍，吸引了众多野泳爱好者，一年四季都有他们的身影。和陶然亭公园一样，这里的湖面也被分作东西两部分。我通常是在东湖的北侧码头一带下水，每次游上大半个小时。有几次独自游到靠近湖中间的位置，平躺在水面上，肚皮被水草轻柔地摩挲着，十分惬意。四顾茫茫，空旷无际，感觉身体与水和天融为了一体，整个城市似乎都变得遥远虚幻。也曾经到什刹海游过泳，但在那里显然没有这种感觉。坐在岸边石头上等待的妻子担心了，站起身来摇晃手臂，要我游回去，身影望上去缩小了许多倍。

后来有了女儿，再来这里时更多是带她玩耍，与水有关的活动也改为坐鸭子船了。去得最多的地方，是东湖南侧码头后面的坡地，那里有一个儿童游乐场。年龄相仿的年轻爸爸妈妈，领着孩子爬滑梯、骑木马、荡秋千，表情中混合了开心骄傲和担心牵挂。

在这里我遇到了一位大学同学，另外一个系的，但有几门大课是一同上。一次坐在一起，交谈中得知彼此籍贯相邻，属同一地区，在那个渴望乡情慰藉的年龄，倍感亲近，此后多次去对方宿舍聊天。毕业后头两年还时常通个电话，后来联系就少了。上一次见面，还是几年前在琉璃厂秋季古籍书市上，记得各自都抱着一摞民国版万有文库丛书的散册，有些已经卷曲缺损，发散出一股霉味。这个细节之所以记得清楚，还因为这正是他的专业范围，当时围绕这套丛书他说了很多，神情陶醉。如今在这个场合见面，当然是出乎意料，互相问问工作和生活情况，相约多联系，但此后再无消息。又是近三十年过去了，不知他近况如何？

我们彼此成了对方人生中的过客。青年时期的那一抹记忆，很快被新的经历覆盖，如此层层叠叠，几十年时光呼啸而过。曾经鲜明的画面渐渐模糊漶漫，甚至踪影全无。生命旅途中遭逢的绝大多数的人和事，其实都是如此。

这个地方又经常被称为八一湖。据说周边部队机关较多，20世纪60年代清理湖中淤泥，他们贡献巨大，使环境大为改善。当时受最高领袖畅游长江影响，部队经常在公园中最南边的那个湖上进行游泳训练，它因此被命名为八一湖。曾经读到过一本部队大院子弟们写的回忆文章的结集，好几个人都写到小时候在这里游泳、打群架、摸鱼捉虾的往事，如今他们中最小的也已经步入花甲之年了。他们隔了多年后走进公园，觉得既熟悉又陌生。时光缓慢而不动声色地改变了许多，这里添加一点，那里抹去一点。

从西三环路上的公园西门到西湖北岸，有一大片樱花园。20世纪70年代初，中日关系解冻，当时访华的日本首相田中角荣，向周恩来总理赠送了上千株樱花，其中不少就种植于此地。其后数十年间又陆续引进了二十多个品种，树木多达几千株，成为公园的特色和亮点。每年的3月底4月初，在春天明亮的阳光下，盛开的樱花闪耀着梦幻一般的光彩，如同晴雪浮云，轻盈而灿烂。树下是蜂拥而至的游客，摩肩接踵。

樱花绚丽，但花期短暂，旬日之间即告凋零。一个有心人望着樱花飘坠，也许会想到这些：乐极生悲；热闹的事物难以持久；美的极致总是临近了毁灭；最炽热的爱让人窥见死亡的面容……天道与世情、物理和人心，原本相通相证。当然，赏花的人们大多数不会这样想，他们正忙着摆出各种拍照的姿态，表情夸张，笑声连连。天气已经有点热了，额头上很快就沁出了一些微汗。

这一座公园也是有历史的。它始建于辽金时代，是金中都城西北郊的游览胜地。《明一统志》这样记载：“玉渊潭在府西……

柳堤环抱，景气萧爽，沙禽水鸟多翔集其间，为游赏佳丽之所。”数百年间，一代代的游客走过，然后消失。那么，如果依照博尔赫斯的观念，眼前这热闹非凡的景象，从本质上讲，也不过是同一幕场景的无数次再现之一，而今后这一过程也还将继续重复下去，无尽无休。

20世纪90年代中期之后，从公园中的任何地方向西面望去，都可以看到西三环旁边高耸的中央电视塔。它是整个西部城区的地标，也是当时北京城最高的建筑，有着一种慑人的气度。清朗的日子，它投进湖水中的倒影，它后面更远处西山山脉灰黛色的影子，都在印证着这座城市雍容端庄的气质。

又过了十几年，北京地铁9号线开通，有一段就从东湖中间位置的地下穿过。单独地看，樱花、电视塔和地铁，这些数十年间次第出现的事物，当然都新奇而富于魅惑。但如果把它们放置在广漠的时间背景上看，对于这座自辽金时代就蹲伏于此的园林来说，这些变化，也无非是加在一大幅画面上的一道线条，一笔晕染。

不算不知道，又有好几年没有走进这座公园了，虽然每天上下班都要驾车经过西三环，望得到通往八一湖的昆玉河的粼粼波光。我还可能再回到东湖游泳吗？

这好像不是问题，只要我愿意，也没有听说过那里近来严格禁游，但肯定不会与二十多年前一样了。不仅仅是哲学意义上的

“人不能两次踏入同一条河流”，更主要的是心境不同了。当年，我很佩服一拨六十岁上下的老人，每次去游泳时都能看到他们，言谈中有一种不服老的豪迈，而今天的我也很快就会是他们的年龄了。

我想象我可能遇到的情形。我仿佛看到，某一个年轻人，得意于自己充沛的体力，更为等待在前面的无限丰富的日子而隐隐激动。他用一种尊敬但略带怜悯的目光，看了看正在做热身动作的我，然后转身跃入水中，向着湖心处游去，他的身体犁出了一道波浪。

十五年前，单位搬到了东北方向两公里外的地方，邻近著名的天坛公园，于是得以经常走进这座明清两朝皇家的园林。出单位门口，穿过马路，走上不到十分钟，就是公园的北门。

与前面几个公园相比，这座园林的功能决定了它的特殊气质和气势。进门后，沿着笔直的中线甬道向南边走，穿过或绕过北天门、皇乾殿、祈年殿、丹陛桥、成贞门、皇穹宇，一直走到圜丘坛。走过这段一千多米的漫长道路的时间，正是内心的敬畏感迅速产生和积聚的过程。这种效果，足以表明仪式的重要性。

祭祀皇天，祈祷五谷丰登，一代代专横暴戾的帝王只有在这里才稍稍显出些许谦卑虔诚。核心场所祈年殿、圜丘坛中的各种建筑，其数目都是九或九的倍数，象征着天的至大至高。世界上最大的祭天建筑群，世界文化遗产……这些桂冠不是轻易能够得到的。置身这样的地方，显然有助于获得对传统文化的具体而形象的认识。千百年来，与这座园林密切相关的许多知识和规制，其实是或显或隐地作用于每一位国人的生活的。

这些感慨更多是属于昨天的功课了。许多年前，曾经有几次独自或者陪同外地亲友来公园游览，为了不虚此行，仔细阅读过有关资料。但今天做了邻居朝夕相对，心情就变了，懒得再去思考它承载的意义，而更愿意将其当成一个日常生活的巨大容器。

天至高至大，祭天的场所自然也不能狭小。整个公园面积广阔，将近300万平方米。被南北轴线贯穿的建筑群落两侧，是一望无际的草木区域，规模之大让人惊叹。这么多年中，我每次来公园，都是进门后不久就拐向右边，沿着围墙内的第一条小路，走向西北园区的树林和草地。随着脚步迈动，游人越来越少，景观越来越清幽。

不像其他公园中的植物，一看就是经过了人工规划，天坛公园的树木明显呈现出自然的样貌。它们连同其下的杂草，都按照各自的物性滋生蔓长，茂密或疏朗都是天然的姿态，让人不由得想到了在乡野的阡陌田垄间的所见。这并不是园林工人失职，而依然与承袭了历史文化传统有关，有意识地让其自然生长。历史上的祭祀大多在郊野中进行，故而有“郊祀”之说。

公园中有众多古柏树，树龄超过两百年的就有两千五百多棵，都挂着标牌，标注着各自的年份。而总的植物种类，据说超过三百种。在这里，我开始学习辨识一些草木，并有了不菲的收获，能够部分地读懂一本基础的植物分类学书籍。以树木为例，侧柏、圆柏、水杉、油松、银杏、粗榧、胡桃、枫杨……这些树种与这块土地一样古老，让我想到《诗经》里的吟诵。它们属于大自然，但是当转化为文化的符码后，也是其中最具美感的部分。

作为一名有些资历的养猫者，我的脚步总是被栖息在这片区域里的流浪猫拖住。这是一个数量庞大的群体，从品种到花色都称得上丰富。它们安心地享用着这一处皇家园林，不愁吃喝，总有游客给它们送来，更多的是住在附近的居民。它们大都养得胖胖的，多了一种慵懒闲适，少了一份对人的提防。猫也和人一样，你会看到各样的模样和性格。

一年年过去，这些猫已经换了多少拨。家猫可以活十几年，它们不能比，不过应该比别处无人喂食的流浪猫要好一些。时常会觉察到，某一只熟悉的猫某一天看不见了，此后就再无踪影。或许是去别处了，但也可能是死掉了。比较起来，植物界的夭亡最不引人注目。多少年来，这里的灌木、杂草连同它们的生长姿态，好像都是一个样子，没有丝毫变化，但实际上已然经历过多少次的枯荣了。

其实，人间的消息也是如此，如果不是刻意关注，很可能觉察不到那个熟悉的舞台上，已经几度幕布暗换。单位工会一年会组织几次活动，大都是来公园竞走，距离不长，时间不限，只要走到终点，就会得到一件纪念品，譬如一件运动衫，一双旅游鞋，实际上是变相的福利发放。这种活动带有娱乐性，也是不同业务部门的人之间不多的交往场合之一。记得有两三次，我意识到某一个人好久不见了，一打听，原来调到别的单位去了，或者已经退休几年了。

离开那些正在舔毛或者打盹的猫，往西走然后再向南折，就看见公园的西门了。出门右转，紧挨着的就是北京自然博物馆。陈列在里面的那些巨大的恐龙骨架和小巧的鸟类化石，动辄以数亿、数千万年为标记单位。面对它们，无形的时间骤然具有了沉甸甸的重量，意识也在一瞬间变得既尖锐又邈远。

不免又要胡思乱想了：按照这样的尺度，这座公园悠久的历史，也不过是时间长河中的一刹那罢了。越来越觉得，商周秦汉，这些望过去云雾缥缈的朝代，其实也并非十分遥远。就说商代，起始于纪元前1600年，距今三千六百年了。如果按照常见的说法，以三十年为一代，这段时间相当于人世的一百二十代。以自己如今的年龄算，也不过是六十多度的递嬗轮回。这样的数字真的会让人惊诧吗？这种念头有些荒唐，也许还可笑，却无端地让我感到受用。

因为史铁生的一篇《我与地坛》，地坛公园成为一处文学的胜地。但我每次读它时，脑海中却总是固执地浮现出天坛公园的画面。也许他描写的那个地方的整体格局，树木与草地，光线与气味，与这里有不少相似处。史铁生曾经设想有一位园神，与每天坐在轮椅上的他对话，开导他。我不妨也借用一下这个想象——如果此地的上方也有一位神灵的话，在它的视野里，在这片广阔的园林中或走动或歇憩的人们，该和一群群的蚂蚁差不多，倏忽来去，不留下丝毫的痕迹。

我通常在午后造访，寻找一种放松的感觉。结束了上半天的工作，来这里随意地走上大半个小时，在树荫下的长椅上坐坐，比窝在办公室里的椅子上打盹效果更好。阳光和煦，微风轻拂，树木投下淡淡的影子。这幅景象正适合映衬当下的中年心情：哀乐难侵，波澜不惊，很少再有大悲大喜的感觉。

如果哪一天提前到上午，我会在走出公园后，来到对面的街上，找一家饭馆解决午餐。与御膳饭庄、便宜坊烤鸭店等高档次饭店隔不多远，就是经营炸酱面、包子炒肝、卤煮火烧、白水羊头等民间小吃的馆子，无意中构成了这座皇城的一个隐喻：金碧辉煌的紫禁城周边，就是寻常百姓的穷街陋巷。贵胄和平民，当然差别巨大，但有时也就那么一点儿的距离。实际上，每当王朝覆灭时，都会有一些皇亲国戚流落民间，隐姓埋名地生活下去。王谢堂前，乌衣巷口，这样的东晋故事，数百年后在这座城市也曾经一遍遍地上演。

世事浮沤，人生飘萍，在感知到幻灭的同时，内心深处却也品尝到了一种从容淡定。

与初次见面相隔将近四十年后，我开始频繁地走进紫竹院公园。

出小区门口，沿着昆玉河的支流双紫支渠，向东走到西三环辅路，跨过紫竹立交桥南边的那一架人行天桥，再向东不远，就是公园的西南门了。全程走下来一共十七八分钟。

十五年前，我就搬到了现在的住处，但这么多年中只来过寥寥几次。这两年有了充裕的时间，一个月中走进公园的次数，超过了过去十几年的总和。

这座公园，可以说是我京城生活的一个起点，一处生命梦想最初绽放的所在。四十年后，在接近退休年龄的时候，又回到了这里。首尾相衔，这让我想到了一个圆环。这里是开始，但也很可能是结束——如果没有不可预期的事情发生。而我现在看不到这种迹象。

记得当年读美国作家厄普代克的小说，对其中的一句话大感惊愕：那些二十四五岁、生命中已经没有多少可能性的人。在我当时的观念里,这个年龄生命的大幕才拉开不久,精彩还在后头呢。又过了多年，遭遇了一些坎坷蹭蹬，认识到许多乐观的期盼不过是一厢情愿时，回想起厄普代克的这句话，觉得理解了。是作家敏锐的洞察力，让他做出这样的判断。的确，年轻时固然可以描画关于未来的无穷想象，但真正能够实现的并没有多少。

阳光被树冠筛过后变得细碎，落在地面上，有轻微的晃动。新换的运动鞋透气性好，走起来轻便舒适。多少年不曾有这样酣畅的体验了——悠然，平静，没有牵挂，也无所羁绊。在卸除了职责名分等一干事务后，生活原来可以这般惬意。除了家人，不再需要别人，也不再被别人需要，更不觉得需要被别人需要。

荷花渡、菡萏亭、青莲岛、斑竹麓、箫声醉月、澄碧山房……我开始熟悉并记住了一个个景点的名字和位置。公园大致还是当年的样子，一些建筑和设施的增加与更新，并未影响到整体的格局。

但外面的世界就截然不同了。公园正门外那条中关村南大街，当年叫作白颐路，南北两端分别连接了白石桥和颐和园。路的两边有几排高大粗壮的钻天白杨，被一丛丛灌木间隔开，浓密的树荫将地面遮蔽得严严实实，颇有几分乡村道路的模样，下雨时走在下面也不会被淋湿。20世纪末，对道路进行大规模改造，几排大树被砍伐殆尽，为一条宽阔的城市主干道提供空间。道路两边飞速矗立起连绵的楼群，彻底隔断了往昔的记忆。

那么，这些曾经存在过的事物，只能指望依稀留存于当事人内心了，譬如曾经一同在那个秋日踏进这座公园的同学们。和我一样，当时他们自然不会想到这样的变化，也无从预知自己生命未来的方向。那位团支书女同学，毕业几年后就出国了，现在的身份是加拿大联邦政府税务局的高级电脑专家。她每年都会回国探望父母，在京的同学们有时也就借机见面——这也几乎是如今聚会的最主要的理由。这样的场合，每次的谈话总是散漫随意，但大致都会说到当年的校园往事，具体内容取决于餐桌上的某个随机的话题或疑问。她还会想起当年在公园门口，自己向陌生的新同学们所做的介绍吗？应该不会。记忆也是有选择的，在那些浩如烟海般的往事片段中，一个人只会记住些许对自己有意义的。

我走在湖边的小路上，努力把头脑放空。说不定在某个时刻，忽然间，会有某一件往事的影子浮现在脑海里，触动它的可能是映入眼帘的一个风景画面，飘进鼻孔的一种气味，树林深处练习声乐的人的一句歌声。在那个瞬间，过去和今天叠加在一起，带来一阵轻微的晕眩。

沿着湖边走路的人们，或顺或逆，有着各自的时针方向。有一天我忽然意识到，我的目光更多是投向那些迎面走来的年龄相仿的中年同性。这与在陶然亭公园时瞩目年轻女性，在玉渊潭公园时留意别人家的孩子，大不一样。目光在进行比较，心情也随之波动。有时得意，因为感到自己要比对方显得健康年轻；有时羡慕，因为对方的体魄活力明显超出自己。这让我越来越相信一个说法：我们的情感和思想，不过是身体状况的曲折表达。

第一次遭遇至亲的死亡，也与这里有关。那个春天的傍晚，正行走在湖北岸，接到母亲带着哭声的电话，正在看电视的父亲忽然不省人事。匆匆赶回家，叫了急救车送到医院，确诊是脑溢血，马上实施手术抢救。但终因卧床时间过久得了并发症，导致多个器官衰竭，在住院五十天后，父亲离开了人世。

父母在，人生尚有来处；父母去，人生只有归途。对这句话中的沉痛悲凉的意味，我开始有了深切的体会。死亡是以最鲜明和最悖谬的面孔，显示时间的存在。于是自那以后，在公园中游憩时的感受中，又加入进去了新的成分，有了某种隐约的急迫感。仿佛一个贪吃的孩子，嘴里一边含着，一边数点兜里的糖果还剩多少块。

生老病死，成住坏空。最初，它是我们需要加以理解的事物，然后，它成为我们置身其间的日常状态。最后，我们又用自己的生命，完成一次对它们的阐释和印证，虽然并无新意，也没有人关注。

不过眼下更应该做的，还是仔细品赏一番眼前的秋色。又到了北京一年中最好的季节，尽管雾霾已经给它打了不少折扣。我从公园西南门走进来，沿着湖南岸一直向东，经过拱形的梅桥，又顺着中山岛南边伸进水中的白色石桥，走到南小湖北侧，望着湖中间那个被高大纷披的树木和灌木丛遮掩的袖珍小岛。小岛周边的水面上，长满了荷花和睡莲，风景极为清幽。

一只鸭子带着一群毛茸茸的小鸭子，看上去不足一个月，在荷叶下穿梭觅食，这里看看，那里啄啄。有一只扑棱着翅膀，竟然跳到了一片低矮的荷叶上，弄得荷叶摇晃起来。下面是睡莲圆圆的叶子，密密麻麻地紧贴着水面，有成群的小鱼儿探出头来，唼喋有声，荡出微小的涟漪。

我盯着它们看，不觉忘记了时间。

03

山河远阔

南太平洋上的月光

姜 华

月亮，是我生命中的最爱，它是上天赐予人类精神的栖息地。我特别珍惜自己沐浴在月光之下的生命体验，因为，白日是喧嚣的，只有被月光浸染的月夜才是静谧、清澈透亮的，才能发现自己被庸常生活遮蔽的灵魂。田野里的月光，高山上的月光，江河上的月光，树林里的月光，城市上空的月光，我曾经无数次地感受过。

第一次看到南太平洋上的月亮，就把我震撼了，又大又圆的月亮，无遮无拦地悬在天上，在无垠的天海之间，泻下银色的光芒，把航行中白色邮轮的顶层照得如同白昼般雪亮。在月光下看海才发现，没有阳光照射的海水是漆黑的，月光是无法穿透海水的，只有阳光照射过的海水才会现出迷人的蔚蓝色。银色的月光没能把海水照亮，却给海面镀上了一层银色的光膜，海面上无垠的光膜随着波浪的起伏，有了金属样的质感，让人感受到月光下大海别样的美丽。行至船尾，看到邮轮航行犁起的一大片白色浪花，在月光下竟像白色的玛瑙一样晶莹剔透、闪闪发光。

在近两个月的邮轮旅行中，观看夜晚的月亮成了我每天的必修课程。无论是晚上听完音乐会还是看完电影，我都要乘电梯，登上十层高的邮轮的顶层，完成和月亮的一日一约。也有傍晚落雨的时候，但到了夜晚，月亮从云缝里钻了出来，整个甲板上又洒满了月光。雨后赏月，别有一番滋味，月光显得更加透彻、清亮。

从眉样的新月，到月亮一天天丰满起来，变成又大又圆的月亮，再看着它一天天地消瘦下去，变成细细的月牙。上弦月、圆月、下弦月，周而复始，从月亮的开始成长，到月圆、到月亮逐渐凋零，我看完了它从弱小到全盛，再到衰落的全部过程。在邮轮上，观看月亮生命周期的全部过程，如同看到了整个人生，只不过是把几十年光阴的人生浓缩到了一个月。在这个特定的、完整的时间段里，回想人的生命的整个过程：新生的喜悦，最美时光的灿烂，逐渐凋零时的凄美，都在我眼前一一展现。生命节律的严酷，及对生命极为脆弱的感受在内心弥漫开来，深感万物生存的不易，只是人生更为残酷一些。一个人，从生到死的过程中得经历多少次风霜的洗礼、得经历多少痛苦的磨难才能得以成长啊！人生，没有理想是可悲的，可是，有多大的理想，就得准备迎接人生多大的风雨，短短的人生几十年的时光，开悟得早了，有智慧的指引，能尽快地摆脱人生桎梏的束缚，活出一种洒脱来享受生命有限的几十年。若没有，人生只能是终生在苦海里扑腾。

比起又大又圆的月亮，我更喜欢下弦月，因为圆满的过程非常短暂，残缺才是月亮的常态。如同月亮一样，残缺也是人生的常态。人生在世，圆满也只是一瞬间。万事都不可求圆满，求了，就只能是痛、是苦，花半开、月半圆才是刚刚好。

下弦月始于丰满的月亮，此时的月光依然迷人。我散步在空无一人的邮轮顶层的甲板上，只有月光在默默地陪着我，月光下，我一次次地在心里重播着贝多芬的《月光奏鸣曲》，一遍遍地重复听，感受着乐曲灵魂的律动，享受着月光在琴键中流淌的美妙。年轻时喜欢贝多芬的《命运交响曲》，青春的激昂和着命运的不佳、思考的苦痛，“此情无计可消除，才下眉头，却上心头”，万般求索，最后发现，只有音乐才是拯救我的灵丹妙药。在《命运交响曲》的旋律中，我释放着来自内心深处的痛苦，我从哪里来，到哪里去，我生命的意义在哪里，在充满悖论的世界里如何安放自己？人生痛苦的折磨，在现世中找不到答案，只有在音乐中才能得到解脱。随着年岁渐长，我逐渐地摆脱了人生悖论的纠缠，走出了二律背反的无奈，挣脱了精神上的枷锁，坦然地接受着生命中的千回百转，起起伏伏。此时，我更喜欢的是贝多芬的《月光奏鸣曲》。此曲是贝多芬得知自己的耳聋病无法医治、准备轻生之时，听到了邻家盲女对他发出的感叹：为了能够观看到月亮，我愿给予任何东西！贝多芬听了女孩的倾诉，感动得流下了眼泪。他想自己毕竟能够看到月光，还能够创作音乐，于是，他把自己眼里的月光谱成了乐章。活下去的强烈愿望让他重新振作起来。《月光奏鸣曲》是贝多芬重生的里程碑！重生之后，他创作出了彪炳千秋的《命运交响曲》中的《欢乐颂》！当我在月光下一次次地从灵魂上和贝多芬的灵魂重逢的时候，乐曲带给我的不仅仅是月下的美丽和浪漫，更是直面人生暮年的勇气和力量！生命的过程中，喜欢过很多音乐家的作品，这些作品在我人生的不同阶段起到了重要的作用。但最喜欢的还是贝多芬、巴赫、勃拉姆斯、瓦格纳、马勒、肖斯塔科维奇……他们的音乐作品给了我生命的安慰和有品质的生活。

内心的力量常常使我喜欢独处，思考带给我的快乐远胜过物欲的满足。生活中，陪伴我独处的最好的伴侣除了图书就是古典音乐。在迷茫无助，找不到出路的那些年，常常为寻找自己心仪的音乐作品而走遍了所居城市的大街小巷。有一年，正好在西安出差，为找到勃拉姆斯的《德意志安魂曲》，愣是把陌生的西安找成了一个熟地方。找到后如获至宝，一遍遍地聆听，仿佛是干涸的秧苗遇到了甘露，仿佛是蜗居在阴冷的陋室里终于见到了阳光。只有打动内心的旋律才能滋润着生命，才能使自己在绝望的人生路途中看到些希望。

人生几十年，月亮是陪我一路走来的最好的伴侣，多少次仰望夜空，只是为了看到月亮，沐浴在它柔软的光照里，多少伤痕得以抚平，多少心事得以倾诉，多少悲哀得以疏导，多少郁闷得以消解……这月光打动过古往今来所有的文人雅士，打动过所有注重灵魂生活的人。苏东坡留下了“人有悲欢离合，月有阴晴圆缺，此事古难全”的千古名句；李白写下了豪气冲天的“俱怀逸兴壮思飞，欲上青天揽明月”的诗词佳句；辛弃疾的“明月别枝惊鹊，清风半夜鸣蝉”，清幽雅致，史上留痕……这月光从古至今从未改变，改变的只是一代代立在月下欣赏月光的人。“古人不见今时月，今月曾经照古人”！

南太平洋上的月光清亮、透彻，无论是月牙儿还是满月，都让人流连忘返。假如说过去的生命中观月是为了慰藉心灵，而今观月则是放下一切之后尽情地享受月光。享受“举杯邀明月，对影成三人”的惬意；享受“月光如水水如天”的快畅；笑吟“明月多情应笑我，笑我如今，辜负春心，独自闲行独自吟”。没有“晓镜但愁云鬓改，夜吟应觉月光寒”的清冷，更无“雁字回时，月满西楼”的惆怅。没有“故国不堪回首月明中”的浩叹，更无“无言独上西楼，月如钩”的落寞……我把记忆中所有的有关月光的中外经典音乐全翻出来，在月光下静静地欣赏；把珍藏的所有的有关月光的名画全都悬挂在星空里，在月光下晾晒，定心静气地赏玩。人，只有经过了人生所有的喜怒哀乐，悟透了生命的真谛之后，才能这样心定气闲地去享受艺术给人的生命带来的快乐。

俄国画家克拉姆斯柯依的《月夜》，是一幅被世人誉为“爱情诗”的油画，画家用银灰色的调子，渲染了恬静的夏夜，月亮挂在树梢，月光下，一个身穿白衣的少女，独自坐在池塘边的长椅上，迷蒙的月光洒满树林，照在少女身上，恍若仙境，令人陶醉。荷兰印象派画家凡·高的油画作品《星月夜》，用夸张的手法生动地描述了充满运动和变化的夜空，旋转的夜空里有飞奔的星星，有身处旋涡中的橘黄色的月亮，一切都是流动的、变化的，时光仿佛就是这样流走的。生于俄国的犹太画家夏加尔，他不属于任何画派，但他的月夜画得纯真、甜美，梦幻感强烈，在他的画中，多是月下恋爱的男女，享受着“月上柳梢头，人约黄昏后”的甜蜜。中国明代画家陈录的《玉兔争清图》，独特清雅，梅花盛开的月夜，一枚又大又圆的月亮悬在天上，梅花清冷，月光清柔，两者一相遇，双清透过画面，给人以强烈的视觉和嗅觉的美感。还有八大山人的《瓜月图》，寥寥数笔，就把瓜月对望的场景描绘得栩栩如生，清冷之美直透肌肤。还有日本以月冈芳年为代表的浮世绘，画出的《月百姿》，亦即月下众生态：或闲适，或温柔，或凄苦，或豪情壮志……

生命行进到这个阶段，是应该尽情地享受自己文化积累成果的阶段了。人生处于变化流动的时光长河中，身不由己，无奈之事良多，几十年倏然而过，此过程中有无数的不确定和不能自主的事情发生。对于个体的生命来说，唯一能够确定的事情就是死亡，唯一能自主的事情就是掌握好自己的心情。在奔向死亡的路途中，无惧死亡，尽情地享受一切能够让人的精神愉悦的事物，人便得到了极大的自由。到了暮年，才真正地享受到了无拘无束、自由自在的美妙，没有死亡的恐惧，没有疾病的忧虑，坦然地面对生命老年会出现的一切问题，走过千山万水，涉过激流险滩，终于走进了人生自由之国度，这是多么让人欣慰的事情啊！

人的一生，孜孜不倦追求的不就是我眼下的这种状态吗？

啊，南太平洋的月光！我银色的发丝在你的照耀下，正显现出迷人的光亮，发丝下勤于思考的大脑，才是我立于这个世界令自己骄傲的勋章！

墨脱的尖叫

凌仕江

一

当漫长的嘎隆拉隧道抵达黑暗尽头，迎接我们的是风和雾，睡在海面上的雾，遮蔽了墨脱的脸和灵魂，只有一些脱皮的古松显露在云雾之上的天空。墨脱路上没有路名，只有以“K”为单位的数字路基。而隧道的那一头，却是碎金的阳光普照。

廖维娜的诧异是从见到漫过嘎隆拉隧道的雾开始的。她努着嘴，小声地问驾车的小伙——雾里有没有老虎和金钱豹？

“熊倒是见过不少。”小伙轻描淡写道。

由此，廖维娜开始了尖叫，比老虎凶猛，比金钱豹迅捷。在云雾里，尤其是眨眼之间，车子在高低不平的碎石路面上腾飞而起的时候，她的尖声尖气简直就要扎破小伙心上的轮胎。她害怕车子在控制不住的颠簸中一头冲进浊水湍急的雅鲁藏布江。她在惊恐中抱紧自己的头，一阵狂乱地撕心之后，睁开眼，看着窗外的背包客，吐出长长的舌头，自言自语：熊呢，熊在哪里？熊会不会把我抱走？

在路上，除了背包客，散落在我们前后的骑行者，有时像柏油路上一只长啸的豹子，一个影子很快消失在树林里。还有一些挂着彩旗的车队，像河底里蹿上岸的一道道彩虹，有时是长长的一列车队，有时却是三五辆车一起，当然也有一车成行的孤独客。他们的出现往往是我们快要遗忘红尘的时候，尽管墨脱还是一个遥远的影子，但我相信墨脱不再孤独，那么多疾驰在山林的车辆证实了墨脱的喧嚣。

在我冷静严肃的批评中，廖维娜委屈地淌着泪花：我在拉萨听到徒步墨脱失踪的人太多太多，有在雨季随洪水卷进江水中的，也有在林海中迷路找不到人的，还有在深谷里走着走着消失的，其中有一些是被熊抱走的……

“所以你随时都一惊一乍，拿自己当失踪者。要知道，你这是自私的表现。人一旦自私，就容易陷入画地为牢的危险。再说，熊凭什么只抱走你一个人呀？你是熊的亲戚吗？像你这样杞人忧天，即使前方的路处处安全，你也会感到险象环生。”

廖维娜双手蒙住耳朵：“凌老师，别说了，一个无病的人怎么能够懂得一个有病的人？”

“自从2013年，扎木到墨脱的路通车后，派镇松林口的徒步者已经一年比一年少了。”手握方向盘的小伙想平复廖维娜的躁动与不安。

“你到扎木来接我们，我朋友肯定给了你不少钱吧？”廖维娜突然对小伙抛出一个现实问题，这的确让我感到女诗人思维的跳跃与混乱。

小伙专注地目视着前方，隐藏在大墨镜下面的眼睛，让人一点体察不出他的情绪。

廖维娜的委屈与害怕，在小伙面前，一点也不奏效。哭过闹过，小伙从没有减速的意思，反之在速度与激情中，继续他一个人音乐声中摇头晃脑的刺激，对车上的我和廖维娜视而不见。

“嗨，问你啦，你跑这么远的路来接我们，收了我朋友多少钱？”廖维娜再次提出同样的问题。

小伙终于减弱音响音量，看都不看廖维娜一眼，许久才答道：“你关心的问题还挺多，但我不知道答案，可以吧？”

趁廖维娜下车方便之际，双手顶着下巴趴在方向盘上的小伙，抬起头，右手摘掉墨镜，斜着眼，悄声地问我：“哥们儿，你怎么会带这样一个另类上路呀，不烦吗？你的耐心与修为让我在墨脱再待几年也学不来呀，真让我佩服！”

我转过头，想着该如何回答小伙的时候，廖维娜睁得比牛眼更大的眼睛在车后面，正盯着反光镜上一只横飞而来的鸟，“砰”的一声，鸟和她的头被一面玻璃撞得生疼，她在喘息声中抚摸着额头上突然肿胀的青包，快要休克。

鸟的死去，除了一滴触目惊心的血，没有留下任何痕迹。忽然感觉车一直在向天上延伸，路上有芭蕉与竹林陪伴的人家，也有电线杆连接的山坡。在山坡与山峰之间，渐渐听到了清泉流淌的声音。

人在瀑布面前，很容易清醒，也容易兴奋地忘却世界。这是一条日光瀑布，高度足有三千米，周围是树林与野花。高空冲击的水花很远便能感觉水质的清凉。水声落地的地方，是沙砾与石头，在阳光的辅佐下，弹跳的水花形成了几道交叉的小彩虹。廖维娜举着手机，轻轻地踩在柔软的沙砾上拍彩虹，不料水边站着一排癞疙宝与几条石缝中浮动的四脚蛇，正安静地观望着她的表情。她刚张大嘴，就被我严肃的表情盯得缓慢闭上了嘴巴。

周围低矮的野向日葵开得兴高采烈。廖维娜退守到那些野向日葵下，像一朵睡着了的黄花。

我蹲下身，掬起一捧水，寒彻心骨。事后，我常想，墨脱如此冰冷的水，能否洗去鸟或人的罪恶？那一滴鸟血足以验证墨脱的血型，太阳与风雨抹不去的血迹，在挡风玻璃上很快由红变成了黑，像沾了水的宣纸上一缕迅速扩散的胭脂。如果，所有与墨脱相关的血，可以被采集放入莲花阁的顶层展出，珞巴族史的扉页必将血光一片。

世界上自从诞生了墨脱，哪一个历史时期进入墨脱的人不带几滴历史的血呢？

二

“你若再乱叫，就让熊来将你抱走。”我放下这句狠话，继续加快速度向着山下的墨脱赶去。

时间一路伴雨，时而落几颗天鹅蛋吓唬人，时而一阵妖风搔到树叶痒处簌簌响，天光在她的叫声中，一寸一寸地惨淡下去。乌云在蛋黄派与天蓝派的幕布上，织起无数根线条，它们的形成与山坳之间密布的电线一样，卵子般的鸟兽在线条里飞奔穿行，大自然炼狱的过程，从一个极端联通另一个极端——绛红的、粉紫的、黛青的、褐斑的、纯白的、淡黄的、浅灰的、黑的、白的、软的、硬的……所有剪刀、石头、布在天空的调色板上，重聚与别离，而墨脱县城在这些变幻莫测的色素分泌下，宛若一碟小菜，大地上横竖齐整的红色火柴盒房子，从远距离的山侧看去，成了一只只黏在红砂糖上的蚂蚁。

当视野闪回树林，只见浓得化不开的黑，全部涂抹在她白色的衣裙上，再也看不清她的脸和眼睛。几头爬坡上坎的野牛沸腾着身体与我擦肩而过，它们胯下吊着奶瓶一样硬邦邦的生殖器，在速度中摇来荡去。再回头，踮起脚，我就看不见她的人影了。

天空的上方，只剩下她一个人的哭泣声，密林里的回音如一块千年融化的冰，穿针引线地从幽深的隐谷摔下来，那凄婉的声音萦绕在树梢或叶片上，砸在我必经的路前方，让人不安。

她每一声哭泣，林子深处拖着粗劣声带与纤细哼鸣的鸟兽，就跟着回应一声。我听见，绝不止一种鸟，也绝不止一种兽，那是多声部的大合唱。但主唱者是她一个人的声音。人与鸟兽，一前一后的两个声音辨识度拉开的距离，如同五线谱上的圆点或休止符号，有高有低，有长有短。在墨脱，所有看得见和看不见的距离，都被一个个巨大的容器吮吸。这容器来自地理不规则山谷、河流、平坝、森林等构成的形状，如皂石打造的石锅——它们装满了一个女人产自墨脱黄昏山冈的全部恐惧。

初临墨脱，不历经恐惧，怎么能辨识诗和远方？换言之，一个婴孩刚降临人间，大人不闻其啼哭声，反而担心孩子不正常。这是我不想在路上迁就一个女诗人的主要原因。她在墨色的森林中，因害怕而挪不动步子，除了哭泣，别无选择。可哭泣究竟能为她带来多少安全感？墨脱无法提供安全的数据与设备，相反，只要你看了那个容器一眼，所有的恐惧都已化着溶剂，像眼睛一样的容器，流不出一滴透明的泪水。她以为出发就能遇到一路格桑花，然后好运当头，她不知眼前的路，充满了荆棘与险象环生，她认为一个男人不接应女人的哭泣就是心狠。如果我不采用这种激将法，等待我们的只有熊出没。

她的哭泣拖音里夹杂着野牛的苍凉声。

我喘着粗气，停下来，那些闻风而至的鸟兽，噼噼啪啪落在树梢，它们得寸进尺跟踪并嘲笑一个满身滴水的雨人。我避开鸟兽的眼神，踮起脚尖往后面看，她没有跟上来。我迟疑的脚步挪动着，若长久没有听到她的尖叫声，我则要快速返回去，倘若她真的被熊抱走了，我就得设法让熊把她抱回来。毕竟她不是野人，她是跟着我从林芝出发到墨脱寻找诗和远方的女诗人！

在通往墨脱的路上，廖维娜除了哭泣便是傻笑。在傻笑与哭泣之间，她时不时地会发出一声令人心跳加快的尖叫声。风声挡不住，阳光挡不住，野花也挡不住，她无缘无故的尖叫如同一个轻度的脑瘫患者，充满邪气与晦气地望着这个喜怒无常的世界，如同望着她自己。跟这样的人上路，我感觉我们不是在抵达墨脱的视网膜，而是在一步步抵近恐惧的底层与内部。她的笑声，常常引得冰雹子无情地向我们头上砸来。

我开始后悔了，当初真的应该拼命拒绝她。当笑声、哭声、尖叫声成为一个女人获胜的武器，男人注定是没辙的。我曾怀疑过女诗人的神经质与不健康，在我荒诞的印象里，写诗的女子都有那么一点不正常的行为。廖维娜的笑声常常引得一朵粉色的合欢花次第开放，转个身，翻过一座山，迎接我们的是从石锅里跑出来的鱼一样的草，一条一条歪着脖子向天空延伸的草，它们是精灵，也是暗器。石锅一口一口摆在墨脱县城的每个缝隙里，里面装满了咒语，也装满了未知的秘史。

我探寻秘史，一次次将口袋里的汉字，抛进那些石锅，却破解不了秘史的原始密码，进退两难的尴尬，如一只长脚踏进深渊，长满风与雾的山谷，随时能够听见鸟兽长长短短的呼吸。我不喜欢廖维娜的笑声，仿佛那样的声音里传递着不太吉利的信号。更为严重的是，廖维娜的笑声，引来了树枝上偷袭我们的蚂蟥。当我还未来得及完成一张眼神深邃的照片时，一根比嫩豇豆粗壮的蚂蟥，已经窜到我帽子上，让我的眼神不得不变得深邃。我低着头急于处理帽子上的蚂蟥，不料运动鞋上也钻进了蚂蟥。手忙脚乱之际，廖维娜躲在一棵高高的白桦树上，笑声顿时变成了惊慌失措的哭声！

“妈——呀，打死我也不到墨脱来了！”刚喊完，凄厉的尖叫声浩荡在整片森林上空。

奇怪的是，廖维娜哭声里怎么传出一个咯咯咯清脆的笑声？在哭声连接笑声之间，墨脱的神经至少断裂了三至五秒，天寂地寞，我把脑袋机械地扭转了一百八十度，显然，这笑声是不远处走来的红衣人发出的。红衣人身材不高，除了一张古铜色的小俏脸，与露在外面的一只比碗口大的耳环，她身体全部被红塑料薄膜包裹着。红衣人站在离我只有几步远的地方，她的出现犹如山野一枝香气迷魂的野百合，笑声自天而降，我怀疑她是树上飘落的花瓣化身。红衣人一手捂住嘴，一手握着一株雪莲花，身姿在笑声中不断抽动，她的笑声一秒钟穿透了森林里的每一片叶子。忽然有一种雨声般的响动，密密麻麻地萦绕在头顶上空。

“为什么发笑？”树枝上的廖维娜哭丧着脸问红衣人。

红衣人冷冷地看了廖维娜一眼，用手上的雪莲花指着我，又是一阵银铃般的笑声：“你看，蚂蟥，怎么那么爱他。”笑音刚落，树叶上不断有绿幽幽的“长豇豆”落在我身上，让我一路抓狂，一路飞奔，直到仁青崩寺里的喇嘛，数着莲花生大师遗留的念珠围着我念了半小时的经，我才苏醒过来。这时，蚂蟥已从我心碎的伤口中消失了。

一滴血，成了一个疤的结晶。

之后，我结识了很多被蚂蟥偷袭的人，他们也曾像我奄奄一息躺在仁青崩寺长吁短叹。那个喇嘛总会在傍晚时分出没在山下的蚂蟥区，有时是喇嘛一个人，有时喇嘛会带两三个他拯救过的男孩。他们带回的受伤者有北京老板，也有港台演员，很多是离开家来墨脱寻找诗和远方的女孩子。他们有的留下来，成了寺院的义工，主要负责去山下的蚂蟥区开展援救工作……

三

这是 2015 年 7 月的一个早晨。

我用点燃一根烟的时间，走完墨脱县城，来到西边的莲花阁，看珞巴人储存在这里的生活宝藏。珞巴人之于我并不陌生，陌生的只是墨脱。年少时在林芝八一镇生活，对珞巴人有所耳闻。除了身材低小于其他我所见过的少数民族，最能让我记住的是他们的眼睛。那种忧郁与深邃，像是通过玻璃与水过滤后的沉淀物，我猜测这世上只有那样的眼睛才能逼近“念天地之悠悠”的准确意境。

谁也无法预料，猜测与见证之间，竟横亘着一段长达二十余年的漫长时光，如同隐藏在墨脱心脏里的雅鲁藏布大峡谷。

1994 年，尼洋河的山和水静止在冰做的镜子里，少年酝酿了一个冬季的文字，以航空的方式，从八一镇永久新村一个小邮电所向着墨脱出发。那时，没有快递这一邮政功能，只有航空，比普通信封大一点，边角印有红和蓝的斜条纹，比平信要多贴几倍的邮票——那是我寄给未曾谋面的老乡吕崇星的信。听父母讲，这个同村的军官在墨脱武装部当政委。

我在八一镇幻想去墨脱当兵，墨脱成了青春的一个泡影。之于一个人无法重来的十七岁，纸上每一个字都像一块石头，掉进深不见底的黑洞。实际上，听不见任何回音的墨脱，让我既没进得去，也没出得来。

在梦里，我常常听见墨脱的喘息，如一只猛虎朝我扑过来。醒来，墨脱如一口石锅，被双手紧紧反扣在胸前，我生怕那只未炖熟的猛虎，从石锅里逃跑。吕崇星一直活在捉拿猛虎的墨脱传说里。这不是杜撰，可能是从故乡人那里听来的，所以我一直活在他的传说中，活在墨脱的心跳里。

等到大雪封山，等来雪化路开，等了一年又一年，我未能等到墨脱的回信。从此，墨脱住在我的咒语中，迄今住了整整二十年。在十年与十年节点之间，我没有离开西藏。吕崇星披着虎皮，抱着虎骨，早已离开全国唯一不通公路的墨脱。

有一次，在另一个老乡龚旭东的引领下，在成都温江金马河畔我见到了吕崇星。龚旭东与吕崇星 1972 年从四川荣县出发前往西藏林芝参军，虽然我与他俩相差三十年的人生代际，但他们都有理由进入一个后来者的墨脱文本。龚旭东分到林芝军分区第一通信班的当天，便开始了墨脱的纠缠，他与战友们的任务是把全国父老乡亲写给墨脱子弟兵的家书，从林芝分批背到墨脱去。可直到退伍，他也没有把信送到墨脱官兵手上。之于生命，一纸思念，看似太轻，但信上的字比路上的石头沉，信里的情比雪山重。丢信事件，让他对那些至今没有收到家书的墨脱兵抱憾终生，他将用一生的文字去抵达墨脱。

我递给龚旭东一杯酒，他摇摇头——雪山上没有了路，人找不到方向，信就更没有方向了，偏远的墨脱，把我们背信的兵整惨了！

“1995 年，你在墨脱是否收到过我的信？”我问吕崇星。未等他回答，龚旭东立马将同样的问题瞄准了他。看得出，龚旭东的愤怒，远远超过我的情绪——吕崇星，你知不知道，你提前毁灭了凌仕江对墨脱的无限可能，你究竟有没有收到他给你的信？

吕崇星冷冷地点头，用手摸了摸高高的鼻梁，伟人般镇定的眼神，似乎陷入了深不见底的墨脱深渊——他用比门巴人更深邃的眼睛扫视四周，然后缓慢地将目光，拉回到眼下的酒杯，半晌没有吱声。

“来，喝酒，说墨脱干个球哟，没得意思！”许久，吕崇星举起杯，好似突然从别人的梦中醒来。他嘹亮的喝令，引得旁边的茶客，纷纷移位。

“啥子没意思，哎，你回一封信，有那么难吗？”龚旭东把酒杯捏得嘶嘶地响。我知道，他一定是在维护文学视角中的墨脱形象，也是在替我们发泄多年未能深入墨脱真相的愤慨——“在你面前，虽然你是政委，我是兵，但对于凌仕江曾写信给墨脱的你一事，作为一起入伍的战友，我必须指出你不尽责的老乡行为。”龚旭东有些醉了。

吕崇星望一眼天空，一声长叹，仍不提墨脱半个字。他的心思被无月的金马河，抛到了九霄云外的墨脱。莲花阁在他眼睛里，宛如一滴漂散在大江里的墨汁。我在徘徊中想了又想，这莲花阁里存放的哪一件古迹，离一个故人的气息最近？但怎么看，都感觉故人不在，莲花阁好比在月亮上缺了一角。

如果吕崇星当年给我回一封信，墨脱的语法在我的文字世界里，就不会过多使用普鲁斯特式太多太长的句子，至少关于墨脱文本的精神向度，可能不是现在的呈现方式。我想，有一天它应该有着海明威句式的短、明、洁、美。但似乎所有的墨脱文本都找不到这两位世界作家涉足墨脱的历史足迹。

四

雪域高原的珞巴人，占多数聚居于墨脱珞瑜区域。有关民族历史上的这个重大进程，许多民俗研究者在面对墨脱珞巴族的现实语境中，都绕不开一个河南开封人，那就是作为早期派往墨脱的戍边人冀文正。

我的确想过要绕开这一被广泛提及的人物，但实在有些绕不过去。主要是我多次因一些文事活动见到冀文正。有时，即便没有见到他,也有人会在我面前提起这位年近古稀的老先生。提他者，八九不离十地与墨脱有着沾亲带故的虚拟关系。当年正是冀文正介入墨脱与数年的田野考察，使得两个人口较少，民族特征相对明显的珞巴部落，进入五十六个民族大家庭中来。

莲花阁存放的冀文正著作，几乎都是记录整理，尚未升格至创作领域，其行为称得上珞巴族文化的第一手资料，这已然成为冀文正的传奇。

站在莲花阁，随便取个角度看墨脱县城，一片虚光，遮蔽了所有真实。身边专注的摄影师，自说是餐饮行业的老板，姓王，来自北京。王老板锁定墨脱的目光比我深邃，或许，他需要墨脱的虚，正如我拒绝墨脱的实。毕竟点燃一支烟就能走完的县城，在全球范围内也实属罕见，有价值入镜的内容到底有多少？王老板拍得最多的是墨脱的锅。面对不同形状的石头锅，他从不同角度拍个遍。写作之于餐饮的不同，我看到的多是虚拟之美，而王老板要的是实物之心。他进入墨脱就为那些石锅而来。

若不是路上那头大摇大摆的野牛，从城里摇摇晃晃地走来，我完全有理由相信墨脱是一座空城。

墨脱之空，曾让我一度坐在高高的仁青崩寺，产生空茫与绝望。我蔑视过它若隐若现的存在感，主要表现在市政部门联系墨脱县政府给我协调的车辆，三天时间过去了，也没见到车的影子。几次打电话，县政府的人都说领导去林芝了，还没回来。廖维娜千方百计联系上的朋友，已出差拉萨。原本，我想深入出产皂石锅的那个村子同石匠谈谈石锅来历，可王老板说，墨脱此去的路又远又曲折，若没有人带路，易迷失方向。王老板租的车，困在通往村庄的泥泞中，几天几夜才返回。他把相机里的村庄秘史与我分享，但我看来看去，发现只有石头锅。

进入墨脱四天了，感觉什么工作也没开展，除了县政府的人来过几次电话，我的耳边全是廖维娜躺在墨脱小旅店里的抱怨。

几次走到墨脱县政府门口的梧桐树下，我都止了步。因为那地方，无论怎么看，都像村庄里一处年久失修的落单户。

在我无心看风景的时候，野牛的屁股后面，有一个手持雪莲的红衣人，赶着尘埃向莲花阁走来。

此时，手机突然响了。

是廖维娜打来的。她吵着要离开墨脱，她说她再也不想多看墨脱一眼。她催促我：你快去打听一下，墨脱到波密的路，哪天才能修好？我要回去，我想早一天回拉萨，不要让我死在墨脱呀……

天空挨着莲花阁顶层，一只手伸出去，便高过了雅鲁藏布江。高空之下的江水平静，看上去清黄清黄。此时，忽然想到一个人，不是吕崇星，但他在墨脱时，得到过吕崇星的呵护与帮助。我立刻拨通了新华社香港总裁邹陈东电话，告诉他，此刻我正在墨脱挣扎。想下，下不去；想走，走不了。我要搜集的资料，几天过去了，县政府一点音讯也没有。邹陈东一声苦笑，但他并不替我的挣扎有丝毫担忧，因为1994年11月至1995年6月，他在墨脱挣扎过。他让我替他再看一眼曾被下放的连队，当年他在那儿写下了影响甚远的《在与世隔绝的日子里》。我说我看见了他赤脚光膀插秧的那块稻田。他说他正在美国，让我打电话给吕崇星寻求帮助。

电话打了一转，龚旭东把话传过来，说，吕崇星反对一切用文学形式去亲近墨脱的人，包括那些常在新闻中出现的所谓民俗专家，比起长期驻军墨脱的人，再多谈资与荣耀，都是厚颜无耻。书本上有关墨脱的文字与言说，多是没有到过墨脱的人瞎扯淡。

我听了非常生气。吕崇星太不理解墨脱了吧，真是白在墨脱待了十六年。

五

吕崇星见识过莲花阁里的竹楼吗？这是珞巴人曾经最舒适的住宅，如今这些竹楼都变成了木头、石头或水泥，竹楼里躺着几件羌笛模样的器乐，用竹子与麻绳捆绑而成。真正得以自然延续与发展的民族，是不太需要博物馆这一类载体所禁锢的，这类博物馆的存在，很多时候，就是民族生态文化彻底消亡的宣告。甚至不少博物馆里的所谓珍存文物，不过是大胆造假的一种伪还原。

在墨脱，我们究竟还能相信些什么？

一个巴掌大的县城，让你怎能看见它的掌纹。遗落在莲花阁的珞巴文化是否还在吸引你？当安妮宝贝的《莲花》引得成批善男信女向着墨脱出发的时候，也有很多人质疑她并没有真正进入墨脱，所以才能由着想象天马行空。由此，效仿也成了一种遮盖，那么多走进墨脱的人，用行为虚构浪漫成为一种遮盖，而且是对现实与现代的双重遮盖。

我是个比较相信自然、尊崇自然的人，可在墨脱同样遇到了自然的叛变。一分钟之前，莲花阁还是金阳高炫，墨脱像一头安睡的野牛，静静地躺在明亮松软饱满的光线下，隐谷里的玉米、洼地里的花生、山脚下的稻田、虎嘴上的竹林，如同苍天赐给珞巴人的世外田园。但障雾忽然从雅鲁藏布大峡谷升起，升成一片巨大的帷幕，眨眼之间，一下子就盖住了整个墨脱的全部，甚至连天上的仁青崩寺也看不见了。神速的自然变化，看上去既神奇又美丽。

此刻，天籁阵阵，成了多声部小合唱，那是众神为自然祝福的赞美诗。同时，伴有雷鸣般的掌声——不远处，有位红衣少女，依偎着戴耳环的男孩，他们在云雾里奔跑，那飘逸的背影像是被云雾追赶着，好一阵舒服的风，将他们吹上了一朵云。瞬间，云开了，草尖尖上，他们坐拥着一朵巨大的雪莲，接吻。逆光中，一朵飞起的蒲公英，肆意、热烈。大地上，落叶乔木，静静地呼吸银亮的细雨，再远些，一群红尾巴鸟，飞舞着最愉悦的时光。

大约持续了五分钟光景，一朵朵云，化着雾，有序散开，极地的天庭下，银河在拐弯，江山如水，云彩像卷边的浪花，而蓝色的天幕恰似静止的海水，白色的云呈缕状，浑然渐变成众兽狂欢——野猪獠牙、孟加拉虎、羚羊、长尾灰叶猴、大犀鸟，它们正围着天宫里拂袖起舞的红衣仙子和男孩，心领神会地点头摆身。可这天庭般的画卷，廖维娜却不愿出来多看一眼，实在有点儿遗憾。

写诗的人，尤其是女诗人，更应该留在这里与圣境共存呀。

红衣人忽然走到我面前。她用手上的雪莲，指着我：蚂蟥那么爱你，你爱蚂蟥吗？

在我不知如何作答时，廖维娜电话告知，晚上墨脱人请客。

我以为仅仅是廖维娜不愿意留在墨脱，结果请我们吃饭的墨脱人，照样不愿意留置墨脱。饭桌上，一个老墨脱说，当年墨脱两次通车盛况他记忆尤深，久违的汽油味，扑面而来时，真是一种陶醉。大概是 20 世纪 90 年代与千禧年之初的事，而那辆如今已被墨脱尘埃埋葬的车，几乎是被珞巴群众，从几十公里的山口，一步步推进墨脱的。老墨脱描述第一辆车的出现，仿佛是闻见了醉人的花香与女人怀中的迷魂香水。另外两位年轻的同志，只顾低头吃饭，对墨脱似乎不愿多言。他俩老家一个在贵州山区，一个在四川平原。他们一年半载没有回老家了，老婆在家照顾孩子，一次也不愿跟他们到墨脱来。尽管墨脱的夜晚可以望见世界上最明亮的星星，也可闻到野向日葵散发的暖香，但就是挡不住想家想老婆想孩子想老人的冲动与折磨。

他们的话，让我面对石锅里喷香的鸡肉与松茸，而失去了动筷子的放纵。廖维娜一脸愁容，手中的筷子如同停在空中的两根树棍。

六

楼顶上摇曳的玉米叶子，在夜空中呈现出各种人的影子，让人怎么也睡不着，仿佛天人合一的景象就在眼前。星星像带着发光体的虫子在风中蠕动。再往上看，它们在山峰的边沿如探出石锅的鱼脑袋，在墨脱的隐谷里游来流去。几株野向日葵在星星的眼睛里轻轻晃动着笑脸，那是星星划过仁青崩寺传来的呼啸声，我不知面对锅底里的墨脱，那些天上的星星会不会感到害怕？在一颗星星的眼里，从高空审视墨脱，星星究竟能够发现什么？对此，人类不得而知。如果星星可以变成一尾鱼，浮在墨脱之上，鱼的眼睛里，一定可以看见蚂蟥在谷底里的所有生活。

半夜，我被急促的电话铃声吵醒。这世界上有谁会在这种时刻打电话到墨脱来呢？家人每天看了我推送的微信都放心得不打一个字，这让我的墨脱之行十分安心。

又是廖维娜，她在电话里快要断气似的呻吟道：凌老师，你快来呀，求求你，快来救救我！

到底发生了什么事，熊真的出没了吗？廖维娜只管长一声短一声地呻吟，什么也不说。难道她是饿坏了吗？我翻身起床，从五楼火速冲到二楼，一脚猛地踢开她的门。

白色灯光照亮整个房间，她披散着头发蜷缩在床角，地上密密麻麻的蚂蟥如飞蛾般涌动。更为恐怖的是，在我极为震惊地发出“啊”的一声时，廖维娜掀开了蜷在身上的白色被单，她抖动着声音：凌老师，你看看，我是不是真的要死了！

我的天哪！一根筷子粗的蚂蟥钻进廖维娜的两腿之间，雪白的床上有一团猩红。

正束手无策时，一个影子飘过窗前。伴随影子而来的是一阵熟悉的银铃般清脆的笑声，还有雪莲散发的阵阵芳香：“我知道，你的朋友迟早会遇上危险的！”

没等我说话，红衣人将雪莲放在了廖维娜的两腿之间，然后从怀里取出一个银色的小壶，躬着身，将里面的酒全洒在廖维娜身上。

“波姆啦（姑娘），你这是干吗？”我拿藏语与红衣人沟通。

红衣人定睛看了我一眼：“谁叫你朋友当初不听我的呢？我多次邀请你的朋友去我家喝酒，她不肯赏脸，这就怪不得我了。再说了，即使我不再来找你的朋友，但我也不敢保证它们未必肯呢。”

“门巴波姆，你们的规矩我懂，我的朋友她不喝酒，你这是要把这些天没有喝成的酒，全洒在她身上吗？啧啧啧，多浪费这好酒呀！”我双手交叉抱在胸前，看着红衣人的一举一动。

廖维娜大声地呵斥道：“走开，我为什么不能拒绝你的邀请？在僜人村，老酋长的邀请我也拒绝过……”

“呵呵呵，我们门巴人，家里有的是酒，就像藏族人家从不缺酥油茶一样。同样，我们的酒都是用来招待远方朋友的，我们一年喝掉的酒，比你们汉族人吃掉的粮食还多。你拒绝了我，当然要付出代价。”红衣人自信地进行着手上的一切。

“你给我住手！”廖维娜挣扎着。

红衣人淡定地看着她：“噢，你还是乖乖地听我的话吧……”

廖维娜浑身被酒浇得像个落汤鸡，很快便闭上了眼睛。

“怎么样，你应该表扬我才对呀。”红衣人满脸红晕地望着我。她的话让我十分纳闷，你明明是用酒惩罚了我的朋友，还要我表扬你，这是什么理论？

红衣人的酒，似乎医治了廖维娜尖叫的毛病。紧接着，她从廖维娜的两腿之间取出了那朵雪莲，放到灯光下，上面隐藏着一条九死一生的蚂蟥。

“好了，你朋友不会有危险啦。毕竟这是我管得住的家伙，在我们墨脱，还有一些我管不住的玩意儿，让你的朋友还得多加小心。”

红衣人的话，让我彻夜未眠。她管不住的玩意儿究竟会是什么？熊，大摇大摆地占据了我的脑海。

七

还记得墨脱的心跳吗？

之前，无论在林芝或拉萨，还是西藏之外的四川盆地任何一个角落,每一回不经意触碰到墨脱的神经,都会产生被电击的感觉。一层又一层鸡皮疙瘩，与闪闪烁烁的火花，在身体里由内到外如云般游走。这种身心大面积被不同海拔的阳光、云和雾侵略的事件，总脱不了他人经历或文字织锦的壳。

想不明白，经过多年以后，当那些真正以工作之名，同墨脱生活在一起的人出现在我身边，面对我的疑惑，他们对墨脱的态度顶多只有几句让人无法抓住核心的轻描淡写，甚至有的一言不发。如同身怀绝技的珞巴族原住民，习惯了红色火柴盒里的孤独生活。比起墨脱路上张牙舞爪犹如蚂蚁啃骨头的徒步者，他们的淡定确认了我 2017 年 4 月 20 日的判断——真正进入墨脱灵魂的人，他们早已习惯了眼见为实的云淡风轻。而太多选择墨脱当作探险与谈资的人，反而多是一生未能抵达的浮夸者，他们的言说与想象如同女诗人的呻吟与尖叫，他们有的虽涉足墨脱，但内心难以证悟墨脱的现实，也无法企及墨脱的意境与高度。

就全球城市地理而言，人的活动范围太过局限，墨脱不能像更多内陆城市，带给人更多审美的可能。这句话，是墨脱县城邛崃饭店老板驾着车，从仁青崩寺接我们下山时无意中说出来的。听起来，特别让人怀疑他的厨子身份，这简直就是教授的语言。没错，这个教授到墨脱已经二十多年，他竟认识吕崇星。

“其实，吕崇星的墨脱除了生死，没有什么浪漫可言。在墨脱，吕崇星思考更多的是边境的世界政治与战争，当然还有哨兵体内严重的风湿与痛到骨头里的风。很多年前的事了，林芝军分区召开什么紧急会，吕崇星在冰天雪地中，带了二十几个官兵打着绑腿，向着林芝进发。那一次，他真的是带着死向生出发的，要不是当时他手上那根雪杖，可能他已掉进帕隆藏布江喂鱼了。此事，他一辈子也不会忘记，一辈子也不愿提起。冬季，天上飞着雪，地上结着冰，雪野没有路，弄不好就将迷失方向，活活被冻死。但就是那一次，他们二十几个人，在十天时间里，一个不少地走出墨脱，到达林芝，创造了生命奇迹，并受到表彰。”

教授之所以愿意留置墨脱经营小餐馆，他说，一直想忘掉曾经在大学教书时，因赌博犯下的人生过错。

想想也是，一个见惯了墨脱生死的人，还有什么好说的呢？忽然发现曾经心跳一次次加速的原因，仅仅只是来源于“墨脱”两个简单字眼，所带来的灵异效果。天下怎么会有如此奇妙的中文？“墨”与“脱”组合在一起，似乎完全偏离了汉语的轨迹。它的特质韵味来自不同年代的复杂信息——当它以一个遥远的地名，出现在雅鲁藏布江边，从此便让人震耳欲聋，让屋脊之外的全世界为它着迷、不安。

这时，我完全可以不为墨脱所惑了。走出墨脱七百多个日日夜夜后的2017年之夏，我在成都朵藏翻阅书本，领略到一个女人与墨脱发生关系的1976年，墨脱让我听见的不是自己的心跳，而是一个十五岁少女在墨脱点燃火线，等待雪山爆炸前无路可逃的慌张与喧嚣。

八

站在莲花路上，我回头远远地注视着莲花中绽放的墨脱。如影随形的人，像是在送别，又像是在咒语。

“对不起，我们的蚂蟥伤害了你的朋友，但我们门巴人从没有伤害朋友的意思。”红衣人双手捧着雪莲，背对着我。“你肯定不会再来墨脱了，你所看到的墨脱，都不是真实的墨脱。”红衣人的话，处处充满了玄机。她的笑声，被风从大地上托起，比任何时候都更响亮。

真实的墨脱到底怎样？这又将从何说起。想象它时，它是所有牲灵中的庞然大物，再大的风雨也抹不去它灵魂的颜色与印痕。之于人，一代人有一代人的崇拜对象，之于一个地方的向往，我想远不是一代人的问题。在墨脱眼里，世世代代的人们都曾为它膜拜流血。而墨脱在我眼里，竟是未知的想象。墨脱的世界，从未真实地在我眼前呈现，即便我身在墨脱，也看到了墨脱。然而，就是这个地方，它只用了两个字，并收敛了世间一切值得人们欲速则不达的信息。

廖维娜说她再不去墨脱，余生就没那么多机会了。现在想来，她当时的选择无比正确。只是她至今躺在医院的梦里，成天疯人疯语，从头到脚插满了管子，像一具远古时代复活的木乃伊。

自从带着满身酒气上路后，野向日葵中飞出的一万只蜜蜂，就萦绕陪伴她左右，任凭我脱下一件件衣裳，使出比风更大的力气，也扇不开它们对她的热情光顾——蜜蜂狂乱地将她紧紧包围，拼尽一命只为逮住一个贼。在墨脱的土地上，谁也别想偷走门巴人的酒。

与我们同行走出墨脱的，还有北京的王老板。夜色中，车刚到八一镇，他接到一个电话，便像丢了魂似的跳到天上：我的锅，我的八百口墨脱锅呀！

凌晨五点，沿着夜色，他又返回了墨脱……

聆听鸟语

赵　丰

远古，鸟破天荒地叫了。科学研究认为，地球上最早的鸟，出现于晚侏罗纪，距今一亿五千万年左右。1861 年，考古学家在德国南部发现了第一个始祖鸟化石，将它命名为始祖鸟。在我的意识里，这个世界最早的动物声不是恐龙的，也不是猿猴的，而是始祖鸟。是它，唤醒了大自然的沉寂。最初，山川、河流、森林、海洋都哑巴似的无声无息。某日清晨，一只始祖鸟突发臆想，张开喉咙“啊”了声，于是声音诞生了。

打开《诗经》，我聆听到了那么多的鸟语。《诗经》三百零五篇，七十六处写到鸟，合并重复的鸟类，整部《诗经》提到的鸟儿有三十三种。在那些泛黄的纸页上，我听到了相伴在河中小洲的雎鸠在“关关”和鸣，听到了黄鸟（黄鹂）在灌木丛中的“其鸣喈喈”，听到了燕子目睹亲人别离时的“泣涕如雨”，听到了雉（野鸡）飞向远方的“下上其音”，听到了鸿雁在空中翩翩飞翔的“哀鸣嗷嗷”，听到了沼泽深处的鹤在惊天长鸣：“鹤鸣九皋，声闻于天”……这些鸟语，将三千年前的华夏之野装点得灵动迷人。

这个世界，到处都有鸟的影踪。英国作家爱德华·格雷以“乡村人”的身份步入鸟的世界，对众多鸟类的生活习性进行了细致入微的观察，用极富文采的文字写出了《鸟的魅力》，以梦幻般的手法记录了数以百计的鸟鸣，向我们展现出鸟类无与伦比的天赋。

鸟儿的鸣声，并不是廉价的。南美洲有一种荆棘鸟，一生只歌唱一次，从离开巢窝的那一刻，它就不停地飞，飞过整个太平洋，矢志寻找一根最长最锋利的荆棘。找到它之后，它才打开声带开始歌唱。它的歌声，使善歌的夜莺和黄鹂都黯然失色。

荆棘鸟无疑是稀有的。它也许在告诉人类，鸟语并不是召之即来的。当然，我们的头顶上大多是经常发声的鸟儿，如果你知道荆棘鸟，你就不要拒绝鸟语。倘若，你在午休和心情烦躁的时刻讨厌它的声音，那么只能说明你还没有将个体的生命体验与大自然完全对接起来，你只是一个孤独的“人”，没有学会在自然中静享快乐与安宁。

心灵与自然的对话，这是爱德华·格雷实践过了的，并且由此获得了生命的享受。正像他在《鸟的魅力》附录一《享受自然》中所表白的：“如果人们具有能从大自然中汲取快乐的能力，那么我们就会从大自然中获得源源不断的快乐。”

千万不要拒绝鸟鸣！这样，你会感到，你就是大自然的主人。

鸟语彰显着心灵与自然的和谐。当人类无法拒绝大自然的恩赐时，鸟语的存在就是意义非凡的。它融入了人类的日常生活，调和着现代科技所发明的声音，熨帖着我们日渐疲累的心灵。它像高山或河流一样存在着，让自然界充满魅力。

听懂鸟语，是人类认识自然、解密自然的一把钥匙。春秋时期鲁国的公冶长是孔子的弟子，其识鸟语故事最早见于南朝皇侃著的《论语义疏》。从卫国回鲁国的边境上，公冶长看见一群鸟儿争相呼叫着飞向一条河，走不多远，又见一位老妪在那儿痛哭，于是问她为何而哭，她回答儿子前天出门至今未回。公冶长说，我从鸟的叫声里听出它们是啄食死人的肉体，你去那儿看看吧，恐怕就是你的儿子。老妪去到河边，果然是儿子的尸体。老妪报案，村官认为公冶长是凶手，将他关进狱中。狱中第六十日，公冶长看见群雀伏在狱栅上惊叫，便对看守说：“雀鸣啧啧，白莲水边有车翻，覆黍粟，牡牛折角，收敛不尽，相呼往啄。”狱长派人验看，果如其言，于是释放了公冶长。

雀有数种，公冶长目中所见之伏在狱栅上的雀，当是黄雀。

这是现存公冶长识鸟语故事的最早版本。皇侃在书中言，此故事出于《论释》。此书已不可考，可能是以传说故事解读《论语》的杂书。

两晋南北朝往后，公冶长识鸟语故事只是口耳相传，罕有文字记载，但是关于他识鸟语一事已脱离了传说的困囿，被许多唐朝诗人充当历史典故，如李白之《空城雀》，白居易之《鸟雀赠答诗序》。到了明清，公冶长识鸟语的传说抛开了《论语》的叙述倾向，增加了平民视角和民间意义，体现了一种叙述者与倾听者的民间狂欢，如《青州府志》转引的清代陈梦雷《古今图书集成·禽虫典·雀部》之“雀部外编”。

我一直在努力回忆自己生命初期听到的第一声鸟叫，可是这真的很难。童年，只有在回忆中显现时，才成就了那份完美，因此这样的回忆并非没有意义。岁月，总会留下苍老的足迹，将人生全部涵盖。我是想弄明白，我在听到第一声鸟啼时有着什么样的感觉以及肢体的反应，大自然的美声会在一个人的心灵留下怎样的烙印。

从鸟的叫声里，可以感知到人性的美。

爱德华·格雷笔下的鸟，是在英语境内，我无法聆听到，但是却感受到充满人性的光辉。在乡间的屋舍，爱德华·格雷常常为鸟儿准备一些食物，鸟儿温顺地在他跟前停落。当他忙碌时忽略了某只鸟儿时，它会发出类似“温柔的责备”声以吸引他的注意：“它满怀期待地望着我，直到我把一大捧谷粒送到它面前，它才会心满意足。”有时，鸟儿甚至将他的手臂当成栖息的“树枝”，

“当鸟儿那纤细的嫩足抓住我的手指时，我感到莫大的幸福……”只有与鸟拥有了这样的情感交流，才会在笔下流淌出令人动容的文字。

鸟的人性之美，我在麻雀的身上捕捉到了。

麻雀是鸟类里的平民。它的身上，带有一种泥土的气息。落叶色的羽毛下，是毫不起眼的躯体，先天就注定了鸟类中的“平民”身份，无法为自己赢得美誉。也许正因为如此，它在关注着普通人的生活。或喜或忧，都是百姓的情感。它“唧唧”的短促叫声，好像在吐着“饥”音，总想找东西填饱肚子。现在，一想起童年时的饥饿感受，我便替麻雀们忧伤。

有时，麻雀的发声听起来是“喳喳”。我注意到，一旦一只麻雀发现了食物，便发出“喳喳”之音，招呼同伴一起来吃。于是，这“喳喳”与“唧唧”就有着细微的区别。与同伴分享而非独食，这是人性美。

经常听到有人在问，人性的美究竟表现在哪里？

无私，关爱，它离不开这些词语。

祖母是一位瘦小的妇人，对麻雀有着一种特殊的情感。每次碾过谷，她会在老屋的窗台上为麻雀撒上一些。窗台面积窄小，麻雀们便利用了紧挨窗边的一棵拐枣树。一只麻雀衔走一粒粮食，会马上返回树枝上。数十只麻雀，就这样不知疲倦地在树枝与窗台之间穿梭着，形成一场褐色的疾雨。

20 世纪中期，一场消灭麻雀的运动铺天盖地而来。可是，祖母却舍不得捣毁屋檐下麻雀的窝。麻雀懂得感恩，对关爱过它的人，会表现出一种亲近。有时，祖母闭目在拐枣树下小憩，它就落在祖母的肩膀上。目光安详、柔和，仿佛在感应祖母的心跳。

祖母是在屋檐下去世的。那年她七十三岁。“七十三，八十四，阎王爷叫你商量事。”这是乡下的民谣。吃过午饭，祖母坐在门口的凳子上打盹，忽然就栽倒在房檐台上。那会儿，父亲不在家，母亲在屋后喂猪，与祖母朝夕相处的麻雀惊叫着在母亲的头上盘绕，仿佛向母亲报丧。它那一刻的叫声，节奏更加短促，而且接连发出一长串，声调里饱含无比的悲戚。那样的感觉，是母亲后来意识到的。她在向我诉说时，目光里有许多的迷惘。

在鸟的世界里，我不知道是否还有比麻雀更具人性的鸟。

祖父曾经从两只大雁的身上感知过鸟的人性美，并催发了他的人性觉醒。一个傍晚，祖父在秦岭化羊峪那面山坡种谷时，捡到了一只受伤的大雁，带回家用绳子拴在窗前，打算第二天在锅里煮了吃。那天夜里，又飞来了一只雁，两只雁依偎着，叽叽咕咕说了一夜的话，像是在安慰，像是在说爱。两只雁凄婉缠绵的声音，让祖父动了恻隐之心。清晨，祖父发现两只雁脖子缠绕在一起，绞死了。祖父的心灵被深深震撼了，于是打消了罪恶的念头，在种谷的那面山坡上挖了一个坑，将两只雁合葬了。从此，祖父不让我伤害任何一只鸟。年幼时，我曾跟着同伴们一起用弹弓射杀树上的麻雀，祖父非常生气，好多日子都不再用那双布满老茧的手抚摸我。

是祖父，唤醒了我的爱鸟之心。

燕子，也具有人性。我家的拐枣树上，就有燕子的窝。它衔来几根草叶，几片羽毛，几块泥土，加上自己的唾液，就做成了简陋的住宅，仿佛乡下人的土屋。它在里边栖息，生儿育女，就是家的概念。它“啾啾”的叫声时而呢喃细语，时而高亢嘹亮，时而急促尖利，像极了在影视上聆听过的黄土坡上婆姨们的吆喝声。

“锄禾日当午，汗滴禾下土。”赤身的农夫喘口气，用手臂抹去脸上的汗水，突然看到成双成对的燕子欢叫跳跃，捕食害虫，目光里就饱含喜悦，劳作的辛苦便会化为甘甜。

海阔凭鱼跃，天高任鸟飞。这鸟，便是海鸥。我的出行，尽可能地选择海边。除了看海，还希望看到海鸥的飞翔。大海的情怀，这是我尊敬它的理由。在没有气象预报的年代，海鸥就是渔民的晴雨表。它们贴近海面飞行，预示未来的天气将是晴好的；如果沿着海边徘徊，则预示着天气将会逐渐变坏；它们离开水面高翔，成群结队地从大海远处飞向海边，或者成群的海鸥聚集在沙滩上或岩石缝里，是提醒渔民暴风雨即将来临。它的声音高亢嘹亮，“欧——欧——”它在尖叫，提醒渔民注意海风和海浪，平安返航。

一种鸟，它的叫声具备着关照人间疾苦的意义，我如何不感动？

布谷鸟是一种农事鸟，对季节的感应十分敏感。它的叫声清脆、简洁，音节为：布谷——布谷——催促农人该到田里耕作了、下种了。麦子黄了，它飞向村庄的上空，呼叫着“算黄算割”。它是在提醒农人：麦子黄一块，就赶紧收割一块，不要错过时机。

布谷鸟又名杜鹃，据说谷穗和福祉会随着它恳切的劝告声翩翩而至。于是，农人们满怀丰收的希望聆听它的啼啭。并不是它带来了阳光和雨水，但它选择了适当的时候、适当的声音，将农事的讯息告知天下。

我从春日的一个梦里醒来，远处传来布谷鸟的叫声，焦急或喜悦。它的韵律滑翔过农夫的精神田园，播下丰收的种子。

鸟的鸣叫，有着什么意象呢？在我的生命运行里，不断地重复着如此的念头。我试图动用美学的思维，区别出它们与人类声音的不同，译解它们啼叫的意义。这种努力，得到了回报。

秋天的尾声里，一抬头，便看见大雁在空中飞翔。大雁是出色的空中旅行家，每年春分后飞回北方繁殖，秋分后飞往南方越冬。天空，被大雁视为理想的征途。群雁飞行，排成“一”字或“人”字形，发出雄壮悠长、嘹亮铿锵的“嘎——嘎——”“呀——呀——”声。它的叫声，本能上起着互相照顾、呼唤、起飞和停歇等信号作用，但在我听来，它的音符蕴含着一种力量和信念，昭示着自我存在以及飞翔的意义。

如果说，沉沦是生命之大敌，那么从大雁的鸣叫声里，或许可以获得上进的力量与信念。

闻鹤起舞。鹤的喉管很发达，可以在它的胸部盘曲，宛若共鸣腔，发出的鸣叫洪亮遥远，因之才有了《诗经》对它的赞颂："鹤鸣九皋，声闻于天。"凝神听过黑颈鹤的鸣叫，"果果——果果——"别样的辽阔、清傲，令我顿生苍茫的岁月之叹。

朱鹮有着洁白的羽毛，鲜红的头冠。古时，人们视它为仙鸟，会给人类送来吉祥。它伫立的姿态沉静悠然，只有起飞时才会鸣叫。它的声音听起来类似于大雁的那种"嘎嘎——嘎嘎——"却不像大雁那般响亮，并非一字一板，而是一串一串，宛若皎洁月色下情人的轻语。在陕西汉中的洋县，当我聆听到它呢喃的声音时，仿佛谛听到了佛音：远、虚、淡、静。在我的注目下，几只朱鹮一边梳理羽毛，一边合唱。闭眼，好像童年时母亲哄我入眠的声音，温馨、甜绵，有种沉迷的况味。

看过资料，知道朱鹮在这个地球上已经接近灭绝了。除了自然的因素，也有人为的原因，譬如乱砍滥伐造成的森林大面积萎缩，水土严重流失；围湖造田，拦河筑坝带来的湿地面积缩小，鸟类食物短缺。更可恶的是，有些朱鹮是被人类捕杀的。

一种美好的鸟，一种佛音般的啼叫，即将告别人类，这是谁的过错？除了心痛，我再也说不出什么。

我们不应当无视鸟的存在，而应当尊重它们的生命权。

鸟的求偶，是声音的自我炫耀。

松鸡科的鸟类有一个固定的求偶场地，也可称为交配中心。一到繁殖季节，雌雄鸡就从四面八方赶到这个情场。天欲破晓，雄鸡开始登台演出。它突然收缩胸肌，把囊内的空气压迫出去，迸发出的强大气流，振动食道和口腔的壁，发出“砰”的巨响。它不断吞吐，发出有节奏的“砰——砰——”声以招引雌鸡。然后，它将脖子上的白色羽毛竖起来，把一根根长长的尾羽直翘朝天，大摇大摆地在雌鸡群中往返穿行，并与闯入它的领地的雄鸡激烈格斗，最后一名胜利者，自然就收获了雌鸡的爱情。

啄木鸟求偶时，用细长坚硬的嘴急促地敲打空心的树干，发出类似快速击鼓的洪亮声响，用嘴敲打树干之后，才发出“布——隆——咚，布——隆——咚”类似拨浪鼓的声音，迫不及待地向雌鸟倾诉自己爱的心声。

我的属相是羊，因此对羊的叫声有着天生的迷恋。我总以为，羊“咩——咩——”的声音里内涵一种神性的召唤。一种鸟，它求偶的声音极像羊叫，这是鹬。雄鹬向雌鹬示爱时，先振翅青云直上，然后疾降，在俯冲之际张开尾羽，在气流的振动之下发出好似羊的声音，一边叫着，一边情不自禁地陶醉于蓝天青云之中。它在向心爱的雌鹬表白自己那粗率豪放的爱。这是别具一格的求偶方式，如此的张扬，让求爱的仪式变得神性热烈。

一旦鸟语不仅仅是一种功能的呈现，想象还可以继续拓展，从人性善恶的角度透析它的存在价值。

百灵鸟生活在辽阔的草原上，以其自身的存在维持着生态系统的平衡。它是鸟类中最出色的歌手，音域宽广，音韵婉转，悦耳甜美，能演奏出十几种音调，鸣叫出的，不仅仅只是单个音节，还可以将很多的音节串起来成章，宛若音乐家的抒情曲。它是在冬末初春练习歌唱的，一般需要持续不断的30天到50天左右，有的甚至需要半年时间才能成为歌手。蒙古族歌曲中称“百灵鸟双双地飞是为了爱情来唱歌……”它歌唱时张开翅膀，跳起各种舞姿，仿佛舞蹈家的表演。遗憾的是，人类利用了它们的美来装饰自己的私欲。百灵鸟嘹亮悦耳的歌声也给自己带来了不幸。在百灵鸟的繁殖季节，有人大量捕获百灵的幼鸟，装进笼子带回家，让它成为家庭的一员。

鹦鹉是人类的宠臣。动物中，只有鸟能模仿人类的语言，鹦鹉是其中的佼佼者。鹦鹉的发音，在人类的耳朵听来，反映出的大约是“英武”两字。它有一个似乎被钳子拧过，受过外伤的嘴，上下厚薄相差很大。但就是从这张形态奇异的嘴里，说出“你好”，接着是“再见”，把双方交往的过程压缩到最短。有资料说，能力超常的鹦鹉甚至能够掌握部分语法，并灵活运用于语言的再创。

一位朋友家里养了只鹦鹉，留着大背头，颇有点知识分子的模样。朋友给那只鹦鹉照了张相，放大成十八寸，装裱了挂在客厅的墙上。那天他过生日，邀请许多人去祝贺。朋友让那只鹦鹉用英语为其唱“生日歌”，我为它委屈。笼中的鹦鹉，离开了自由的鸟群部落，置身于异族群体，以“外语”能力谋求生存的地位和荣誉，母语反而被遗弃。

朋友们恭敬地听着鹦鹉的歌唱。在世俗的热闹中，我却在皱眉。可以肯定的是，笼子并不能隔绝鹦鹉的记忆，它注定会有回忆的痛苦。它的梦，是否还有青草和树叶的味道？是否还有风雨和雷电的狰狞？是否还珍藏着它的初恋，它的情殇？我想，那个竹做的笼，并不是它的天堂。

我并不喜欢“鹦鹉学舌”这个成语。它所包含的轻蔑成分似乎在说，鹦鹉不过是人类的弄臣。

还有许多鸟，也在充当着人类精神的贵族，譬如鸽子、八哥、画眉、文鸟、绣眼、鹩哥、乌鸫、白头翁、金丝雀、朱顶雀……

我常常疑惑：那些笼中之鸟，是否为失去自由悲伤过？我喜欢聆听的，是它们在空中的歌唱，没有悲伤，没有矫情，唯有自由，唯有快乐。

许多鸟的鸣啼，是不受人们欢迎的，如乌鸦。在我的家乡，夜色里乌鸦的叫声，被乡亲们视为不祥的预兆，以为它的叫声里散播着一种悲伤的音符，带有诅咒的成分。乡下人把那些习惯讲难听话的人叫“乌鸦嘴”。就像拜访19世纪美国诗人爱伦·坡的那只乌鸦，站在智慧女神的雕像上，重复着唯一的“永不再”，来对答诗人所有的探询。这一阴郁的谶言或咒语，激起了诗人的憎恨，乌鸦被他痛骂为恶魔。谁不喜欢听好话？乌鸦却做出最逆耳、最冷酷的断语。英国中世纪著名作家乔叟在《坎特伯雷故事集》里倒是替乌鸦辩护过。他说：“乌鸦是一种由于说了真话而无辜受罚的动物。”乔叟鲜为人知，于是，在寓言里，乌鸦的叫声只能扮演着反面角色。

在我的意识里，乌鸦的恶叫，是人类的臆想。从一种鸟的声音来判断它的本质，这同样是人类的恶习。换个角度想，人死了，乌鸦来服丧，这有什么恶意呢？

猫头鹰外貌丑陋，叫声恐怖：“咯噜噜——咯噜噜”“呼噜噜——呼噜噜——”被视为恶声鸟。在人们普遍的意识里，猫头鹰的叫声预示着灾祸，视它为生存的仇敌，人类一切的不幸仿佛都与它有关：死人、患病，庄稼歉收，牲畜和家禽的失踪……它的啼叫是阴谋诡计，甚至祸国殃民。我幼年时根本没有见过猫头鹰的形状，令我无论如何对它产生不了本能的仇恨，但它莫须有的恶叫声却常常填充着我的噩梦。

我无意中发现，喜鹊也喜欢墓葬之地。那儿高高的树杈上，随处可见它们的家宅，也许因为这儿可以保证它们及子女的安全。人们很少提及喜鹊的家庭住址，即使听到喜鹊在墓地里大声喧哗，也把它当作布道的牧师，让它把那些苦苦奔波的浪子，接回死亡宁静的故乡。

我静下心，远远谛听喜鹊的叫声：“喳喳——喳喳——”当我试图走近它，它受到惊吓的声音变成了“吱呀——吱呀——”隐约觉得，它的叫声里有种特殊的音符，宛若《圣经》里的句子。

我有点奇怪，喜鹊的名字既然带着“喜”字，似乎不应当与丧事有关。

我常常攀登近在咫尺的秦岭，说白了，是为了聆听鸟语。从地理和气候的概念区分，秦岭是中国南北的分水岭，适宜于不同环境要求的鸟在其中生存，种类有17目52科399种，约占中国鸟类总种数的34%。

秦岭有种体型非常小的鸟，名为观音雀（鹇鸪），红嘴，身上至少有五六种色彩，叫声细小：“啊呜——啊咕——”我只有格外细致地倾听，才能捕捉到它那优美的音调，稍不留意，它就会从我的耳边划过。春暖花开，晨曦照耀，它们飞落在高高的岩石上或树枝上，一鸟高唱，群鸟响应，此起彼落，遍及山野，带来了春天的勃勃生机。雄性的观音雀十分善斗，为了保护自己的巢区，两鸟相斗时，一方叫着：“啊呜——啊咕——我欠打——我欠打——”另一方则回应：“啊呜——啊咕——我叼叼——我叼叼——”

有时，我会近距离聆听观音雀的叫声。它们观察了我好一会儿，大约觉得我对它们没有恶意，为了能够让我更清晰地听到它的叫声，便从树上、草丛中或者岩石上跳跃着靠近我，我看见了它鸣叫时尖细嘴巴的一张一合。凝神倾听，它的叫声如同佛语禅声，在一条小溪布满鹅卵石的溪道上缓缓流淌，最终化为一缕缕瀑布飞流而下。

一种俗名白头翁、学名白头鹎的袖珍鸟，体长只有17~22厘米，额至头顶黑色，黑嘴，两眼上方至后枕白色，形成极为醒目的白色枕环，腹白色具黄绿色纵纹。它吃树身上的害虫，是保护秦岭林木的益鸟。它的双音节叫声为“句饿——句饿——”那夏雨般清爽的韵律，似乎触手可及。

戴胜像一个人的名字，然而却是秦岭的一种珍稀鸟。它的头顶仿佛花冠，嘴形细长，身体由淡棕栗色、棕褐色、红褐色、黑褐色、棕白色、铅紫色、铅黑色、白色带斑等多种色彩组成。我是在秦岭深处的菜籽坪见到它的，飞行时两翅缓慢扇动，一起一伏地波浪式前进。停歇或落地时，羽冠张开，形如一把扇。鸣叫时，它冠羽耸起，旋又伏下，随着叫声，羽冠一起一伏，喉颈部伸长而鼓起。它发出“扑扑——勃勃——”粗壮低沉的声音，但听起来舒适温暖，犹如夜间光芒闪烁的琥珀一般。

观音雀、白头鹎、戴胜，是在用天籁般的叫声给予观察者以回报，爱德华·格雷一定无数次经历过，方才真正抵达到那种用心灵与鸟对话的境界。

我不是鸟的研究者，秦岭的许多鸟儿叫不出名字，但这并不影响它们给我的生命带来的愉悦。

夜色渐起，秦岭安静下来：溪流、草木、岩石，只有夜风。此刻，是山中大鸟鸣唱的天下，譬如鹰，翅膀扑棱棱飞过树丛，或“嗷嗷——”或“咿呀——”叫着，令我揪心。当它飞至悬崖之顶时，会发出“嗥——嘎——”的狂叫，响亮、尖利、辽远，苍凉之声冲入九霄，划破夜空的寂静。

鹰被称为苍鹰。苍为六弦之首，为极高的弦首，有无限的可能性与定义，与天地万物组合成高远之象：苍天、苍云、苍浪、苍风、苍生、苍老、苍凉、苍音……它的叫声，隐含着超凡脱俗的气质与孤独的勇气，凝聚着某种远远超拔于现实背景之上的英雄主义。在鸟类中，唯有鹰可以用“苍”冠名。在先民部落里，鹰是一种图腾的形象，至今，印第安人仍传唱着有关于鹰的优美古歌。

长空战栗，山谷震荡，余韵悠长。唯有鹰的叫声，才可以达到如此的境界。

数百种鸟鸣，将秦岭构造成一个充满禅意的美妙之境。

鸟语，你只有从中感受出禅意，才可以称得上智者。

宋代诗人李流谦《遣兴七首》中的“鸟语度溪风”是禅意，

同为宋人的徐寿仁在《题昼寂轩》诗中的“鸟语惹花阴”也是禅意。明人苏濬借用徐寿仁的这句，在《鸡鸣偶记》中直抒胸怀：“风光月霁，是吾心太虚真境；鸟语花阴，是吾心无尽生意。”唐大历年间曾任杭州司马的李端晚年辞官隐居湖南衡山，在大自然的鸟声中静享生命的禅意：“坐竹人声绝，横琴鸟语稀。”唐诗人方千举进士不第，便隐居镜湖中，湖北有茅斋，湖西有松岛，每风清月明，携稚子邻叟乘小船往返于书斋与松岛之间弹古琴，听鸟语，吟出一首《重寄金山寺僧》，其中那句“鸟语答幽禅”，是谛听鸟语时的神来之笔。

“倚栏听鸟语。”这是南宋诗人陈必复《领客游闻人氏省庵园》诗里的佳句。一扇雕花的窗，窗里有阑珊的花木，一盏镂空的灯笼，一条卵石小道，一面涟漪小湖，一缕兰花清香，一丛碧绿苔藓，这些美妙的背景并没有打动诗人，他只是身子歪斜在雕花镂空的栏杆上，沉浸在鸟语中。“鸟儿在唤醒我的禅心吗”？他这样想着。

佛曰：一花一世界，一叶一菩提。那么鸟语呢？佛感应到它的禅意了吗？

不用静思苦禅，禅意弥漫在鸟声里，如何心存佛念，静心倾听这声声鸟鸣呢？

夏日的正午，我在家乡涝河的出山口看到了一群野鸡，它们疾速地飞过，投射下来一片片清凉的暗影，这些细碎的斑点在山坡上滚动。凝神间，我听见了它们相互呼唤时清脆的声音，时而

“柯——哆——啰”，时而“咯——克——咯”，突然受惊时，则爆发出一系列尖锐的“咯咯——”声。它变化多端的鸣声，如花腔的情歌，押韵的诗诵，冲锋的号角，山水的咏叹，如此打动我的心弦。

野鸡名字不雅，却是古老的鸟，学名为雉。谁也无法探究到任何一种鸟的历史，尽管这样，野鸡的生命无疑是古老的。魏晋时曹丕的《善哉行·其一》诗里就有它的影踪：“野雉群雊，猿猴相追。”能与猿猴在一个天下共同生活的鸟，它的岁月该有多么漫长呢？

现在，让我们回到爱德华·格雷的《鸟的魅力》上来。那本书所呈现的，是充满自由、快乐的野生鸟类世界，展示了自由世界的鸟语及鸟的纯真性情，是人类心灵的随性读本。可谁能想到，爱德华·格雷是用了四十年的野外观察，体验了数百种鸟语，才为人类献出了这样一份厚礼。那诗一样的文字，禅一般的语境，是心灵与鸟语对接的结晶。

爱德华·格雷给了我们一种启示：如何从鸟语自身的魅力返回到人的认识层次上来，即以怎样的态度来对待鸟语，是听而不见，还是洗耳恭听？

鸟语，是大自然赠予人类的礼物。问题是，你首先要倾情聆听它的鸣叫，读懂它的语言，而且在它向你发出叫声时，你必须报之以无比虔诚的姿态。它所关注的正是这样的人，才会将最动听的歌声奉献给你。

培养自己聆听鸟语的能力，表面看起来，这似乎与生活毫不相干，但其实不然。一个人，不能终日为生活所累，必须寻求精神的陶冶。那么，你会发现人生并不乏味，并且会找到存在于自己内心的幸福和快乐。

爱德华·格雷对鸟的热爱，是受到了妻子桃乐茜·维德瑞特的影响。生前，春天的每个周末，夫妻二人总是手挽手在风景迷人的伊特彻河畔垂钓，聆听鸟鸣，将丝丝柔情陶醉在鸟声里。他在《鸟的魅力》里这样说："一只鹪鹩飞向空中，边飞边快乐地歌唱，从我的头顶上飞过，飞过农舍的屋顶，飞向那远方的快乐之所。它的鸣叫声多像是声声的祝福啊，在我身边的人这样说道。"

1933 年，爱德华·格雷去世，骨灰被安葬在家乡佛劳顿的一处花园里，紧挨着桃乐茜·维德瑞特的墓地。

让鸟的叫声慰藉自己与所爱之人的亡灵，这是爱德华·格雷人生的最后一个愿望。

想起了父亲。他的晚年，大多时间是坐在我家院子里的那棵葡萄架下闭目养神。葡萄架上小鸟鸣啼，更高的上空大鸟欢叫。他并不睁眼，而是用心体验和享受各种鸟的叫声，布满皱褶的脸绽露出幸福的微笑。一旦鸟声消失了，他会怅然若失地睁开眼，一只手掌搭在额头向高处仰望。我知道，他在寻找鸟儿的踪迹。

父亲不晓得南宋诗人曾几，没有读过《闻禽声有感》里的这句“坐闻幽鸟语”，但他拥有了那般的精神境界。

用心灵与鸟语对接，这是何等美好的生命状态。

我想表白的是，当一个人不再以生活享受为幸福的标准，不再以金钱、权力、地位、美色作为衡量生命的价值取向，而是痴心于某种大自然的物象时，他的生命才会呈现出别样的风景。

聆听鸟语，就在其中。

我能否如春秋时的公冶长一样听懂鸟语呢？能否像爱德华·格雷和父亲一样，与那些用心灵聆听鸟语的古人一样，坚守住执着的信念，让鸟语陪伴自己的生命与灵魂呢？

唯有天知地知。

流萤划过

万华伟

“我徂东山，慆慆不归……町畽鹿场，熠耀宵行”，每每读到这里，我就觉得自己是《诗经》里那个匆匆赶路的男子，虽时隔千年，漫天飞舞的流萤是共情的陪伴，故乡才永远是心中的仲夏夜之梦。

入夜，儿子说摄影老师布置了作业，要拍几张萤火虫的图片，让我带他去找。

一瞬间，星空如绸、流萤如火的场景迅疾划过我的脑海。那如星河一样闪烁的萤火虫，是久违了的夜之精灵，而今，只停留在书里、在梦里。

我说，不去，找不到。

儿子说，你怎么知道找不到？

没有了！

不管怎么解释，儿子就是不信，硬拽着我去。

暑热难当，手指捋不出一丝风，就像无意中钻进了一个闷葫芦里，大汗淋漓。一路沿着河走过去，儿子走得很快，我跟在后面，踢踢踏踏地走着。暗自希望，运气好的话，也许能碰上几只萤火虫，看着它们挑起细细的灯笼，划过喧嚣的夜空。

河边走了个遍，又去了一片菜地，还去了几个绿化不错的小区。我们累得双脚酸痛，连萤火虫的影儿也没找着。

回家的路上，我的脚步慢了下来，儿子也慢下来。我们并排走着。他的小脸涨得通红，十分诧异，又侧过头问，怎么会没有萤火虫呢？不可能啊！

我不知该怎样解释。在儿子有限的认知里，有树有草就应该有萤火虫，如果没有，那是绝对不符合生物学逻辑的。他并没有想到，这些草树都是扒光了原来的植被，重新种上去的，哪会有萤火虫呢？！

彼时，我已没有心情去跟儿子解释，他随口而出的话，猝不及防地击中了我，一阵疼痛。层层包裹之下的我，仿佛一只辗转沉浮的鱼，在仓促的湍急的生活里，何尝不想回到昔时故园呢，寻找有着流萤划过的老时光。那样的夏夜，萤火虫如流光飞舞，随清风入梦。它饱含了人生最初的纯真，和岁月伊始的梦想；它孕育了暗夜里涌动的希望，和温柔了时光的能量。

我们怏怏而归。暑热依旧，浅浅的月痕之下，小区的幽径明明灭灭，几竿疏篁旁逸斜出，林梢间断断续续的蝉鸣，让我恍若又回到了故乡，那个属于江南，地处长江之滨的地方。

关于故乡的记忆，总是丰盈而柔软。流萤是水乡的韵脚，随便几点萤火，就把一条竹林小路变成浪漫的绿野仙境；古朴的建筑是故乡的名片，随便走一走，就有飞檐翘角掩映杏花之间。还有婉约的小桥流水，任性的春风一吹，便绿到天涯。平平仄仄，仄仄平平，故乡是四季里一阕多情的词。它的一江一水，就是江南的经线和纬线；它的一唱一叹，就是江南的声声慢和点绛唇。故乡好像是浮在水声里。水在泥土之上，水声在水之上。

水是故乡的灵魂，也是萤火虫的摇篮。最初，它们衍生在荆蔓丛生亦草亦水的湿地。经过一次又一次的阵痛，才破茧飞翔，飞上故乡的夜空。

那时最盼望的是天黑之后，等白天的溽热渐渐消退，蛙声四起，夜之主角就提着它们的小灯笼，从小河边的草丛里、水田埂上、树梢间闪亮登场。大人们总是摇着蒲葵扇拉着家常，淘气的孩子们，常会玩捉萤火虫的游戏。小河边的草丛里，流萤如织。小伙伴们人手一个玻璃罐，追着萤火虫就跑。萤火虫并不容易抓到，也许兴高采烈地追了半天，半只也抓不到，只余气喘吁吁。机灵一点的，先蹑手蹑脚走近，迅捷地把它从夜空中拍到地上，再赶紧用瓶子扣住。脸上满是喜悦，小小的手捧着它，隔着玻璃罐，萤火虫的光在夜空里熠熠夺目。那灵动的柔和的光，不知点亮了多少稚子心中的梦想。

那样迷人的夏夜，我是否心生渴望，像萤火虫一样，拥有一双小小的翅膀，能在天空自由自在的飞翔，已不得而知。但对童年最美好的印记，一直停留在闪闪烁烁，如星空坠落的漫天流萤里。

“萤火虫，萤火虫慢慢飞，夏夜里，夏夜里风轻吹， 怕黑的孩子安心睡吧，让萤火虫给你一点光……”轻轻的童谣响起，我却沉浸在自己的世界里。事实上，没几个孩子能捉到萤火虫，而且大人们也不让捉，往往会说，你去捉咯，会生癞痢的。癞痢是生在头上的一种皮肤病，头发东一块西一块掉落，浅表溃烂，很难看。上屋邻居家就有两个女孩子生了这种病，经常要涂药，还罩着头巾，孩子们都怕生癞痢，便不再去捉。现在想想，这也许是一种朴素的保护物种的智慧。除此之外，民间还流传着小孩子吃鱼子（鱼卵）会不识数，伸手捉鸟和捡路上的甲鱼会招病的种种说法。其实压根就没这回事，之所以有这样的禁忌，也许就是为了保护生命吧，让大自然的生态保持平衡。

再看看身边的儿子，我心里的遗憾无法说出。他的年纪，正是当年的淘气包们拿着罐头瓶赤着脚抓萤火虫的年岁。如今，他却只能对着萤火虫的图片和冰冷的文字说明想象，永远无法触及我们儿时的欢乐。

此刻，我想起了我的父亲，那个安谧的夏天，在乡间小路，父亲的大手牵着我稚嫩的小手，一高一矮的身影被皎洁的月光渐渐拉长。月光亲吻着大地，夏蝉奏响了欢乐的乐章，远处的草丛间零星地闪烁着淡淡的萤光，而那萤光渐渐地越来越清晰，在空中划出了一条优美的弧线。

“爸爸，那绿色的光是什么东西？”

“那是萤火虫发出的光。”

“爸爸，那萤火虫为什么白天发光，一般看不见呢？”

“萤火虫的光比不上太阳的光，所以它不发光。”

“爸爸，那萤火虫从哪里飞来，又飞到哪里去呢？”

“萤火虫从水中来，又飞到水中去了。”

黑夜像一片无边的海，望不到头。父亲行医巡诊完后，我坐在父亲的自行车架上，寂静的乡村土路上，只有那链条生涩滑动的响声。经过鱼塘和竹林，会看到一只只萤火虫画着圆圈，一闪一闪，在没有光线的夜里游离。这时我就会唱：“萤火虫，打灯笼，飞到西来飞到东……”父亲踩着自行车，给我讲车胤的故事。说车胤很穷，为了省灯油钱，捉了很多很多的萤火虫，用透明的丝绸做布袋，借萤火虫的光亮，刻苦读书，终于成了一个博学多才的人。

恍惚间，阡陌在我脚下渐渐消失，一片蓊蓊郁郁的竹林映入眼帘，轻抚尖尖的细细的竹叶，我的目光穿过晶莹剔透的露珠，那是我们小时候最喜欢玩耍的地方。

春夏之交，悄悄钻出土的春笋已蔚然成林。我们穿梭在如阵的行伍里，等着夜幕合上它的眼帘。当蛙声四起，夜色渐浓，三三两两的微黄的光明明灭灭，整个竹林恍若仙境。

此情可待成追忆，只是当时已惘然？时光流转，再也找不到萤火虫的今天，我还能矫情地感慨一声吗？

抬眼望月，只疏星几点，空余苍凉。

在我有限的知识里面，萤火虫成虫的平均寿命只有五天，最长的也只不过十五天。在它们短暂的生命里，发光只是求偶的信号，唯有拼命地发光，才可能找到生命中的另一半。在它们转瞬即逝的生命里，扛着一份沉甸甸的责任，那就是必须完成物种的延续。从来没有想过，在我们眼里浪漫的诗意的景象，竟然是一条如此残酷的自然法则。

突然我悟到：流萤，流动的萤火，是多么有生命力，多么顽强，多么有缤纷的动感。闭上眼睛，顿时就有了萤光飞舞，星汉如梦的画卷。无数的萤火，时聚时散，时飞时栖，它们是天空和大地的灯笼，是流淌在人间的银河，把故乡的夜空撩拨得美丽而浪漫。时隔多年，故乡的夜空，总是我心里一条璀璨的河。在没有霓虹闪烁的年代，夜空暗蓝，流萤划过，给人们带来的不仅是诗意，更是一个少年心之所向的梦想。如果可以，我愿意把少年的心事交付它们，任其带往沉沉夜空，随清风入梦。

流萤划过千年，灿若星河。

“熠熠与娟娟，池塘竹树边。乱飞同曳火，成聚却无烟”，活在唐诗里的萤火虫，开启了夜之梦境。“忽向篱边绕，还从井畔飞。雨昏光不灭，露重影犹微。”闪闪烁烁的萤火虫，是夏之流光轻抛。“轻罗小扇扑流萤”，是大唐气象里婉约的一页，温暖留在线装里。“帘疏巧入坐人衣”，是唇齿留香的唐诗中最美好的邂逅，惊喜被装进扉页里。“疏篁一径，流萤几点，飞来又去”，是宋词中的仲夏夜之梦，魔幻创造了意境。

它点亮了无数暗淡无聊的夜空，为多少孩子插上了梦的翅膀，又放飞了多少少年心中的爱与哀愁？

木心说，萤火虫是会呼吸的钻石。在我们已经远去的乡村记忆中，一颗颗小小的钻石正是这种童话般的光亮，将我们的成长之途照得明亮、温暖、灿烂。一只萤火虫的旅行也就是我们自身的旅行。

想起儿时和父亲的对话，仿佛我就是一只匆匆赶路的萤火虫，几经辗转，几经流离。这些年，在日子里沉浮，飞快的生活节奏让人眼花缭乱，无暇顾及内心的感受。蓬勃光鲜的表象之下，有些东西悄无声息地逝去。

午夜梦回，才惊觉故乡也渐行渐远。城里的夜晚是喧嚣的、是明亮的。星很少，灯很多。人文景观雅致，却没有了自然的野趣。在城市的天空里，永远找不到放飞的理由。我想念故乡有流萤划过的星空，那是我少年时最初的最真的梦。

萤火虫，微小、柔弱，以自燃发光。腐草为萤虽没有科学依据，但它长于草泽确是真的。它看似低贱却生性清洁，是环境优劣的试剂，也是生态保护的指示物种。对自然的纯度要求高，不苟且，环境污染严重的地方，就不会有它的踪迹。这多像一种品质，对一切的不洁，它拒绝接受，宁可洁净而死，不可污浊而生。而今，当河流污染了，植被破坏了，萤火虫也不见了踪影。

很多年来，我不敢回到故乡，记忆的故乡已被时光颓唐得不成样子。以前河湖汊塘密布，春水泱泱，夏水澹澹。夏天的雨，总是急促而短暂，下得有声有色。豆大的雨点打在宽大的芭蕉叶上，打在木质的窗棂上，黛黑的燕瓦上，门前的青石板上，和着田间的蛙鸣，似一卷时而激昂时而低婉的乐章。一场疾雨过后，雨水就覆盖了田野，变成了一面硕大的镜子，在风中晃晃荡荡。雨后的欣喜，还有万物被雨水梳理得清清亮亮、明明秀秀。田埂旁、河边上、堤坡上，禾苗青葱，树叶翠绿，草尖挂着晶莹的水珠，空气中弥漫着泥土饱饮之后的清香，故乡被水滋养得丰饶秀美。而现在连河流也萎缩得刚刚没过脚踝，细细的一线，在几近干涸的淤泥里奋力地向前，仿佛只要轻轻用力一拉，就断了。裸露着河床，失去了鱼虾的跳跃，是倒伏的故乡无声的呜咽。

那年还乡，我多么希望在水塘边，在田间地头，或者路边的草丛里，看到萤火虫为大地和天空撑起温暖的灯笼，但是，没有！随行的表哥说：“小时候多得不得了，经常飞到家中的天井里，可惜现在看不到了。”然后便是长时间的不语。往日温暖的灯笼，生动的飞扬都已成绝唱。还在故乡的少年，再也不能像当年的少年一般，心事交付给满天流萤，只能孤独地倚着门扉，向夜空张望，而漆黑的夜空里，早已空空荡荡。

消失的又何止水草丰美的湿地和星海灿灿的流萤呢?

天幕低垂，再低垂，故乡被挤压成一颗干瘪的秕谷，我的心被故乡压缩得只有泪点。或许有人以为，故乡没有了，并无大碍，可以背上行囊去寻找新的乐土，几十年上百年过去，那里，又会变成后人的故乡。只是，我不知道，如果到了我们的故乡都消失了的那一天，我们的家园又在哪里?

到哪里去找萤火虫?有一则消息称，今年七夕，广州、厦门等地相继推出了萤火虫主题公园，大量的萤火虫投放到景区，观赏萤火的游人成倍地增长。二十六家网站卖出了一百多万只萤火虫，每只三块五块不等。高额盈利的背后，是一双双罪恶的手。这些萤火虫，又全部是从野外捕获来的，一场人为制造的美丽浪漫萤火虫秀之后，是触目惊心，尸横遍野的死亡。

个体生命的死亡，也许并不见得有多么的恐惧，毕竟，有新一茬的生命在延续，他们会在这片土地上，延续你的血脉，传递你的悲伤和梦想。但一个又一个物种的灭绝，一个又一个故乡的逝去，便足以令人不寒而栗。

萤火虫是散发着人间的星辰，是生活的幻影，是梦的暖光。

如今，故乡还在，流萤寂灭，空余思慕。此刻，我多么想有一只流萤划过，在土地之上，在水之上，在灵魂之上，去点燃一颗星，一朵云，一缕月光，一场旷日持久的思念。

04

—人世光阴—

抱着父亲回故乡

刘醒龙

这是我第一次描写父亲。

请多包涵。就像小时候，

我总是原谅小路中间的那堆牛粪。

这是我第一次描写家乡。

请多包涵。就像小时候，

我总是原谅小路中间的那堆牛粪。

——题记

抱着父亲。

我走在回故乡的路上。

一只模模糊糊的小身影，在小路上方自由地飘荡。

田野上自由延伸的小路，左边散落着一层薄薄的稻草。相同的稻草薄薄地遮盖着道路右边，都是为了纪念刚刚过去的收获季节。茂密的芭茅草，从高及屋檐的顶端开始，枯黄了所有的叶子，只在茎干上偶尔留一点苍翠，用来记忆狭长的叶片，如何从那个位置上生长出来。就像人们时常惶惑地盯着一棵大树，猜度自己的家族，如何在树下的老旧村落里繁衍生息。

我很清楚，自己抱过父亲的次数。哪怕自己是天下最弱智的儿子，哪怕自己存心想弄错，也不会有出现差错的可能。因为，这是我平生第一次抱起父亲，也是我最后一次抱起父亲。

父亲像一朵朝云，逍遥地飘荡在我的怀里。童年时代，父亲总在外面忙忙碌碌，一年当中见不上几次，刚刚迈进家门，转过身来就会消失在租住的农舍外面的梧桐树下。长大之后，遇到人生中的某个关隘苦苦难渡时，父亲一改总是用学名叫我的习惯，忽然一声声呼唤着乳名，让我的胸膛感觉到一种从未有过的温厚。那时的父亲，则像是穿堂而过的阵阵晚风。

父亲像一只圆润的家乡鱼丸，而且是在远离江畔湖乡的大山深处，在滚滚的沸水中，既不浮起，也不沉底，在水体中段舒缓徘徊的那一种。父亲曾抱怨我的刀功不力，满锅小丸子，能达到如此境界的少之又少。抱着父亲，我才明白，能在沸水中保持平静是何等的性情之美。

父亲像是一只丰厚的家乡包面，并且绝对是不离乌林古道两旁的敦厚人家所制。父亲用最后一个夏天，来表达对包面的怀念。那种怀念不只是如痴如醉,更近乎偏执与狂想。好不容易弄了一碗，父亲又将所谓包面拨拉到一边，对着空荡荡的筷子生气。抱着父亲，我才想到，山里手法，山里原料，如何配制大江大湖的气韵？只有聚集各类面食之所长的家乡包面，才能抚慰父亲五十年离乡之愁。

怀抱中的父亲,更像一枚五分硬币。那是小时候我们的压岁钱。父亲亲手递上的，是坚硬，是柔软，是渴望，是满足，如此种种，百般亲情，尽在其中。

怀抱中的父亲，更像一颗坨坨糖。那是小时候我们从父亲的手提包里掏出来的，有甜蜜，有芬芳，更有过后长久留存的种种回甘。

父亲抱过我多少次？我当然不记得。

我出生时，父亲在大别山中一个叫黄栗树的地方，任帮助工作的工作队长。得到消息，他借了一辆自行车，用一天时间，骑行三百里山路赶回家，抱起我时，随口为我取了一个名字。这是唯一一次由父亲亲口证实的往日怀抱。父亲甚至说，除此以外，他再也没有抱过我。我不相信这种说法。与天下的父亲一样，男人的本性使得父亲尽一切可能，不使自己柔软的另一面，显露在儿子面前。所谓有泪不轻弹，所谓有伤不常叹，所谓膝下有黄金，所谓不受嗟来之食，说的就是父亲一类的男人。所以，父亲不记得抱过我多少次，是因为父亲不想将女孩子才会看重的情感元素太当回事。

头顶上方的小身影还在飘荡。

我很想他当作是一颗来自天籁的种子，如蒲公英和狗尾巴草，但他更像父亲在山路上骑着自行车的样子。

在父亲心里，有比怀抱更重要的东西值得记起。对一个男人来说，一辈子都在承受父亲的责骂，能让其更有效地锤炼出一副更能够担当的肩膀。不必有太多别的想法，凭着正常的思维，就能回忆起，一名男婴，作为这个家庭的长子，谁会怀疑那些聚于一身的万千宠爱？

抱着父亲，我们一起走向回龙山下那个名叫郑仓的小地方。

抱着父亲，我还要送父亲走上那座没有名字的小山。

郑仓正南方向这座没有名字的小山，向来没有名字。

乡亲们说起来，对我是用“你爷爷睡的那山上”一语作为所指，意思是爷爷的归宿之所。对我堂弟，则是用“你父亲小时候睡通宵的那山上”，意思是说我那叔父尚小时夜里乘凉的地方。家乡之风情，无论是历史还是现世，无论是家事还是国事，无论是山水还是草木，无论是男女还是老幼，常常用一种固定的默契，取代那些似无必要的烦琐。譬如，父亲会问，你去那山上看过没有？莽莽山岳，叠叠峰峦，大大小小数不胜数，我们绝对不会弄错，父亲所说的山是哪一座！譬如父亲会问，你最近回去过没有？人生繁复，去来曲折，有情怀而日夜思念的小住之所，有愁绪而挥之不去的长留之地，只比牛毛略少一二，我们也断断不会让情感流落到别处。

小山太小，不仅不能称为峰，甚至连称其为山也觉得太过分。那山之微不足道，甚至只能叫作小小山。因为要带父亲去那里，因为离开太久而缺少对家乡的默契，那地方就不能没有名字。像父亲给我取名那样，我在心里给这座小山取名为小秦岭。我将这山想象成季节中的春与秋。父亲的人生将在这座山上分成两个部分，一部分称为春，一部分称为秋。称为春的这一部分有八十八年之久，称为秋的这一部分，则是无边无际。就像故乡小路前头的田野，近处新苗茁壮，早前称作谷雨，稍后又有芒种，实实在在有利于打理田间。又如，数日之前的立冬，还有几天之后的小雪，明明白白提醒要注意正在到来的隆冬。相较远方天地苍茫，再用纪年表述，已经毫无意义！

我不敢直接用春秋称呼这小山。

春秋意义太深远！

春秋场面太宏阔！

春秋用心太伟大！

春秋用于父亲，是一种奢华，是一种冒犯。

父亲太普通，也太平凡。在我抱起父亲前几天，父亲还在挂惦一件衣服；还在操心一点养老金；还在渴望新婚的孙媳何时为这个家族添上男性血脉；甚至还在埋怨那根离手边超过半尺的拐杖！父亲也不是没有丁点志向。在我抱起父亲的前几天，父亲还要一位老友过几天再来，一起聊一聊“十八大”；还要关心偶尔也会被某些人称为老人的长子，下一步还有什么目标。

于是我想，这小山，这小小山，一半是春，一半是秋，正好合为一个秦字，为什么不可能叫作小秦岭呢？父亲和先于父亲回到这山上的亲友与乡亲，人人都是半部春秋！

那小小身影还在盘旋，不离不弃地跟随着风，或者是我们。

小路弯弯，穿过芭茅草，又是芭茅草。

小路长长，这头是芭茅草，另一头还是芭茅草。

轻轻地走在芭茅草丛中，身边如同弥漫着父亲童年的炊烟，清清淡淡，芬芬芳芳。炊烟是饥饿的天敌，炊烟是温情的伙伴。而这些只会成为炊烟的芭茅草，同样既是父亲的天敌，又是父亲的伙伴。在父亲童年的一百种害怕中，毒蛇与马蜂排在很后的位置，传说中最令人毛骨悚然的鬼魂，亲身遇见过的荧荧鬼火都不是榜上所列的头名。被父亲视为恐怖之最的正是郑仓垸前垸后，山上山下疯长着的芭茅草。这家乡田野上最常见的植物，超越乔木，超越灌木，成为人们在倾心种植的庄稼之外，最大宗物产。八十年前的这个季节，八岁的父亲正拿着镰刀，光手光脚地在小秦岭下功夫收割芭茅草。这些植物曾经割破少年鲁班的手。父亲的手与脚也被割破了无数次。少年鲁班因此发明了锯子。父亲没机会发明锯子了。父亲只是疑惑，这些作为家中柴火的植物，为什么非要生长着锯齿一样的叶片？

芭茅草很长很逶迤，叶片上的锯齿锋利依然。怀抱中的父亲很安静，亦步亦趋地由着我，没有丁点犹豫和畏葸。暖风中的芭茅草，见到久违的故人，免不了也来几样曼妙身姿，瑟瑟如塞上秋词。此时此刻，我不晓得芭茅草与父亲再次相逢的感觉。我只清楚，芭茅草用罕有的温顺，轻轻地抚过我的头发，我的脸颊，我的手臂、胸脯、腰肢和双腿，还有正在让我行走的小路。分明是母亲八十大寿那天，父亲拉着我的手，感觉上有些苍茫，有些温厚，更多的是不舍与留恋。

冬日初临，太阳正暖。

这时候，父亲本该在远离家乡的那颗太阳下面，眯着双眼小声地响着呼噜，晒晒自己。身边任何事情看上去与之毫无关系，然而，只要有熟悉的声音出现，父亲就会清醒过来，用第一反应拉着家人，毫无障碍地聊起台湾、钓鱼岛和航空母舰。是我双膝跪拜，双手高举，从铺天盖地的阳光里抱起父亲，让父亲回到更加熟悉的太阳之下。我能感觉到家乡太阳对父亲格外温柔，已经苍凉的父亲，在我的怀抱里慢慢地温暖起来。

小路还在我和父亲的脚下。

小路正在穿过父亲一直在念叨的郑仓。

有与父亲一道割过芭茅草的人，在垸边叫着父亲的乳名。鞭炮声声中，我感到父亲在怀里轻轻颤动了一下。父亲一定是回答了。像那呼唤者一样，也在说，回来好，回到郑仓一切就好了！像小路旁的芭茅草记得故人，22户人家的郑仓，只认亲人，而不认其他。恰逢家国浩劫，时值中年的父亲逃回家乡，芭茅草掩蔽下的郑仓，像芭茅草一样掩蔽起父亲。没有人为难父亲，也没有人敢来为难父亲。那时的父亲，一定也听别人说，同时自己也说，回到郑仓，一切就好了。

随心所欲的小路，随心所欲地穿过那些新居与旧宅。

我还在抱着父亲。正如那小小身影，还在空中飞扬。

不用抬头，我也记得，前面是一片竹林。无论是多年前，还是多年之后，这竹林总是同一副模样。竹子不多也不少，不大也不小，不茂密也不稀疏。竹林是郑仓一带少有的没有生长芭茅草的地方，然而那些竹子却长得像芭茅草一样。

没有芭茅草的小路，再次落满因为收获而遗下的稻草。

父亲喜欢这样的小路。父亲还是一年四季都是赤脚的少年时，则更加喜欢，不是因为宛如铺上柔软的地毯，是因为这稻草的温软，或多或少地阻隔了地面上的冰雪寒霜。那时候的父亲，深得姑妈体恤，不管婆家有没有不满，年年冬季，都要给侄儿侄女各做一双布鞋。除此之外，父亲他们再无穿鞋的可能。1991年中秋节次日，父亲让我陪着走遍黄州城内的主要商店，寻找价格最贵的皮鞋。

父亲亲手拎着因为价格最贵而被认作是最好的皮鞋，去了父亲的表兄家，亲手将皮鞋敬上，以感谢自己的姑妈，我的姑奶奶的当年之恩情。

接连几场秋雨，将小路洗出冬季风骨。太阳晒一晒，小路上又有了些许别的季节风情。如果是当年，这样的季节，这样的天气，再有这样的稻草铺着，赤脚的父亲一定会冲着这小路欢天喜地。这样的时候，我一定要走得轻一些，走得慢一些。这样的时候，我一定要走得更轻一些，更慢一些。然而，竹林是天下最普通的竹林，也是天下最漫不经心的竹林，生得随便，长得随便，小路穿过竹林也没法不随便。

北风微微一吹，竹林就散去，将一座小山散淡地放在小路前面。

用不着问小路，也用不着问父亲，这便是那小秦岭了。

有一阵，我看不见那小小身影了，还以为他不认识小秦岭，或者不肯去往小秦岭。不待我再多想些什么，那小小身影又出现了，那样子只可能是落在后面，与那些熟悉的竹梢小有缠绵。

父亲的小秦岭，乘过父亲童年的凉，晒过父亲童年的太阳，饿过父亲童年的饥饿，冷过父亲童年的寒冷，更盼过父亲童年对外出做工的爷爷的渴盼。小秦岭是父亲的小小高地。童年之男踮着脚或者拼命蹦跳，即便是爬上那棵少有人愿意爬着玩的松树，除了父亲的父亲，我的爷爷，父亲还能盼望什么呢？远处的回龙山，更远处的大崎山，这些都不在父亲的期盼范围。

父亲更没有望见，在比大崎山更远的大别山深处那个名叫老鹳冲的村落。蜿蜒在老鹳冲村的小路我走过不多的几次。那时候的父亲身强体壮，父亲立下军令状，不让老鹳冲因全村人年年外出讨米要饭而继续著名。那里小路更坚硬，也更复杂。父亲在远离郑仓，却与郑仓有几分相似的地方，同样留下一次著名的伫立。是那山洪暴发的时节，村边沙河再次溃口。就在所有人只顾慌张逃命时，有人发现父亲没有逃走。父亲不是英雄，没有跳入洪水中，用身体堵塞溃口。父亲不是榜样，没有振臂高呼，让谁谁谁跟着自己冲上去。父亲打着伞，纹丝不动地站在沙堤溃口，任凭沙堤在脚下一块块崩塌。逃走人纷纷返回时，父亲还是那样站着，什么话也没说，直到溃口被堵住，父亲才说，今年不用讨米要饭了。果然，这一年，丰收的水稻，将习惯外出讨米要饭的人，尽数留了下来。

我的站在沙河边的父亲！

我的站在小秦岭上的父亲！

一个在怀抱细微的梦想！

一个在怀抱质朴的理想！

春与秋累积的小秦岭！短暂与永恒相加的小秦岭！离我们只剩下几步之遥了，怀抱中的父亲似乎贴紧了些。我不得将步履迈得比慢还要慢。我很清楚，只要走完剩下几步，父亲就会离开我的怀抱。成为一种梦幻，重新独自伫立在小秦岭上。

小路尽头的稻草很香，是那种浓得令人内心颤抖的酽香。如果它们堆在一起燃烧成一股青烟，就不仅仅为父亲所喜欢，同样会被我所喜欢。那样的青烟绕绕，野火燎燎，正是头一次与父亲一同行走在这条小路上的情景。

同样的父亲，同样的我，那一次，父亲在这小路上，用那双大脚流星追月一样畅快地行走，快乐得可以与任何一棵小树握握手，可以与任何一只小兽打招呼，更别说突然出现在小路拐弯处久违的发小。那一次，我完完全全是个多余的人。家乡对我的反应，几乎全是一个啊字。还分不清在这唯一的啊字后面，是画上句号，还是惊叹号，或许是省略号？那也是我所见过的父亲风采中，称得上忽发少年狂的仅有一次。

小秦岭！郑仓！张家寨！标云岗！上巴河！

在那稍纵即逝的少年回眸里，凡目光触及所在，全属于父亲！父亲是那样贪婪！父亲是那样霸道！即使是整座田野上最难容下行人脚步的田埂，也要试着走上一走，并且总有父亲渴望发现的发现，渴望获得的获得。

如果家乡是慈母，我当然相信，那一次的父亲，正是一个成年男子为内心柔软所在寻找寄托。如果大地有怀抱，我更愿相信，那一次的父亲，正是对能使自身投入的怀抱的寻找。

小路，只有小路，才是用来寻找的。

小路，只有小路，才是用来深爱的。

小路，只有小路，才是用来回家的。

八十八年的行走，再坚硬的山坡也被踩成一条与后代同享的坦途。

一个坚强的男人，何时才会接受另一个坚强男人的拥抱？

一个父亲，何时才会没有任何主观意识地任凭另一个父亲将其抱在怀里？

无论如何，那一次，我都不可能有抱起父亲的念头。无论父亲做什么和不做什么，也无论父亲说什么和不说什么，更遑论父亲想什么和不想什么。现在，无论如何，我也同样不可能有放弃父亲的念头。无论父亲有多重和有多轻，也无论父亲有多冷和有多热，更别说父亲有多少恩和多少情。

在我的词汇里，曾经多么喜欢大路朝天这个词语。

在我的话语中，也曾如此欣赏小路总有尽头的说法。

此时此刻，我才发现大路朝天也好，小路总有尽头也罢，都在自己的真情实感范围之外。

一条青蛇钻进夏天的草丛，一只狐狸藏身秋天的谷堆，一只枯叶卷进冬天的寒风，一片冰雪化入春天的泥土。无须提醒，父亲肯定明白，小路像青蛇、狐狸、枯叶和冰雪那样，在我的脚下消失了。父亲对小秦岭太熟悉，即便是在千山万壑之外做噩梦时，也不会混淆，金银花在两地芳菲的差异；也不会分不出，此处花喜鹊与彼处花喜鹊鸣叫的不同。

小路起于平淡无奇，又始于平淡无奇。

没有路的小秦岭，本来就不需要路。父亲一定是这样想的，春天里采过鲜花，夏天里数过星星，秋天里摘过野果，冬天里烧过野火，这样的去处，无论什么路，都是画蛇添足的多余败笔。

山坡上，一堆新土正散发着千万年深蕴而生发的大地芬芳。父亲没有挣扎，也没有不挣扎。不知何处迸发出来的力量，将父亲从我的怀抱里带走。或许根本与力学无关。无人推波助澜的水，也会在小溪中流淌；无人呼风唤雨的云，也会在天边散漫。父亲的离散是逻辑中的逻辑，也是自然中的自然。说道理没有用，不说道理也没有用。

龙回大海，凤凰还巢，叶落归根，宝剑入鞘。

父亲不是云，却像流云一样飘然而去。

父亲不是风，却像东风一样独赴天涯。

我的怀抱里空了，却很宽阔。因为这是父亲第一次躺过的怀抱。

我的怀抱里轻了，却很沉重。因为这是父亲最后一次躺过的怀抱。

趁着尚且能够寻觅的痕迹，我匍匐在那堆新土之上，一膝一膝，一肘一肘，从黄丘一端跪行到另一端。一只倒插的镐把从地下慢慢地拔起来，三尺长的镐把下面，留着一道通达蓝天大地的洞径，有小股青烟缓缓升起。我拿一些吃食，轻轻地放入其中。我终于有机会亲手给父亲喂食了。我也终于有机会最后一次亲手给父亲喂食。是父亲最想念的包面？还是父亲最不肯马虎的鱼丸？我不想记住，也不愿记住。有黄土涌过来，将那嘴巴一样，眼睛一样，鼻孔一样，耳郭一样，肚脐一样，心窝一样的洞径填满了。填得与漫不经心地铺陈在周边的黄土们一模一样。如果这也是路，那它就是联系父亲与他的子孙们最后的一程。

这路程一断，父亲再也回不到我们身边。

这路程一断，小秦岭就化成了我们的父亲。

天地有无声响，我不在乎，因为父亲已不在乎。

人间有无伤悲，我不在乎，因为父亲已不在乎。

我只在乎，父亲轻轻离去的那一刻，自己有没有放肆，有没有轻浮，有没有无情，有没有乱了方寸。

这是我第一次描写父亲。

请多包涵。就像小时候，

我总是原谅小路中间的那堆牛粪。

这是我第一次描写家乡。

请多包涵。就像小时候，

我总是原谅小路中间的那堆牛粪。

此时此刻，我再次看见那小小身影了。他离我那么近，用眼角都能看得清清楚楚。他是从眼前那棵大松树上飘下来的，在与松果分离的那一瞬间里，他变成一粒小小的种子，凭着风飘洒而下，像我的情思那样，轻轻化入黄土之中。他要去寻找什么，只有他自己清楚。我只晓得，当他再次出现时，一定是苍苍翠翠的茂盛新生！

诗意栖居

柏　川

画中人语

整理书柜时发现了一张画像。这张画像是用碳素笔勾出的一幅人物速写画，画像右下角有一行小字，写着我的名字与作画人的名字。若不是这行小字，我竟不会想到画中之人居然是我。那略显古典的发式，神情里静默而幽远的感伤。这一切似是而非地靠在一双合在一起的手掌之上。在轻描淡写的黑色线条之间，我一时恍惚了。画中人真是我吗？有那么一大会儿，我居然不敢与她相认。倒是那只细长的手腕上两只纹路清晰的手链，让我努力确认着她与我的某种关联。是的，我清晰地记起了那两只漂亮的手链。一只白玉，一只松绿；一只洁白温润，一只清透如蝉。它们好像来自南方某镇，带着江南温婉怡人的气息。可是后来，它们都在某个瞬间碎了。美的东西总是这样易碎。之后，我看到画中人裸露的脖颈和前胸，这一切我愈加恍惚不安。这个人真的是我吗？若真是我，画中的我和此刻的我，怎么会如此陌生，似乎隔着很远的距离。我依然不敢认她，就如我常常怀疑这个行走在人世的我，是否真的是我？是别人眼中的我，还是我自己熟悉的、又在某个瞬间如此陌生的我？是我认同的那个我，还是我厌倦的那个我？抑或，她只是一个存在于尘俗中的符号。而那个真实的我，她或许什么都不是，她在通往生命真相的路途上，漂泊如风！

有一堵看不见的墙，把我和现实之我隔开。如坠入一种无他无我的神秘地带，是记忆，不，是想象，或者是一种时空幻影，我的思绪飘入那个阳光明艳的秋日。我与两位画家对坐在苍茫的南太行深处，一个洒满阳光的小木屋里。我不记得当时二位从京城来的画家因了何故，留在这山里。我只记得他们和我一起坐在小木屋的窗前，看窗外浸在阳光里的群山和层林尽染的秋色。其实，我并非记得那时最真切的图景。我所能记起的不过是一座山，几个人或者那个秋日模糊的轮廓，像一个远去的隐约可见的梦境。而此时，我所能用文字表述的一切，必然附带了后来的想象，还有诸多随之而来的其他时光里感受过的某个与之相关联的瞬间。两位画家都已不太年轻。在他们略显疲惫的脸上，我看到了他们有着我无法推测的沧桑和面对高山大川无动于衷的平静与泰然。

一个姓柴，一个姓范。对，我现在很自然地称他们老师，可是过去我从未听说过他们。这世间，人海茫茫，在那个不期而遇的时刻，我与这两个陌生人对坐在离我家乡不远的那座山上，对坐在人生无数偶然中的其中之一，并在一个无比空旷的时空里，发生了一场有趣的对话。

柴是一个军人。此时他穿一件水绿色的半袖短上衣，拿着速写本，隔着一张木桌，坐在我的对面。而当时我是什么姿态，我并无记忆。我想我会是画像上的样子吗？抑或我是两眼空空，悲伤地望着窗外的群山。坐在我旁边的范是个美女。她虽年过半百，但你无法想象她的年龄。这世间有一种女子，总能把时光的留痕掩饰在或天然或人造的姣好的容颜里，让人面对她那张脸的时候，顿然生出几分类似嫉妒又像虚无的惆怅。他们与我隔着一张木桌子，其实，之间隔着深深的陌生，还有不期而遇的惊喜。满桌子的阳光跳跃着，一种说不出的静默，像一条看不见的小溪在这深秋的山谷间暖暖地流动。我就坐在这静默的阳光里，双手托着下巴看二位老师作画。柴猛然间抬起头来，在我惊慌的目光中，他笑着对我说，别动，我给你画一张像，就这个姿势。我愈加惊慌，躲闪着说，别画，我长得很平淡，没有特点，不可以做你的模特。柴看着我，半天，他说，哦，平淡，没有特点，这是你心中的自己，对吗？你是怎样对你自己形成这种印象的，我不知道。我是一个画家，在我眼里，你非常生动。你仔细审视过你的鼻子吗？

你不觉得它很漂亮吗？还有你的脸型，多么具有古典女子的气质。从我下车看到你的第一眼起，我就决定给你画一张像。一个人对自己固有的认识，阻碍了她看见一个真实的自己。而你是我在这里遇到的最生动的一个女孩子。我一时无语。我无法辨识眼前这位我并不熟知的画家之言的真伪。但我确定这是我听到过的最令人心动的赞美。它让我从很久很深的自我认知中，略略抬起头来。它让我看见了那个站在画家眼中的自己。尽管这并不一定真实，但它第一次动摇了我长久以来对自己形象的固有看法。一个人对自己到底了解多少，你眼中的自己，你每天在镜子里东看西看左看右看的那个人，到底离真实的你有多远？而那个真实的你到底是什么样子，她在哪里？我在两位老师的注视下，低下头来。这是我规避风险或恐惧的唯一方式。

我坐着，沉默着，没动，依然双手合一，斜靠在阳光里。时光似乎停止了流动。我以空白之心，静止在时间里，像一棵树，或一块石头，任对面的目光一遍遍像风一样扫过我脸上的每一个细节和裸露的一切，羞涩的表象和空空的灵魂。那一刻，我不记得我是否有过瞬间的感动，为自己，或为我画像的人，或许是为另外一个不在场的人，一个在我的灵魂里游走不定的影子。她与我一起从画家的笔下走失，在山野的风里，我听见她的叹息，像嘶哑的山瀑低回。

一幅画像，像一场远去的风景。我站在岁月这边望它。画中人与我遥相凝望。我知道她不是我，确切地说，她不是现在的我。她只是我留在岁月里的一个影子。当我从那个秋日的阳光里抬起头来，我看到数不清的人头，听见来自不同方向的带着浓烈的尘土气息的声音。我知道我身处俗世之中。时间正在给我的每一个瞬间画像。若干年后，在时间深处，另一苍老之我与此刻尚还年轻的我相遇时，她该对我说些什么呢？

小院四景

零零碎碎写了许多关于小院的文字，也拍了一些应时的照片。所以有人问我，那小院给了你不少灵感吧？其实，仔细想想，小院给我的岂止是一些细碎妙魅的灵感，它给了我想要的生活。这一点对我如此重要，以至于我无法想象，没有了这个院子，我的灵魂将如何安放？

这是一个能让我不出门，就能看见季节的小院。它并不奢华。用简朴素淡这样的词形容它似乎更为贴切。它展示四季景色的载体是三棵树和一块长方形的菜地。三棵树：一棵石榴，一棵冬青和一株竹子。冬青和竹子貌似四季常绿的，但仔细观察，也不尽然。竹子春天枝软叶绿，夏天枝叶繁茂，好几次，一整株竹往院门的方向倒，公公不得不用绳子把它拦腰捆住，在它不断倾斜的一侧打了两根木桩。秋冬竹叶也会有一部分变黄。变黄的树叶依然在竹枝上，成为一种成熟的点缀。冬青也是有四季的。它在春天开出一簇簇的米黄色的小花，到了冬天，那米黄色的小花就变成了一个个鲜红的小果子。最喜雪落冬青的景，一夜大雪落下，那棵被一家人称作树王的硕大的冬青就罩上了一顶白生生的大礼帽。等太阳出来，雪就从树叶里面看不见的地方开始融化，一点点露出里面墨绿的本色。白绿相间的冬青王，在冬天明净如水的阳光下，真如王者一般静坐无言，傲视这空无一物的人间。相比之下，石榴是最分明的。它在春天开出火红的花朵，满树燃烧的火焰，唤醒了小院沉寂的时光。突然，一切都活泛起来。婆婆开始拿着小板凳到院子里读书，邻居的小媳妇不时地站在铁栅栏外，映着那棵开花的树来几张自拍照。公公最为忙碌，他开始平整菜地，满世界寻找西红柿苗、茄子苗、黄瓜苗。到了端午节，小院就一片生机了。

在以后的日月里，我就每天进来出去看那一树石榴花。看着它那红艳艳的花一朵一朵地凋落，看着那一个个小石榴果一颗一颗地长出来，从指肚那么大变成拳头那么大，长成石榴的形状。然后一树的果在中秋节前后熟透了，亲朋好友就都来了。石榴果成为一份份沉甸甸的礼物，被热情好客的婆婆送出去。某一天，我回家，突然发现，那些美丽的果子，那些长了一年的果子，突然不见了。我望着只有树叶没有果子的树，心口漫布着一种幽深的失落感。婆婆不知道那些果子不是用来吃的，它们是地气天光养出的时间圣果，浸透日月与我的呼吸。我想看着那一树果子更长久地挂在枝头，像一树灿绿的星辰。即使腐烂，我也要看着它们一个个从树上掉落，然后落进与它们相守一生的落叶里，被自己的树叶掩埋。可是，它们终究成了人类的食物，变成一种可食之物。我为我的幻想感到悲哀！

金黄的石榴叶子铺满菜池，已是初冬时节。小院失去了夏的繁花，秋的累果，一场冬雨过后，湿漉漉地清亮着。阳光清水一般流泻在小院里，小院就变得敞亮、寂静。我最喜欢初冬的小院，它让我感受到一种更加明亮的存在，去蔽式的存在。更多的时候，人活在一种遮蔽之中。这种遮蔽物是一树隐形的树叶，中年之人就像藏于树叶之间的果子，若隐若现。但我更喜欢这种开阔敞亮的大气，日无私藏，地无私载，如此从容不迫地驻足初冬的天空下，凝听时光流逝的声音，伴着树叶的坠落之声，我仿佛站在了时间的荒原之外，心灵的寂静，辽阔无边，无始无终。永恒之感在瞬间降临！

就等一场大雪袭来。小院的雪景是一场带着声音的欢悦。那满院的积雪，不忍让它化去，但总是经不住日光的。雪融时，我总会感到一种留不住的悲伤。我把手伸进孩子们堆积的雪人里，感受其中彻骨的冷，希望这冷一直这样冷下去，那些死去的，就不会腐烂，雪人就不会融化。但是，春天终究是会来的，然后，我就忘掉了雪融的悲伤，披一身雪花，迫不及待地走进小院的春天，开始又一轮西西弗斯滚石上山的伟大重复。

在小院生活的时间或许是我一生最久的一段时光。从2004年至今，算来已有十六个年头。这是一个令人吃惊的时间长度。我从来没有想到我会在一个地方待上十六年，可能还会待更久的时间。我没有这个耐心。可是这个小院留住了我。或许是它让我规避了太多纷扰，我对它的依赖，更像是对故乡的那种依赖。而故乡已经不能依赖。

乡村的四季移植进我的小院里。在这里，我找到了魂归故里的踏实安全感。我想，没有哪里比这里更好的了。如果有一天，我不得不离开小院，我会把小院的四季装进行囊，带到他乡！

山庄黎明

在这一日异于另一日的黎明之中，我之于黎明，或黎明之于我，却好像从未有过变化。至少是居于山庄这十余年，我的黎明每次呈现出相同的景色：收垃圾的三轮车“啪啪”来去的声音，把沉睡的山庄叫醒。然后我半醒半睡浮游于梦与现实的交接之中。意识在昏暗幽冥的远处，一点点回到近处。然后与复苏的身体汇合，像两条解冻的河流在万物复苏的春天相遇。我在它们的相遇汇合中，开始新的存在与继续前往的生活。再然后，我就完全在黎明里了。生命清晰明亮起来，开始与这个世界的早晨对接。微暗昏黄的晨曦，小狗与喜鹊的叫声，麻雀“叽叽喳喳”从小窗前成群结队地飞过。我觉知它们在晨风中飞舞，轻盈欢畅。老人在鸟叫声中打开院门。

此时，我能想见那满院的寂静与尚未褪尽的夜色。

我于天地的开合之间寻找着我与这黎明之间那种不确定的，而又相互依存的关系与意义。它给予我的不只是一日初始的那份期待或新奇，而是一种莫名的广袤而深邃的迷恋。我不知道，是从何时起，我恋上了这静默无声的黎明，并与它相约，一起醒来。此时与天明还有一段距离，至少还有两个时辰吧。在这两个时辰里，我与自己对映于无声的时光里。这种无所念想，无所欲求辽阔的空无，归于自己。生命便如一只寸物不载的船只，从一个荒岛的黎明就着星光起程。之后，我会看见灿烂的日出，或与白天的喧嚣相遇。

而此时，却是什么都没有。人每天却会大死一次，然后醒来。如植物的春生秋死。而人的生死或可以一个昼夜计算。那么，每一个黎明就是一次令人惊喜的新生。

我恋上黎明的静谧及新生的味道。我不再假生或假死，不再假欢乐和假忧伤。我退出一切僵死之物、僵死之念，在黎明里，还原成新生儿的模样。从没有记忆的混沌中开始，这一天是我来到这里的第一天。它既不是过去某一天的复制版，也不是未来某一天的构想图。它是正在降临的贴着我的感觉，一点点从大地浮起来的光，从人间各个角落醒来的声音，潮水般的诗句燃烧着青色的火焰将我涵融。

又在一个潮退之后，我饱吸海水的生命轻轻拍打着黎明的海岸。这是已逝的一万个黎明中的最后一个，或未生的一万个黎明中的第一个。在这偶然而又必然的无数个黎明的其中之一里，我突然想要留住它，用我柔软而又坚硬的指尖，在一张洁白的便笺上画出它的模样。我知道，我画不出，这只是一个妄想。但我依然要在灰烬之上，为自己种上一株叫黎明的花。在每一个死而复生的黎明醒来，我能第一时间闻到它淡雅的香气。

第四十五个等待

走出浴室，暮色就涌入窗内。模糊安静的暮色，将我包围起来。我顿然感觉到暖和而安全。现在，我不要着急地去做什么，我就这样在这满屋的幻觉一般的暮色里走来走去。宽大的浴袍无声地在时光里流动，像细软的水波在四周的空气里荡漾着。

对面墙上的这幅图却突然清晰起来。似乎从某个地方突然亮起一盏灯，照在这幅图上。可事实上，我没有开灯。屋子里依然是昏暗的。一定是我心里有一束光照在了这幅图上。不是刚刚被清水洗过的这双眼睛看到了它，而是心里的一只眼看到了它。看这简白单纯的、似雪一般的景致。我不知道这是哪里，也不知道这世间是否有一处这样的存在，能让我在厌倦喧嚣的时候，疲累空乏的时候，临时栖息一下。那落雪的树枝多么干净，没有繁花累果，在雪中，它裸露着轻盈的肢体，承接天地灵气。那阅尽风霜的树干挺直着灵魂的坚持。我唯愿自己是那只飞过寂寞沙洲拣尽寒枝不肯栖的鸟，能在这小屋前的树枝上停留下来，守着它，不要在南北飞徙！

此刻，我又读不懂了自己，读不懂了自己与这暮色里的一切，与这幅画，还有，还有这个即将过去的、被称作元旦的这个日子之间某种神秘的联系。这暮色茫茫的空间与时间，以及过去的和正在过去的那种近乎一条河与岸的关系。然而，岸在哪里？这茫无边际的岁月的河流上，生命的两岸在哪里？

我为自己冲了一杯咖啡，又加一点糖，想让这个正在结束的新年有一些甜美的味道。对面的榕树不知不觉又生出几片新的叶子。那有点嫩黄的新绿在一树墨绿的枝叶间悄悄地羞涩地冒出来，竟有几分初生的可爱劲。咖啡的香味弥漫在屋子里，榕树也模糊得一点点看不见了。

暮色一层层地由浅灰变成深灰，再由浅黑变成深黑，夜这样无声地用一块苍茫的黑色幕布盖住了世界所有的光亮。我不准备开灯，就这样漫不经心地让静寂的夜色肆意漫过来。然后我就像坐进一潭深深的轻柔的黑水里。我感觉到一种无我无他的空旷，无生无死的静美，无欲无求的清幽，一如对面的画，画下长着的榕树，我们谁也看不见谁了，却各自在同一种夜色里悄然存在。没有等待，没有妄求，只有意识的流动在时光之外。

去年今日，我写了《元旦》一文。它已成为一种记忆。四十五个元旦，就像四十五棵并排着的又间隔着同等距离的树，随着时间的列车快速地行进，它们急速地退到我的视线之外。这是一趟没有回向的列车，它只能向着远方行驶。而所谓的远方，谁也不知道它有多远，那里有着怎样的景色与故事。或许我们心中的远方从来就是一个幻境。只有记忆可以溯回一些经过之地。

此刻，我已经准备放下手中的杯子，到院子里去。我们需要在夜色里也给自己一些月光和布满星辰的梦想。越往时间的深处回溯，越是模糊不清，那四十五棵树已经变成一片乌有之乡，最后可能连记忆都会变得一物不存。我的眼泪悄然流下来。这就是生活最终赠予我们的，一切都会过去，你成山成海，你成沙成土，或为草为尘，都会被一条看不见的大河悄然带走，带走你和你创造的一切。

我走出门，看到了月亮。在一座高楼上，发出暗红的颜色。然而，再仔细看，却是一只人造的月亮图映在一袭霓虹灯里。我可以想见山庄外的街道上依然车流不息，一切还在这座小城里忙碌着。而我在漆黑的穹顶之下，独处在这远离喧嚣的小院里。这小城早已听不懂我的语言。顺着逆袭的寒流，将饱含深情的词语封冻，我将静静地等待一个春天，等待一树桃花，或许是等待一场真正的遇见！

礼遇特殊的日子

胡传永

受难日的电话

2019年4月19日，礼拜五。

下午4时20分，我从理疗床上起来，准备去厨房将晚餐的粥煲上，就在此时，正在充电的手机响了，见是陌生号码，疑是广告骚扰，本想挂断的，因操作失误，竟按了“接听”键。

“这是胡传永的电话吗？”

“是。”

“我是市体检中心……胡传永的体检出现一点问题……就是肺部，有一个毛玻璃结节……”

说实话，老胡听到是体检中心的电话时，心中已经打起了小鼓，因为之前听别人说过，如果体检时查出了特别不好的病，体检中心会单独提前打来通知电话，当听到“问题”“肺部”“结节”等单词时，老胡的心中便串联好了一个感知：我患癌了！

她说的“磨玻璃”，我听成了“毛玻璃”。毛玻璃是什么？于是问过去：

“什么叫毛玻璃……结节？”

“请问，你是胡传永本人吗？”

“是。”

“你多大年纪了？”

“体检报告单上写着哩。”

“能让你家人接个电话吗？”

“对不起，儿子不在身边，老伴早已去世，我没有家人了——姑娘，你不用为难，尽管说，不用避讳。”

“哦，那好，阿姨，磨玻璃结节就是肺癌早期……你如果会上网，在网上查一查就知道了……”

说真话，虽然老胡已经有了心理准备，但当真的听到“癌”字时，心里虽没什么明显的不适，嘴唇却有了发干的症状——这是老胡有点紧张的表现。

放下电话，我的第一个动作是坐下来，然后闭上眼睛，呵呵一笑，自嘲道：“老胡，看，轮到你了！”

紧接着开始一段简短的祷告，仰望、交托。想到今天是个特别的日子，就开始有点感动，甚至感恩，想一切都非枉然，我能在这样的日子里有这样的遭遇，这该有多大的巧合、多大的荣耀呢？继而，嘴唇不再发干。

电脑就在手边，打开来，百度“毛玻璃结节”，这才知道不是“毛”而是“磨”，于是又呵呵一笑：“嗯，又学了一点新知识。”

想到我的外甥媳妇朱凤敏于前年曾经有过类似的病，后来在上海肺科医院手术，手术成功了，加上她年轻，平时身体又很结实，恢复得还可以，就给我的外甥郑文发打了电话，想问问相关情况。

孝顺心细的外甥听到这个消息后，二话没说就开始跟市体检中心联系，因为都已经下班了，做不了别的，只好找相关熟人，设法调出 CT 报告。

此时的老胡虽然知道了磨玻璃结节的究竟，但具体到本人的相关信息还是不详，有多大？什么性质？具体在什么部位？于是向外甥打听，已经知道相关情况的他，口气显得很沉稳，说没有什么大事，要等第二天调出片子找专家看了再说。说即便是，也是早期，让我不要紧张，让我尽管放心。

是的，放心是应该的，这颗内里有驻扎有主权的心，应该放下，况且能安放我心的地儿，是一块不会摇动的磐石，是一座根基坚固的高台，是一处可以避难的山寨……人已搭乘船上，何苦仍自担行囊！

晚上，我照常喂了自己一大碗小米粥和半只大馍，还特地为自己炒了一盘我最喜欢吃的蒜蓉白菜，也照常喂了猫、狗、鸡三族，然后出去散步。

刚出门，碰上只要有好吃的总要送一些给老姐的小妹崔玲，我们好多事都会互相交流商量，她不仅是邻居，也是好友，遇事我也自然会向她讨教。

她一听，有点吃惊，因为她的母亲得的就是这病，现第二次复发，正住在她这里接受治疗，她不仅是个能干的单位负责人，也是个孝顺的女儿，为了母亲的病，她不知心碎了多少次，因此听说亲爱的还不算太老的胡大姐也得了这病，她一下子不能接受。

她知道当事人老胡是讲不清楚的，就打电话给郑文发，想必是郑文发告诉了她实情，她的脸色变得越来越阴沉，他们两人说了半天，商量了半天，有的我听得懂，有的我听不懂，随他们了，此时，我又能做什么呢？

一向睡眠不好的老胡，料定是夜要失眠，谁知，晚上照常按序读了两章《罗马书》，祈祷后，躺下，竟然一觉睡到大天亮——这样好的睡眠，令当事人老胡都难以置信。

依稀做了一个梦，细节忘记了，只记得我光着脚丫走在一条布满蔷薇刺的小路上，蔷薇的花儿开了，很美，美到极致，逾越灿烂，但蔷薇的刺也特别地扎人。

坟墓日的准备

周六，天晴得异样，四月天，竟然亮出高温的节奏。

告诉外甥不要将我的事告诉他在南京工作的表弟、我的儿子王柯，我知道王柯最近非常忙，三月份带学生去苏州写生、实习，紧接着又替学院去上海开会，周四晚才回到家中，我是想等知道真正的结果后再告诉他不迟。

上午 8 点多一点，外甥夫妇俩先后打来电话，先是凤敏，问候之后，说文发一大早就去医院找熟人调片子了，会很快知道结果的，并用报喜不报忧的他们自身情况的介绍，让我不要紧张、不要着急，我这才晓得文发也曾有过这病，只是比较轻微而已。紧接着文发打来了电话，说片子拿到手了，熟人也找到了，口气疲软地说问题不大（安慰之意溢于言表），但要我做好去合肥、南京或上海复查的准备，并补充说，有可能要做手术，让做一些必要的准备。

我知道了，六安这边的结论是不容推翻的了。

继而，王柯的电话竟然也打了过来，说他三个小时后就会到家，我严肃地阻止了他。

嗯，我明白了，从这些紧凑的节奏中，我知道了问题的严重性，我得开始所有的相关准备，轻视与侥幸好像行不通了。

诗人陈巨飞喜得闺女，前几天就与崔玲约好要去看望，人不能失信，这事得赶紧做了，我们驱车前往，看到了可爱的小宝贝，开心极了。想到生命的奇妙与美好，也想到生命的有限与脆弱，更想到了生命的力量与法则，内心充满敬畏和感恩。

才约好的一次朋友聚会，得分头打电话告知无限期推迟。

进城将所有活期积蓄都取了出来，还为小动物们买了10多天的要交托给邻居的食物。

近邻刘德芳愿意代为照管老姐家的小动物，三大阵营，25口，得多麻烦，她却一口答应下来，说："院子连着墙根哪，等于算是一家人耶，大姐放心好了，交给我，保证让它们都吃得好好的，养得壮壮的，等你病治好了回来，你会看到它们长一大截子……"

临近傍晚，太阳依然炽热，我在院子和菜园里转了一圈，注目那些我亲手栽种的有的已经开花，有的已经结果的树，还有那些辣椒、茄子、豇豆、黄瓜、玉米和毛豆等等，多日无雨，苗子都蔫了。为它们浇一次水吧，无论手术成功与否，我得尽我的所能，爱它们一次是一次。

我用拎桶从水凼里打水，将院子里的20多棵树浇透了，又浇园子里的菜时，文发来了，手里拿了片子，见我在拎水浇园，并哼哼着轻松的乐曲（我劳动时喜欢唱歌，已经成了习惯），就苦笑了一下，说："大大，浇园哪，东西收拾好了吧？明天我们中午就从家动身去上海，约好了周一早8点，上海市肺科医院专家接诊……"

我甩了甩手上的水，从文发手里接过片子，迎着西天的晚霞装模作样地看了看，然后对文发笑道："看不懂，一轱辘一轱辘的，没名堂。"

文发见我这吊儿郎当或是心不在焉的样子，有点不放心（他可能是把我的放松当成了反常吧），就说："大大，东西收拾好了吗？可能要带一个拉杆箱，换洗的衣物都要带齐的……没事的，不要紧的，我和王柯会一直陪着您，三天就可以出院了，我和凤敏都做过这手术的，麻醉后一点都不疼的……"

淳厚善良的外甥像哄一个小孩子一样说着好听的话，也像关照一个糊涂老人一样提醒该要认真对待的事项。

当前，我真的是以一个孩子的心态在对待一切，我真的像在慈父的怀抱里一个纯粹的婴儿，稳妥安然地听从慈父的带领与处置，除此之外，我确实做不了什么。于是我告诉文发，我都收拾好了，因为我有多次服侍病人的经历，外出就医时要带的东西都悉心有数，随手就能搞定，一大包内衣外服，洗漱用品，病房内的餐饮用品，一些急用药品，同时还带上一本每晚必读的书。

文发见我如此坦然淡定，这才一步一回头地走了。可怜的孩子，他的母亲也是患癌早早地过世，因为我和大姐长得很像，这孩子与我的亲近是带了一份思念的。

晚饭后，崔玲邀我散步，见我一会儿嘻嘻哈哈一会儿又严肃认真的样子，就用毛主席语录规劝我："大姐，真不明白你是怎么想的，我们必须做到——在战略上要藐视敌人，在战术上要重视敌人……”

晚上，我打开电脑，给儿子写了几段话，嘱咐他和他的家人都要以身体为重，同时人要有仰望，心灵得有交托，精神要有支撑……

又给霍邱的小姑子金丽打了电话，我是放心不下我年事已高而且行动不便的婆婆，婆婆在两个小姑子家轮流着过，小姑子们都很孝顺，但都非常累，也很苦，我知道，头脑异常清楚、一辈子辛苦劬劳、晚年失去两个儿子的婆婆她更是可怜。婆婆始终将我这个大儿媳当作自己的亲生女，只是我的体力不争气，不能像她的女儿们一样在床前尽孝，但我们几乎每个星期都要通上一两次电话，也去探望，见面无话不叙，如果我的病不好，她如何能接受得了这样的打击！

这一夜睡得不怎么踏实，老是想着婆婆，想着15年前我带丈夫8次去上海就诊的林林总总，想着家中的小动物，想着假如我有意外，我的独生儿子他如何能面对那失去母亲的漫长日子与无法淡忘的思念……

天亮了，我赖了一会儿床，带着恶搞促狭的心理，设定着这是囫囵之身的最后一次与家中木板床的零距离接触，然后很决然地坐起，拍了拍床板，说：“伙计，我们告别一下，请记住我现在的样子，我没有跟你辗转成亲家就有可能离开你进入永恒的安息，这该是多么大幸事哩！”又对自己说：“老货，你真棒，腿脚都还硬朗，说起来就起来了，咱们打仗去啰！别，我们可不是一个人在战斗！”

复活日的出征

礼拜日，清晨时下雨了，时雨啊，久干的院子里一片葱绿。

我想到还有几株玉米苗子没处理，就用小铲子挖了，移栽到院外的菜地里。这时崔玲过来，拿了手机要给我拍照。

大清早的，雨地里，拍什么照！

我的心里明白，在崔玲与文发他们的心中，老胡的分量很重，他们的担心与紧张是超过我的。因为他们知道我被诊断出来的病情是怎么回事，也了解我原来的身体状况：胃肠不好，凝血不好，白细胞偏少……事后他们透露，说报告单上标注的结节不仅体积已达 9mm，甚至还通了血管，而且长在左肺叶下方靠近后背的地方，手术的难度很大，也非常危险，任何一个环节出错，老胡的性命都会受到严重威胁，而且，术后的情况就我目前的体质来说，是不容乐观的……

这些隐情他们都没向我透露，但我已从他们的重视度里测出他们对我有相当大的隐瞒，老胡也没刻意打听，倒不是没往心里去，奇妙的是，老胡此时的心，真的是被一种无形的力量纯净成懵懂状态，像一个要跟着大人出远门冒险的孩子，内里竟充满了一种很豪迈很兴奋的情愫，想象着自己就要去打一场必胜的义战，我的目标是要成为一名凯旋或壮烈献身的英雄，而我已经披戴完备。

见崔玲站在雨地里等候着按快门，我便做出一个“V”的手势，挺二地举起沾满泥土的小铲子，让崔玲咔嚓了。

后来崔玲说：“那样的时候，大姐你能那样自然地开心地大笑，真的让我很吃惊也很感动……我将图片没经过你同意就发到‘守望家园’群里，是因为你那发自内心的美丽、真实的笑容让我情不自禁。”

是的，除了孩子心态之外，我亦有早被预备过的理性的思考，我知道自己的所属、所归，我也知道那恩典下的预留有多么的佳美，我更知道我此去的上海，不是一般意义上的都市，我所要落脚的场所，也非普普通通的一座医院。15年前，我和王政在那儿生命被翻转，心门被打开，眼目被擦亮。15年后，我的回访岂能只停留在一次肤浅的遭遇中？这是一种出征，是要兑现那曾经的相约：发自内心的祭已然献上，盔甲盾牌，一样不缺，等候我的，就是要打胜那美好的仗！我还知道，我现在所有的经历，所喝的苦杯，都会为安息之后的冠冕积攒那缀饰璀璨的宝石……

我为要交托给邻居的小狗煮了鸡蛋和排骨汤，为小猫炖了鱼，然后自己煮饭、吃饭。

文发开车来接，我打开院门，回头看了看院子，细雨下，见院子花草树木，都安然享受在宁静甜美的沐浴中。

动车上，我睡着了，很实的睡眠。醒来，已经快到上海，我去卫生间时，撞见文发竟然站在过道上——那一刻，我非常心疼。这孩子虽然是我的晚辈，却也是大六安市赫赫有名的建工建设监理有限公司的董事长，麾下千百员工，无不因他的人格力量拥戴有加，个个敬业爱岗，风生水起地为大六安建设亮出一道又一道的风景线。因为临时购买的车票，我们没能在一节车厢里，心细如发的他，不放心我，竟然舍座位站在能望得见我的过道上，就是亲生儿子怕也很难做到这一点。

下了火车，坐地铁，我摸出手机，与文发合拍了一张，照片上，我虽然戴着大大的口罩，却仍然很放松地在笑，而文发却露出满面的愁容。

在地铁的出口处，坐在另一列火车上的儿子王柯找了过来，会合后去旅馆。

洗漱后，王柯来敲门，说发子哥哥带我们去吃东北菜。菜是文发点的，竟然为我点了一道我最不喜欢吃的黑鱼——我晓得，这是为我马上要做的手术做预备的。

晚饭过后，我很想在附近逛逛，但上海的雨下得很大，王柯和文发压根儿也没有陪我去逛街的意思，就都老老实实地回到旅馆。

我打开《诗篇》来读，这些诗篇我原先是读过的，但今天重读时竟然有莫名的新鲜感、亲切感，字里行间，充满了力量，韵律之中也洋溢着荣光，带着允许，更满含慰藉，似乎诗人那些蕴含深情的赞颂也是我的心声，让我与之共鸣。

工作日的意外

礼拜一，新一周的工作开始了。

8 点还没到，上海市肺科医院的里里外外已经拥满了前来就诊的人，看到各色的穿戴，各样的愁容，拨开雾霾想到了环境之外的终极，还有家庭之内的眼泪与人心深处的无奈……见一个年轻的女孩站在凉雨里一动不动，我偎过去将雨伞撑到她的头上，她缓缓地扭过脸，非常漂亮的一张脸，用无神的眼睛看看我，然后腼腆一笑：“哦，对不起，阿姨，我望呆哩……”然后转身离开雨地，进入大厅里排队去了。

我们进了专家史景云的工作室，一个温文尔雅又显得非常干练的年轻人，不像我们的地方医院，医生们是坐着给病人看病的，他们却是站着，阅片、诊断、看报告，全在动态中进行。看见文发领我进去，微笑着向我点点头，然后打电话给住院部，就两个字：“女床。”又指了一下片子，四个字：“再做一下。”助手马上送来单子，我立即被候在门外的另一个助手带到了 CT 室。

从 CT 室出来，在等候结果的时候，文发与王柯去大厅排队办理相关手续。

雨下得很大，我打了伞在曲成S形的走廊上来回踱步。

人来人往，急匆匆的是陪伴的家属，慢腾腾的是病人自己。看见那些坐在轮椅上的带着引流管的男人和女人，想到了亚当与夏娃，伊甸园里那么多好吃的果子不够你吃吗？干吗还要去摘吃你不能吃的果子？

再一次地仰望交托，求的不是健康、不是平安（我知道马上要进入的程序是手术前的各项化验检查,因此已无平安健康可言），而是力量。是的，我现在直至今后，最需要的是力量，因为马上要来到的一切，我要有力量去面对、去承担。我求力量坚固我，让我在抗战中成不了英雄，也不能当孬熊；我求力量与我同在，能将得胜的冠冕献给力量的源头。

文发和王柯结束排队，他们被叫到了史景云的办公室。

我在门外安静地等候。

一会儿，两人出来，文发在笑，王柯也在笑，两个大男孩，笑成了两朵牡丹花。

是的，片子上显示，我的肺上没有什么磨玻璃结节，从六安带去的片子上显示肺上叶的两处钙化灶，在新拍摄的片子上依然存在，而肺叶左下方的那个可怕的磨玻璃结节却没有了。

这样一个有着全国顶尖设备、顶尖技术的专科医院里，他们的影像制备与指标应该是有权威性的，他们的片子上说没有，那就肯定没有了。

那可怕的东西哪里去了？

被神奇地挪走了！

回到旅馆，我双膝跪下，默语无声，泪流满面。这些天来，我未曾为自己将要遭遇的流过一滴悲伤的眼泪，此时，却再也止不住满腔的热泪，簌簌而下……

香樟花落了一地

姚育明

白鸟不是鸟，也不是猫，白鸟是一个精灵的名字。

白鸟长着中国土猫的身子，黑尾巴，白身体，大面积的白，却在左耳根和背脊上各有一块黑色的心形图案。黑白双色的猫被人称为“奶牛”，它们的双色组合都很随意，白鸟也是，不一样的是它随身带的心形图案，惟妙惟肖，完全是白鸟一生有爱的诗意写照。白鸟是公猫，却有一双妩媚的丹凤眼，这点也违背性别，却符合它的性情，它实在太糯软了，任何猫都可以拿捏它、欺负它。

猫族逻辑很奇怪，白鸟并不痴呆，也不残疾，相反，它是院猫中的全才，捕捉、登高、游水样样俱佳，更罕见的是一副天生的好嗓门，宽厚、畅亮、婉转且余韵缭绕，一群猫同时开口也压不倒它一个，它是猫界的帕瓦罗蒂。它完全可以骄傲成王，偏偏天生气短，见谁都喜欢伸出舌头去舔，尤其疼爱新进的小猫，不是把好吃的让给小猫，就是把小猫拢在怀里，或者陪着小猫游戏，它就是个标准的奶爸。小猫们也奇怪，它们第一眼就会认准白鸟，从来不会搞错。母猫们也是同一个德性，开心时就贴到白鸟身边，蹭它，要求白鸟给自己梳理毛发，不开心时就把它当出气筒，它们只打白鸟耳光却不会对别的公猫动手。但要说白鸟没有一点性子也不准确，有时它会驱赶某些想来占地盘的外来公猫，它没有打架的本领，极致的愤怒也只是扯开嗓子叫喊，由于嗓音过于好听，吵架也像唱歌，怎么看都是一个娘娘腔。至于我对它的精灵评说，它也完全担当得起，这点我会在最后叙述。

因为我在院里收了一群流浪猫，使得丈夫的养狗计划泡汤，这些猫顺理成章地成为他眼中的障碍，一旦遇到什么不快，他就有意无意地把气出到它们身上，但白鸟是个例外，丈夫莫名地欣赏它，说一群猫唯它纯正，是个自由战士，其他的猫都让我宠成狗了。我不明白他的意思，任何猫都爱自由啊，何况它的形象和战士之称相差甚远。

后来院猫一个个地离世，或者莫名地消失，只剩下白鸟和大姐大啊呜跟着我们搬到了新家。于它们来说，这是一个更大更安全的院子，遗憾的是啊呜因为突然放松而提前衰竭，没享几天福就离世了。白鸟郁闷了几天后，突然变得黏人，只要我出现在院子里，它马上扑通一下倒地，仰身勾腿，黄绿色的眼睛充满了渴望，你不去揉它几把就走不过去。丈夫偶尔也会和它亲热一下——就是直接踩在它身上来回搓几下，我急了眼，它又不是擦鞋机，你怎么把鞋底的泥往它身上蹭？白鸟并不在乎，只管眯着眼嗯嗯呀呀的陶醉，它太容易满足了。

流浪猫是到处都有的，它们一只只地进来，白鸟重新面临了猫际关系。过去有一只名叫黑弟弟的公猫和白鸟亲如手足，碰到白鸟受到欺负，它总会给以贴心的安慰，就是随意打白鸟的啊呜也是有内外之分的，看到外面的猫欺负白鸟，它会很凶地赶上来保护白鸟，白鸟其实是生活在一个熟悉的友爱的大家庭之中。而现在，它独自一个，在新环境中，只能一次又一次地被陌生的公猫咬伤，也被母猫抓伤，连宠物医院的医生也认识了它，怎么又来清创缝针了？

后来我收下了小狐，只因它的五个小孩先后被人投毒死亡，我不忍心它继续坎坷下去。这只玳瑁猫，一身的杂色，也有一身好本事，飞檐走壁，捉拿老鼠，与白鸟十分相配，白鸟很喜欢它，又有了舔毛的对象了。然后，雪虎来了，豹咪来了，金鼠来了，呆鱼来了，还有些无名氏猫轮番出没于院中，它们和白鸟一样，各具性格，除了金鼠这只小猫，所有的大猫都比白鸟凶，白鸟被扑咬得四脚朝天，吓得屁滚尿流是常事。丈夫评价说，白鸟其实挺幸福的，有地方住，有猫粮吃，有大院子玩，比关在家里的猫自由多了，除了经常被咬这一点外，那也没办法，谁让它这么软弱。

我渐渐地改变了看法，与其说白鸟软弱，不如说它是在忍辱，这也是人类的一个修行法门呢，不是说忍辱可治嗔病吗？一个猫，能以自己的伤口和疼痛钝化同类间的攻击与利益争夺，容易吗？在经过一段时间磨合后，这些流浪猫能和白鸟和平相处了。

但是，流浪猫太多了，不可能全部收为院猫，我只能在家附近设了个喂猫点，猫粮、净水每天不断。但是，那些猫怎么心甘，凭什么有的猫能住在院子里，而它们只能四处流浪？其结果是它们经常闯入我家院子，白鸟永远没个安心的时候，它总是缩头缩脑地躲避或者逃开。有一次我憋不住了，说白鸟，你是主人，院子就是你的家，你害怕什么！

白鸟是不是觉得被我小看了？终于有一天，它不但逼退了一只强壮的年轻公猫，还追赶了出去，片刻，它那嘹亮的嗓音在院墙外响起，那只公猫的狂暴叫声也不示弱，它们的骂声纠缠不休，间杂着凄厉的厮打声，那混战持续了好长一段时间。我觉得再不出面白鸟要被咬死了，等我赶到隔墙的公共场地，只见白鸟和那只满身栗子肉的公猫面对面地站着，那猫弓着背，一副随时扑上去的样子，白鸟抬着下巴，略仰着头，显然它的气势不如对方，然而，它的嘴里竟然有一口白毛，这真出乎我的意料。我拍了下手，那只公猫就逃走了，白鸟盯住它的背影看了几秒钟，踅身从邻居墙壁的铁盘花空间钻了回去。

回到院子里我才发现它的脸上头上全是伤，耳朵也破了，更要命的是，第二天，它的嗓子完全哑了，几天以后才发出声来，从此再也没有了那份透亮，直到它离世，它的嗓音都是低弱嘶哑的。我知道白鸟拼着命吵架，把声带叫坏了。白鸟终于在自己的有生之年向我证明了它的勇敢。

从我和猫的接触中，发现了一个现象，猫越年轻越单纯越喜欢翘尾巴，那是一种轻松快意的表示，尤其是小猫，无论是奔跑还是走路，尾巴都像旗杆一样高高立起。有一天突然意识到白鸟好像很久不翘尾巴了，追忆起来，就是我们在外住出租房的日子里，它的尾巴就垂下了。搬到新家后，白鸟恢复了体力，虽然超十岁了，依然能像以前那样灵活地爬树登墙，可是它的尾巴还是无力地垂着，就像眼里的一丝忧伤依然没有治愈。它见过太多生死了，它眼看着同伴们一个个离世，或者熟悉的小猫被送养出去，它的心早已是沧海桑田了。可贵的正在于此，虽然白鸟已没了多少激情，但它的爱依然不减，它似乎知道小狐的不幸，很关照它，小狐也亲近白鸟，走路时经常贴着白鸟的身体，天冷时它们宁可空着一只猫窝也会挤在同一只猫窝中，以至于白鸟的半个身体总是半悬在外面。然而，情况还是发生了变化，小猫金鼠来了，白鸟的奶爸本色又出来了，又是帮着它清理毛发，又是省下自己的猫罐让给它吃，睡觉时几乎抱着金鼠，而这只小小的黄虎斑竟然恃宠而骄，见所有的猫都爱伸爪子，尤其见不得小狐，人家好好地从边上走过，它都会冲上去抓一爪子，小狐很郁闷，一看见金鼠马上跑开，一秒钟也不犹豫。它也因此对白鸟疏远了起来，再也不肯走到这个曾经疼爱自己的猫哥哥跟前了，有时白鸟想过去舔它，小狐看也不看白鸟一眼，身子一扭跑开了。发展到最后，它干脆都不进猫屋了，天再冷它也蜷缩在外面，幸亏它原先长得胖，半饥半饱和挨冻受冷的结果倒使它的肥肚减缩了不少。

小狐很倔强，也有点怪僻，它远离白鸟和金鼠，也不和别的猫咪搭腔，它决定为自己找个可靠的朋友，它频繁地跳到我家窗台上朝屋里看，眼神里充满了想与阿蓝为伴的渴望。阿蓝病重时期，住在二楼，我家二楼比普通二楼高，等于二楼半，小狐竟能利用墙壁的各个角度攀登上来，它多次在细窄的窗沿上急切地呼唤阿蓝，幸亏是双层玻璃窗，隔音效果好，阿蓝又睡着了没能应答它，否则我真怕小狐一激动摔下楼去。白鸟肯定体察到了，但是，它无法分身，满足不了每只猫对自己的情感需求。它甚至离开吃到一半的猫罐，示意小狐来吃，小狐宁可忍住嘴馋也不接受白鸟的好心，倒让金鼠占了便宜，它毫不客气地去吃白鸟的猫罐，白鸟呆呆地看着赌气的小狐，眼里有些无奈的神色。

白鸟的胃口一直很好，从不挑食，给猫们喂药，它也是最顺从的一个，其他的猫把包在外面的猫点心吃了，吐出里面的药，白鸟连掉在地上的药渣都舔得干干净净。你如果抚摸了它，或者给它梳毛，它满足得呼噜呼噜，半眯的丹凤眼看上去像在笑。它没有像小狐和别的猫那样因为渴望进家门而给我带来一丝内疚，它不给我任何压力，它满足于现有的一切。春夏秋冬，它卧在落花、枯叶和蓬蓬生气的草地上，也卧在我给它准备的温暖的猫窝中，同样，它也不弃在泥地上打滚的快乐。它坦然地享受着猫生所需的一切，它的快乐超越了自私，因为它不仅给同伴带来友爱，也给我们带来欢喜。每当它颠着四肢充满弹性地向我跑来时，我都会忍不住笑出声来，正因如此，我习惯了天天看见它，如同天天要喝咖啡和茶汤一样。

猫友文文姑娘第一次进我家院子，看到白鸟就说，这只猫怎么看上去仙仙的？我像一个家长一样假谦虚了一番，仙什么呀？

大块头一个。文文说，虽然胖，可不是蠢肥，体型很特别，到哪里我都会认出它。我和她感觉一样，白鸟确实有精神气质，具有流线型的身体也是我所熟识的，尤其从楼上看下去，白鸟的体型就像一滴毛茸茸的水。我天天看，也看不厌这滴可亲可爱的水。这滴神奇的水同样滋润着其他院猫的心，有白鸟的地方，就有着一股磁力般的存在。

这段时间，白鸟饭量明显减少，也罕见地不馋了，猫点心最多两粒就不碰了，眼看着有点瘦了，我以为它又犯泌尿系统病了，赶紧给它买了处方粮。可是它拒吃，我掬在掌心中拼命哄它，才勉强吃了几粒，完全是看我面子的意思，最后连最爱的罐头也一口不尝了。就这样白鸟连续几天不食，只是偶尔喝些清水。它的叫声也变了，我从没听过这种音调，重复着三个音节，带着一点伤痛与深切的不舍。丈夫听到的却是另一种声音，他说白鸟连续三天趴在他书房的窗外，发出一种像人说话的声音，他学给我听，是从喉咙那里发出的一串变化的咕噜声。事后他才恍然大悟，说一定是白鸟看不到自己，特地在窗外向自己告别了。

这段日子我正在治疗膝关节炎，这天是我去医院打针的时间，早上去玻璃房看，白鸟尿了一大泡，把垫子尿得湿湿的。我摸摸它鼻子，还是凉爽的，没发烧。我匆匆地给它换了干净的垫子，对它说，等我回来。

回来时，白鸟已跑出猫窝趴到我种的金荞麦后面，我心里生出感激，白鸟知我心啊。第二天早上，它又尿了一大泡，我还是给它换了干净的垫子，心里却担忧起来。第三天，它身下的垫子是干的，我心里又升起了希望。我知道，猫一旦四五天不食，就会得脂肪肝，这时候需要强行喂它，按照以前的经验，只要用针筒从猫嘴侧打进 AD 罐，几次之后猫就会恢复胃口。于是我对白鸟也采取了这种办法，但每次它都挣扎着拒食，整个过程都像受罪，我怀疑自己这样做只是徒增它的痛苦，也许猫和人一样，也不想让外界打扰吧？在灌了它五天之后，我硬着心肠放下了针筒。尽管如此，我还是将猫粮、猫罐、净水放在它身边，虽然这只是为了安慰自己。

女儿说要送白鸟去宠物医院，我拒绝了，它已经很虚弱了，我不想让它再受惊，那更会引起应激反应的。潜意识中我还是希望发生奇迹，也许白鸟也会像阿蓝一样撑过来。

它像以前一样，晚上睡玻璃房，白天走出来，我看着它几乎把院子走遍了，在不同的方向停留片刻，好像在向整个院子告别。大多数时间它趴在金荞麦或冬青树后面，它继续不碰猫粮，偶尔喝点水。它看上去很乏，眼睛也有些睁不开，有一次，它甚至试图去舔走近的金鼠，然而它的动作显得很费劲。院猫们都感觉到白鸟的异常了，金鼠不再黏着白鸟，只是隔着它一段距离趴着，一副郁郁寡欢的样子。

我在玻璃房放了三个纸箱，除了一个裸纸箱，另外两个放了薄厚不同的垫子，还在一个矮台面上铺了一件旧毛衣。为了白鸟不受打扰，我不再让其他猫进去，白鸟可以安静地根据需要选择不同的卧处。

最后那个晚上，我刚把草地浇好，白鸟就走上去趴在了那里，我说白鸟，地上湿别趴在那里，它不理我。我第一次看到这种趴法，除了脑袋，整个身子是扁平的，像一张画摊在那里，背上的心形图案触目惊心。我走上去，双手伸到它腹下，轻轻地捧起它回玻璃房，它的腹下湿漉漉的，沾着草地上的水，整个身子很凉。我的心也凉了起来，眼泪却流不出来。

我用湿巾给白鸟擦了脸和眼睛，临离开时，我摸了摸白鸟的头对它说，白鸟，你是不是要做小天使了？

白鸟背对着我，并不转过头来，却轻轻地回应了，还是短促的三声。我真想多叫它几声，好多多听到它的回答。但我不敢多叫，不忍心它费劲地呼应我。那种呼应令我心悸。

我关门的时候，小狐和金鼠走过来，我第一次看到它们隔着玻璃门探头探脑地朝里看，还以为它们好奇呢。现在我知道了，这是它们的最后一别，不知它们隔着玻璃门是否道了珍重？

次日早上，我打开了玻璃门，可是白鸟却没了踪影。我震惊了，但还是不相信，我边叫边找，所有的纸箱、缝隙，甚至头顶的空间，连白鸟的影子都没留下。这怎么可能呢？门窗未动，完全是我昨晚关上的样子，难道白鸟像彩虹一样，刹那间消失了吗？

家里的挂钟也莫名地停了，停在晚上三点四十一分处。我心里有些乱，好像充满了念头，又好像空空的无处依着，我想过白鸟离世的样子，想过因为自己腿痛再也挖不了深坑的问题，想过去哪里火化的问题，想过在院子的什么地方安置它骨灰的问题，想过剪哪些花朵悼念的问题，想过自己一定会伤心泪洒这方新土的情景，却怎么也没想到，白鸟什么也不劳我做。

可是，谁会相信一只猫会在房子里凭空消失呢？女儿说一定是从哪个缝里钻出去了。倒是丈夫明白，玻璃房的缝连老鼠都钻不出去，更何况一只病到虚弱的老猫。虽如此，丈夫还是关照我出去寻找白鸟，说到花草灌木丛后好好看看，猫科动物临终都会避开人的。

我脑子里还是那个问题，既然白鸟能破墙而出，它一定是往高处飞了，怎么可能还在我家周围？虽如此，我还是一点点搜寻过去，邻居花园、小区花园、河边芦苇丛、花草灌木丛，白鸟白鸟白鸟，我一遍遍地叫着，没有熟悉的回应，风吹着我的头发，像白鸟的爪子拂挠而过，只听见一片沙沙声。香樟花如雨般地撒下来，头上、肩上、脚下，小路上早已铺了碎金般的一层。空气中满是香樟花的气味。我第一次发现，香樟树竟然有这么多的花朵。千朵万朵，无以计数。

白鸟你在哪里？香樟花是不是已经将你盖住？

我空空地回来，推开院门，白鸟曾经嬉戏的草地让我的心神一荡，我永远失去你了，白鸟，你的离开，也使我失去了一部分过去的自己。白鸟白鸟，你不是一只鸟，也不是一只猫，你拥有属于自己的全部灵魂。你竟有如此强大如此神秘地处理生死的能力，你令我忧伤，也令我肃然起敬。

当天晚上，我和丈夫都没法安睡，半夜里丈夫起身用手电扫过院子，光束划破了院子里的黑暗，像一把长剑，努力地切割着我们的妄念，他还是不相信你就这样莫名地消失了。我以为自己会平静地接受这个现实，可是，相伴十几年的感情还是酿造出无法抹去的甘苦，像一个很深的潭水，慢慢地泛上一些细微的水波，持续地动荡着，我像生了一场病，浑身的力气被抽走了，人软得直想躺在床上。白鸟怎么能够走得这样决绝？像从来没来过一样，留下了永远的空。

这是无法弥补无法修正的一段空。白鸟创造出了一段纯正洁净的空，我们所爱的白鸟就一直在这个空里飞翔，白鸟那三下短促的连续叫声化为“我爱你”的音波，震动着我易感的心，我一遍又一遍地想到，白鸟实在太好了。

我看到白鸟的爱在继续发挥作用，在它消失后的第二天，小狐和金鼠的敌意就像冰块见到了太阳，当即就融化了。小狐站在金鼠边上，温和地看着它，金鼠轻轻地走过去，在小狐身边蹭了一下，我知道，因为共同的思念，它们的友爱萌生了。

我的俗情还在起作用，想起白鸟我还会掉泪。亲友劝慰我，说白鸟一生够幸福的了，说它的消失神秘而又暖心。是啊，我不断地想那个无法理解的刹那，那个空，想着想着，终于微笑起来，白鸟，你真的像一滴水，升腾了，化成一道彩虹，最终消失在天庭。白鸟，告诉我，你能够在画布上出现吗？想到这个不确定，我还是生出了憧憬。憧憬总是美好的，谢谢你，白鸟，这个憧憬让我渐渐增长了力气。

墙头上的红苕蔓

杜光辉

一九六六年秋，连续三年的年馑过去几年了，十岁的我可以用汤汤水水填饱肚子。

那天，下雨，刮风，风把雨丝从天上拽下来，斜斜地抛到空中，几只黑燕在雨的帷幕上剪裁，我想起语文老师讲的“雨斜燕子飞”。秋风秋雨把前些日子的暑热驱逐了，风带来了凉爽，雨带来了凉爽。村子外边的苞谷熟了，红苕熟了，谷子熟了。我混在人民公社生产队的社员中，挣半个妇女的工分。雨天不能下地干活，我搬个小板凳坐在房檐下，旁边坐着俺爷。我看雨，看燕子，俺爷也看雨，也看燕子。看得功夫大了，觉得没意思了，想琢磨点有意思的事情做。我给俺爷说，我去地里掰几个嫩苞谷棒子，回来烧着吃，一年都没吃烧嫩苞谷了。俺爷说苞谷不是咱家的！我说这阵下雨，地里没人，谁也不知道我掰了生产队的苞谷！俺爷说天知道，地知道，你掰的苞谷知道！我说它们知道能咋，又不会说话！俺爷说你坐着甭动，我给你说说你爸当年差点饿死，叫咱隔壁的你满道爷救活的事情。你听了这事情，就知道该不该到人家的地里掰嫩苞谷。

接着，俺爷给我讲了这件事情。

那是民国十九年开春，老天爷觉得陕西的人口太稠，必须除掉一些。还是不肯下一滴雨，不肯降一片雪，算下来，已经二十六个月没有下雨下雪了。到了开春，还是看不到绿颜色。庄稼没有种上，地里肯定没有庄稼苗；连续两年多没有下雨，地里的草都旱死了，地面上全是枯黄的叶子；树被剥皮了，剥了皮的树活不下去，死树不会有绿叶。眼睛看到的全是土黄色，地是土黄色、草是土黄色、树是土黄色、路是土黄色。

咱杜家堡子里，光秃秃的树枝上落满黄颜色的旱土；青黑色的房顶上落满黄颜色的旱土；黄土打的墙上也落满黄颜色的旱土，坐在墙根下晒暖的人们，脸上也落满黄颜色的旱土。堡子的街道上，没人走动，人们饿得没有力气走动了。这个时候，你奶要生了，生下的是男娃，就是你爸。生下来是女娃，就是你姑。

接生婆从屋里跑出来，喊，是个带把的！你太爷问多重？接生婆说七斤六两。你太爷又是一阵惊喜，七斤六两，一般女人很难生下这么壮实的娃娃，长大了肯定是个好小伙子！

你爸生下来时，估计知道自己降临到这个年馑里，弄不好会被饿死，就拼命嚎哭。你太爷高兴得对着苍天狂呼，我当爷咧，我要当爷啦！

我却满了忧愁，儿子生下来了，瓮里没有几颗粮食了，拿啥养活你太爷的孙子？不管咋说，养活一天是一天，连续三年大旱，死的人海了，老人死，年轻人死，男人死，女人死，刚出生的娃娃死，死人把炕上的席片子都用完了，再死的只在地里挖个坑，连席片子都不裹，死尸上盖上一层黄土就行了。

你奶看着她生下的你爸，根本没有考虑能不能把儿子养大成人，喜屁颠颠地给我说，是个带把的！我苦笑着说是个带把的！你奶说你给咱娃起个名字？我没有琢磨就说，就叫带把，顺嘴。你奶说人家给娃起名字，都是狗毬、猫屌、骡子、猪娃，要不就是柱子、愣子、木子、轳碡，咱咋能起个带把？我说带把叫起来顺溜，等长到两岁了，再请隔壁满道先生起个官名。人就是这，把事情干大了，就没人敢叫他的小名了。干不成事情，官名起得再威武都不顶毬用。

俺爷说你爸生的真不是时候！我说俺爸也不能决定他啥时候生出来，俺奶让他啥时候出来他才能出来！俺爷说你奶也决定不了他啥时候出来！我说连俺奶都决定不了他啥时候出来，谁能决定他啥时候出来？俺爷就琢磨，琢磨了吸锅旱烟的功夫，也没琢磨出谁能决定俺爸啥时候生出来！

好多年后，我混上了作家的“顶戴”，突然有种感悟，很多世界性的难题都是平常经常发生的事情。

俺爷琢磨不出这个世界性难题，就接着说起俺爸。你爸刚生下来就碰上年馑，咱家不是富足户，五六亩薄地，种一季庄稼，吃到下一季，刚好接上。一季收不上庄稼，下一季就没啥吃的。这两年多，尽管你太爷太奶、我跟你奶都勒着脖子，把吃食喂到他嘴里，但你爸还是没有吃过一顿饱饭，也没有吃过一顿正经粮食。他长到一岁多的时候，家里见不到粮食颗颗，吃的全是细糠、红薯叶子、榆树皮，再就是从老鼠洞里挖出的老粮，磨成面，金颗颗样放在面柜里，谁都不能吃，只给你爸吃。还有两年前晒的红薯干，磨成面，煮成糊糊，你爸吃饱以后，剩多剩少才是大人的。你爸天天饿肚子，像荒地里的枯草，蔫不邋遢，萎靡不振，不朝高处长，也不朝胖处扩，身上全是骨头，骨头还没长瓷实，细得像掏牙缝的扫帚篾子。

那天，我坐在院子的南墙根底下，耷拉着脑袋晒太阳，脑袋没有养分支撑，昏沉。怀里抱着你爸，你爸也耷拉着脑袋。你太爷太奶在地上铺了层麦秸，窝着身子睡在麦秸上。俺们的身子都没有养分支撑，软得像受凉的鼻涕，翻身都艰难。

俺爷接着说，日头升到头顶，冬天的寒劲已经过去，地里的阳气回升。这是阴阳交替的死人季节，衰老和身子虚弱的人，往往活不出这个季节。

你奶从屋里走出来，一步三挪，一挪三喘气，声音很低地问你太奶，娘，做啥饭哩？

你太奶没有说话，这时候让媳妇做饭，是难为媳妇，没有粮食，让媳妇拿啥做饭？

你太爷说，先给带把弄点吃的，他吃过了，再说大人。

你奶说，我给带把熬碗红薯面糊糊，家里除了红薯面还能算上粮食，再没有别的吃食了。

你太爷说，那些红薯面专门留给带把吃，大人谁都不能吃！

我接着说，你跟俺娘都那么大岁数了，不能没有一点粮食吃。让韭菜做上三碗，你跟俺娘一人一碗。

我知道韭菜是俺奶。

俺爷接着说，你太爷看我的眼神里有了不满，说就那点红薯面，大人吃了，带把咋办？

我说，你跟俺娘都不吃粮食，能扛几天？

你太爷说，扛几天是几天，就是家里的人死完，也得保住带把，总不能让咱老杜家断了香火？

突然，我看到院墙上搭的红薯蔓，上边的叶子摘光了，只剩下光秃秃的藤条。心里一喜，挣扎着站起来，身子晃了几下，走到院墙跟前，伸手就拉红薯蔓。

你太爷吼的声音弱得可怜，你要干啥？

我说墙上的红薯蔓是咱家搭上的！

你太爷说我知道是咱家搭上的！

我说咱把墙上的红薯蔓磨了，也能抵挡好些日子。

你太爷说，红薯蔓的那一半，搭在满道先生家。咱把红薯蔓拉过来了，满道家吃啥？

我说咱家的红薯蔓，咱拉过来，关旁人家的啥事情？

你太爷说咱家的红薯蔓，咋搭到人家的院子里？这阵是饿死人的年头，有点红苕叶子红薯蔓，就能抵挡些日子！

我不说话了，这红薯蔓是两年前，收红薯的时候搭在院墙上，准备风干后喂猪。谁知收了这季红薯之后，年馑就来了。我多少次都想把红薯蔓拉过来，晒干，磨面，充饥。又想，要是把红薯蔓拉过来，对不起隔壁的你满道爷。红薯蔓搭在两家的界墙上，一半在自己家，一半在人家院子。正常年月，谁会在乎喂猪的东西。到了这阵，就成了救命的菩萨，又不好跟你满道爷商量咋着分这些红薯蔓，就一直搭在墙上。

隔壁院子里，你满道爷坐在椅子上，椅子跟前放了张桌子，桌子上放着书。他家虽说没有达到咱家的饥饿程度，也没有多少粮食了。你满道爷只教书，不种庄稼，收学费买粮，平常年月的日子还富足。到了年馑，为了节省粮食，他家也是早上不吃饭，半晌午熬一点苞谷糁，一家五口人只下小半碗苞谷糁。他家跟堡子的人一样，习惯肚子没食吃的滋味了。这阵，你满道爷觉得浑身无力，脑袋发胀，骨头发软，就用看书抵挡肚子和身体的难受。但书上的字乱晃，眼前冒金星，看不进去，就放下书，闭上眼睛养神。再睁开眼睛，看到八九岁的孙子书棋蹲在院墙跟前，地上有个红薯蔓上掉下的碎红薯，拇指大小，干得坚硬，急忙喊，书棋，你在干啥。

书棋站起，拿着小红薯，说，爷——地上掉了个红薯！

施满道说，放下，那不是咱的东西，不能吃！

书棋哭丧着脸，说，我饿！

你满道爷说，饿也不能吃，我咋着给你教的，孔子过于盗泉，渴矣而不饮，恶其名也！

书棋就背，孔子过于盗泉，渴矣而不饮，恶其名也。

你满道爷又背，勿以善小而不为，勿以恶小而为之。

书棋跟着背诵，勿以善小而不为，勿以恶小而为之。

你满道爷说，去屋里拿个筛子，把掉在地上的红薯叶子、碎红薯，拣起来，给隔壁你石头爷家送去。

书棋回到屋子，拿出筛子，跑到院墙跟前，拣地上的小红薯。只有三四个小红薯，总共不到三四两。又拣红薯叶子，有二三十片，虚蓬蓬堆在筛子里。

你满道爷看着书棋把墙根下边的碎红薯、红薯叶子拣净了，说去给你石头爷家送过去！

书棋端着筛子，走出自家大门，走进咱家大门，进门就对你太爷喊，石头爷，俺爷叫我把你家的碎红薯和红薯叶子送过来。

你太爷挣扎着爬起来，把筛子里盛的东西看了，隔着院墙对你满道爷喊，满道先生，你这是弄啥哩，这点碎红薯、红薯叶子，还叫娃送过来？

你满道爷也隔着院墙喊，你家搭在院墙上的红薯蔓，上边有不少叶子和碎红薯。你弄回去，还能抵挡一阵子，红薯叶子也是正经东西！

你太爷走到书棋跟前，接过筛子，拉着他的手说：跟爷过去，咱就是饿死，也不能在这上头计较！

你太爷走进你满道爷家，朝院墙上看了，红薯蔓上的叶子、碎红薯，挂得满满的，没有摘去一点。心里就有了感慨，对你满道爷的人品更有了敬重，给你满道爷说，你当我是傻子，不知道红薯叶子能吃？这两年没啥吃的，我把墙那边的红薯叶子、碎红薯都吃光了，就没动你这边的。为啥，就是给你留着，让你家人吃，你连一片叶子都没动？

你满道爷说，我动了你家的红薯叶子，以后再给娃们教书，咋有脸给他们讲仁义道德？

你太爷再没有说啥，走到院墙跟前，抓起红薯蔓，把上边的叶子、碎红薯，朝下揪。红薯蔓在墙上搭了两年，早就风干了，哗哗地朝下落。

你满道爷问，石头兄弟，你这是弄啥哩？

你太爷说，啥也不弄，叫你屋里的人出来拣红薯叶子，拿回去吃。你要是连这都给我送回去，咱俩家就显得生分了！

他揪了一阵，觉得力气不行了，身子更软，眼前更花，骨头更酥，对着隔墙喊我。我在隔壁回答，大哦，啥事？你太爷喊，你驴日的过来。

我走进你满道爷家的大门，走到你满道爷跟前，问候，满道大！

你满道爷想站起来表示礼节，但身子没有力气，没有站起来，只是上身动了一下。

我又转过身子，问你太爷，叫我干啥？

你太爷说，你眼窝里塞驴毛啦，没看我在干啥。你年轻，手脚麻利，把红薯蔓上的叶子、碎红薯，全揪下来，给你满道大留下！

我再没说啥，手忙脚忙地揪红薯叶，一片一片的红薯叶子从藤上落下来，铺在地上。

你太爷又给书棋说，快拣，筛子盛满了端回屋里！

你满道爷给正在拣红薯叶子的书棋说，你先不要拣红薯叶子，去给你石头爷搬个椅子。

书棋放下筛子，跑回屋子，端出椅子，放到你太爷尻子后头说，石头爷，你坐！

你太爷摸了下书棋的头，对你满道爷说，先生家教好，把孙子调教得这么懂礼性。

你满道爷看着书棋，满是疼爱说，调教娃们就像修树，树长岔了，趁早把岔砍掉，不会对树有啥不好。要是等树岔长粗了，再砍，对树就不好，也不好砍！

你太爷说，我孙子带把，再过几年也送到你的学堂，你给咱好好调教调教。俺祖祖辈辈没有出一个读书做学问的，我不指望他以后当多大的官，起码在道德品行上没啥差池。

你满道爷说，这有啥说的，等年馑过去了，咱的学堂还要开学。到时候你把娃送过来，我对咱堡子的娃不精心，对谁精心！

你太爷说，还有件事情要求你。

你满道爷说，咋能说求哩，咱俩邻居，有啥事情相互帮着办。

你太爷说，我那个孙子生下来的时候，顺口说了个名字，带把。再过上几年，这名字就不能叫了。我想让你给起个官名，要是以后出息了，有个官名也好叫！

你满道爷闭着眼睛琢磨，闭了不大工夫，睁开说，《菜根谭》上有句话，贫者独善自身，达者共济天下，咱孙子就叫济善咋样？

你太爷就念叨，济善，杜济善，好记，还有学问。这么好的名字，打死我都起不了。俺这些人给娃起名字，除了狗毬猫屌，再想不起旁的名字！

他们谝闲的时候，我爷把墙上的红薯叶子揪完了，又帮着书棋把地上的红薯叶子拣完了，走到俺太爷跟前说，红薯叶子揪完了。

你满道爷给书棋说，去板柜里舀碗苞谷糁，让你石头爷带回去。你济善兄弟多日子都没吃正经粮食了，让娃好好吃几顿。

你太爷急忙站起，红脖子涨脸地说，你这是弄啥哩，你这个时候给我粮食，比平常年月给金子都贵重！

你满道爷说，我这是给咱济善孙子的，咱娃以后当了县长师长，我要他拿十石麦子还哩！

说话工夫，书棋端着苞谷糁出来了。

你满道爷给我说，你把苞谷糁端上，不要让你大端。他老胳膊老腿，洒了就不得了。

以后，你满道爷又送了几次苞谷糁，天就下雨了，年馑过去了。你记住，你爸的名字是你满道爷起的，你爸的命也是你满道爷给的！

秋风比刚才大了，秋雨也比刚才稠了，燕子比刚才多了几只，气温比刚才更凉爽了。俺爷望着秋雨深处的苞谷地，我也望着秋风深处的苞谷地，想着刚才要掰嫩苞谷的念头，自言自语说，把他家的，咋想弄那事情！

俺爷接着说，年馑过后的日子，和往常没啥区别，开春了，播种了；入夏了，割麦了；秋收了，入廪了；下雪了，窝冬了。夏天的河里涨水了，冬天的河里结冰了，春天的树枝发芽了，秋天的树叶落下了。张家的老人过世了，李家的媳妇生娃了，徐家的小伙要娶亲，刘家的女子要嫁人。官家忙官家的事，百姓过百姓的日子，百姓不犯官家的忌讳，官家不管百姓的日子。无论官家，无论百姓，都有几千年的老辈人传下的规矩管着，官家不敢胡来，百姓也不敢胡来，日子就祥和。到了这几十年，民国灭了，共和兴了，换了人间。在这个时间，俺爷走了，给我留下了这个红苕蔓的创作素材。

母亲的意象

朱　鸿

我的母亲是俊秀的，白皙的；是进取的，劳苦的；是忍让的，慷慨的；是敏捷的，坚毅的；是喜悦的，仁慈的。

不过她也在春秋交替之间不知不觉地把对襟衣服换成了斜襟衣服，衣服上的花也没有了；渐渐地，她皱纹萌额，白发染鬓；终于疾病降临，更是残酷地扭曲她的肢体，扰乱她的语言。

一

我爱我的母亲。

小时候我就懂得保护母亲，也许我可以对母亲发火，然而我不允许任何人欺负我的母亲。

六七岁那年吧，我的叔叔蓦地寻隙挑衅，惹得邻居围观。他站在厨房的檐下，赖我母亲弄脏了井水，母亲便据理反驳。他恼羞成怒，竟抬脚踢我母亲。虽然足尖落空，但他的行为却震荡着我的整个身心。当时我站在母亲背后偏右的地方，这一幕完全看到了。我感觉自己仿佛一头小小的雄狮，泪水盈眶，紧盯着叔叔的手，所有的血液都推动着我，使我扑过去，咬断他的指头。发现我已经变形，他猝然收声敛焰，显然是害怕了。这天以后，叔叔再也不敢冒犯我的母亲了，他对我也辄示喜欢，并日益器重。

十二三岁那年，生产队近百社员在场里碾麦，真是热火朝天，可惜场长派烂活给我母亲干。我恨之入骨，遂堵住他，站在他面前指摘，叱骂。场长拿着木杈检查麦秸的厚薄，这儿抖一抖，那儿翻一翻，到处走动。他转到什么地方，我就跟到什么地方，总是站在他面前叱骂他，指摘他。我像一头小小的公牛似的，摇头甩尾，逼得场长发蔫。多年以后，有老师问我："你就不怕场长戳你一木杈。"我说："没有想！"

十五六岁那年，父亲和母亲有了芥蒂，经常争吵。父亲在工厂上班，虽然赚钱，不过我坚定地站在母亲一边，斟酌着如果他们离婚，我就随母亲。有一次，一言不合，父亲跟母亲就又闹开了。我放下作业，批评了父亲一顿，结论是："我母亲逝世了，我要给她立一个碑子，不给你立。"父亲颇为尴尬，也很是无奈，遂佯装大度地说："儿子爱他母亲是正常的。你这样，我也放心了。"

二

母亲更爱我。

小学就在村子里，生产队的孩子念书，几乎都是自己去，很少有家长送的。但我念书的第一天，上课的第一天，母亲却送我出门，出朱家巷，陪我走了半个村子，直到看见小学的屋舍，才让我自己去。母亲送我念书，此举固然平凡，不过我似乎获得了追求知识的永恒动力，想起来也十分温暖。

20世纪70年代，冬天甚冷，我的同学多冻伤了耳朵、手、脚和脸。然而我有母亲做的两件棉衣、两条棉裤、两双棉鞋，轮换着穿，并戴着可以保护耳朵的棉帽，戴着手套，从而避免了冻伤。

中学在韩家湾村，一天跑两趟或三趟，时间不确定，不过冬天总是有热饭。实际上锅早就凉了，是母亲隔一会儿就点火烧一次，才保证我放学回家，扔下书包，能吃热饭。

父亲从工厂带了一顶军帽给我，我兴奋至极，急于戴上它炫耀，可惜军帽大一圈，在头上晃来晃去的。母亲便改它，连夜垫一圈草绿色布以缩小。线细针密，毫无痕迹。不幸的是，看露天电影，甫感头上触动，军帽就飞了。我左顾右盼，见所有的五官都颇为平静，根本不知道谁是贼！

考大学，我一败二败，不过也越考越勇，志在必得。母亲支持我，除了不让家务使我分心以外，她还给了我辄有变化的一日三餐。我往韦曲的长安二中去补习，有时候会碰到她在田野锄草。她看我一眼，算是目送。她收回眼睛，埋头继续劳动。踏着乡间的小路，想象着大学之门，我信心更足。她以我托，每天早晨在窗口喊我起床。复习真是累极了，要不是母亲喊我，也许我每天都会从早晨睡到中午。

大学三年级，我身体不适，休学回家，以中药调理。母亲替我煎药，早晨半碗，晚上半碗。她是在下工以后，吃了饭，收拾了厨房，才至院子的一个墙角煎药。秋深霜重，夜气拂面。她一把一把地烧着麦秸，以保持平稳的文火。母亲垂着头，不过文火的闪烁还是照亮了她的疲惫和忧伤。此情此景，烙印在我的心上，到现在还有抓挠之感。

入职了，结婚了，本当自立，遗憾我仍为母亲添了麻烦。有一年，我不得不应付一场灾难，遂把不足两岁的女儿送母亲带。少陵原上浩瀚的秋风和凛冽的冬雪之中，满是她的愁绪，她一边经管着儿子的女儿，一边恐慌儿子的命运。

一天早晨，母亲正在下米熬粥，猝闻女儿尖叫。她猛然转身，只见女儿在案板上摸什么，竟把一杯开水灌进了棉衣的袖筒，灼得当然尖叫。母亲吓坏了，匆匆剪开袖筒。然而她不在村子里找医生处理，她抱着我女儿，抄小路，走十数里，再乘车进城，把孩子送我，以求所谓高明的治疗。母亲的棉衣湿透了，背上热气直冒。她也很是内疚，怪自己疏忽，几乎要哭。

三十一岁是我坎坷以后新的跋涉的发轫，不胜艰辛和孤愤，遂不能从容回家。尽管西安和少陵原也不过相距 30 里，然而我未必会保证每月探望一次父亲和母亲。那时候，我已经零落成泥，资产为负了。命运坠入低谷，就得为翻身而战。不但不能经常回家，也不能经常报信。

母亲不放心，便进城看我。我不清楚她是如何辗转乘车的，总之，她像一片白云一样忽然就出现在我的门口。又激动，又难过，几乎使我落泪。那时候还没有家装电话，更没有个人手机，不能预约以恭候她。有几次她到了小区，偏巧我不在，她便安安静静地坐在门外的楼梯上。获悉母亲在门外等待，我迅速回家，看到我，她的眉梢溢满了笑。她不知道我的感动和难过，不知道我想落泪。

父亲患脑溢血后遗症，母亲患脑血栓后遗症，手脚都不灵便，遂硬撑着生活。我也明白他们需要一个保姆，唯经济拮据，是心有余而力不足。不忍，我也无法。一旦我缓过来，便立即雇了一个保姆。可惜一月之后，不告诉我，母亲就把保姆辞退了。我以为这个保姆不妥，又雇了一个。然而一月做满，她又辞退了。我打电话问：“咋辞退保姆呢？是不是嫌花钱呢？”母亲慢慢地说：“娃呀，雇保姆，你是为了我。我用保姆，你就把我害了。”“为什么？”“生活能行么，用保姆干什么？不行了，再雇保姆吧！在村子里生活,不兴用保姆啊！”实际上母亲仍是觉得我经济紧张，不舍得让我雇保姆。

2014年秋冬之际，是我父亲逝世三年以后了，有一天，我和母亲聊天，无非是评姨姨，论姑姑，让母亲高兴而已。俄顷，她在房子里悠悠地转了一圈，似乎若有所思，渐渐抬起头，郑重地对我说：“娃呀，我要是不行咧，我就想走快一点！”我的心顿然沉了一下，没有应接，旋即岔开了。

母亲自谓神的女儿，尽悉自己的生命属于神，应该不会胡思乱想。我父亲临终之前，完全卧床，这是母亲看到了的。我以为，母亲所谓的想走快一点，当是指不要完全卧床的结局，也有不希望再加重我负担的考虑。我了解母亲，她非常自尊，即使万难也要自力，即使儿子反哺，她也存打扰儿子的歉意。

三

在人民公社的那些岁月，母亲是我家唯一的劳力。从1957年至1968年，她先后生有四个孩子，姐姐、我、妹妹、弟弟，都需要她抚养。我的祖父和祖母，已经不能在田间耕耘了，也需要她照顾。关键是七个人的口粮，要靠母亲所挣的工分而取得。为了工分，她竭尽了所能。

父亲也是生活所赖的半壁江山，其以人民币供给我家所资。不过生产队有自己的规则，它以劳力及其所挣的工分断其所获。我父亲不算劳力，于是居住在少陵原的这七个人的生活，就主要靠母亲了。

即便闭上眼睛，我仍能看到母亲忙碌的样子。春天她扛着镢头打胡基，修梯田，没有一晌不是一副受饿之态；夏天割麦，没有一晌不是累得虚脱的神色；秋天她握锨浇地，抡镐砍苞谷、挖红苕，没有一晌不是服役之状；冬天拉着架子车施肥，没有一晌不是汗水潸淋，棉衣从里向外蒸发其汗的。

几乎是每天，母亲下工会小跑回家，利索地摘菜，擀面或做别的饭。她一勺一勺舀到碗里，一碗一碗地端给老老少少。终于姐姐长大了，我也长大了，可以给祖父祖母端饭了。母亲最后一个吃饭，接着洗碗洗锅。天黑了，星辰如洗，母亲坐在炕沿穿针引线，为公婆、子女和我的舅爷舅奶缝棉衣，缝棉裤，纳鞋底，纳袜底，不知道月驰中空，夜逼未央。晚上如厕，从偏厦出来，我总是看到母亲的影子映在正房东屋的窗纸上。

给我祖父祖母四季浣涤，顿顿馍面，这也罢了，难能可贵的是，祖父逝世以后，祖母半身不遂，她毅然承担了全程护理。白天所食，皆由母亲喂之，因为姐姐和我在上学，妹妹和弟弟尚幼，对母亲的夹辅只能是零星的。晚上她按时间抱起祖母，执盆溲溺。点灯，招呼，擦洗，难免会吵到我，在半睡半醒之中，我倍感母亲之累。

每天晚上，她必有两次助我祖母，从而保持了被褥干净，空气清爽，直至祖母安然殁矣。

有了农闲，母亲便往娘家去，看望自己的父亲和母亲。她做一笼花卷，再做几锣凉皮，分类放在竹篮里。她用纱布盖住，以防灰土落上。她把公婆和子女的生活安排妥当，再三嘱咐，便踏着乡间的小路，匆匆而去。她给我的舅爷舅奶整理房间，拆了被子，去污，晾干，再捶展，再缝了被子，拭窗掸壁，淘米炒菜，做了所有当做的活，又匆匆而返。母亲为大，她的三个弟弟、两个妹妹，无不由衷敬重她。她晚上很少在娘家待，因为公婆和子女不可须臾离开她。

母亲至娘家，我总是若有所失。黄昏披垂，我便在村口向乡间的小路上远眺，希望迎接她，可惜她迟迟不归。终于月悬秦岭，星辰灿烂，母亲像一个漂移的点似的在白杨萧萧的小路上出现了。

小时候，姐姐、我、妹妹、弟弟，跟母亲在一起生活，因为父亲只有星期三才回少陵原。懵懵懂懂，打打闹闹，一个接一个地长大了。姐姐在人民公社的商店工作数年，便如期出嫁。1979年，我进了大学。妹妹机会难得，接班到了父亲的工厂。弟弟情绪起伏，无所适从，遂成我家之惑。1996 年，我经大夫分析才弄懂，此乃疾病之端。

大约这个阶段，淡雅的梅花或菊花就从母亲的衣服上消失了。她开始改穿蓝的灰的一类单色衣服。她明朗的容光之中，也加入了忧郁的元素。然而母亲仍是刚强的，仍是非常能干的。

在我生于斯长于斯的朱家巷，在我少年隶属的生产队，谁有我母亲能干呢?

我家的自留地，不管是小麦还是谷子，母亲可以种得没有一棵草，疏密适度，整齐茁壮。凡是经过我家自留地的长者，多会驻足欣赏，连连赞叹。

过年以前，母亲会使我家庭院的里外和前后焕然一新。她把笤帚绑在一根长长的竹竿上，够着打扫房梁上、天花板上及房间里所有角落的尘埃，之后化白土于水盆里，一刷一刷地漫墙。所有的被子，她要洗一遍。她把被子搭在两树之间的绳子上，一经冬日阳光的照晒，盖起来真是又暖又香。她撕下旧窗纸，糊上新窗纸，并要对称地贴上窗花。

母亲还有杰出的表现，一般妇女是不具备的。房顶上生长青苔和瓦松很正常，不过繁茂了便要阻水，导致屋子漏雨，是应该拔掉的。母亲就借了梯子，从墙头爬至房顶，自高而低，仔细撅草，并统统清扫一遍。看到别的小孩吃槐花麦饭，嘴馋也要吃，然而我家老的老，少的少，谁能摘槐花呢?母亲便爬上槐树，坐在树杈之间，压下枝干，之后溜下槐树，摘了槐花，濯净拌面，以蒸麦饭。当时母亲不到 35 岁，显然就是一个英雄。

四

酸楚起于父亲的疾病，随之是我的灾难及离婚，接着是我弟弟诊断为精神分裂症。接二连三的变故，沉重地摧残了母亲。她白发剧增，皱纹加深。然而生活是要继续的，天也不会绝路。

母亲左右求索，自谓得到了神的启示，遂凭着此信仰行世。我以为她 60 岁以后的幸福，主要源于此。父亲留下了脑溢血后遗症，只能由母亲照料。虽然是不虞之祸，她也心平气和。给弟弟积极治疗，也应该是有希望的。1995 年我又结婚了，这显然也是对弥漫在少陵原的一种悲哀气氛的反击与否定。妻子真爱婆婆，婆婆真爱妻子。我觉得惬快，视我命运的吉庆是给母亲的安慰。

此间，母亲有几次进城看我。我自幼喜欢吃她做的凉皮，母亲遂带凉皮来，并用瓶瓶罐罐装着自己炝的豆芽及其他佐料。在享受凉皮之际，我会问村子里的情况，随之慢慢转向问父亲，问弟弟，给母亲以鼓舞。见我平安，妻子平安，女儿也乖，她便轻松地说："娃呀，你们都好，我就放心了。"便返少陵原，以照管我的父亲。

多年以后，只要想到母亲进城看我，我就为自己的一个疏忽深为遗憾，顿生隐痛。每次见母亲，不管在哪里，我都会给母亲一些零花钱。然而母亲进城看我，我竟有一次或两次忘了给母亲零花钱，让她空手归去。固然父亲有工资，固然母亲并未提出缺钱，不过，如果母亲钱不宽展，需要儿子的钱予以补贴日用呢？多年以后，当我意识到这样一个问题，我就为让母亲空手归去而悔恨得想哭，我就想抽自己的耳光。

我对生活的重整，尤其以拼命翻身，多少让母亲释怀且高兴。她不能放心的是弟弟。春夏之交，弟弟不禁会有狂暴的举动。住院治疗，有药控制，遂还平静。出院回家，他服着服着便中断了药，于是狂暴就又爆发了。反复如此，母亲不得不携父亲离开少陵原，寓居于樊川或韦曲一带。见我沉郁，她就说："娃呀，不发愁，天哪里黑，在哪里歇！"

五

在我父亲得脑溢血后遗症9年以后，2000年的冬天，我接到一个电话称母亲感冒了。不可能！我想，一定是严重的疾病。

我火速奔赴少陵原，只见她躺在床上，已经处于昏迷状态。急忙住院，诊断为脑血栓。几天之后，恢复清醒。三月之后，可以出院了，然而右腿和右手都不灵便，语言也疙疙瘩瘩的。不过她坚持祷告，笑迎日出和日落。

我不如母亲，暗忖我家沉疴三人，难免忧闷。那些年，我经常从梦中猝然惊醒，旋坐床上，一再想我弟弟吃什么饭，我父亲和母亲会不会摔倒，遂再也不能入眠。

母亲的伟大，是她能顺应惨绝的遭遇，不抱怨，不叹息，并能把一种内在的明亮和温暖投射到外在的形容上和声音里。她确实是黑暗世间难能可贵的一盏灯！

右腿坏了，不过步行是可以的，她就一高一低地赴市场买菜。右手坏了，她便用左手擀面、烙馍、洗衣服。她拿布条缠住刀片的一半，左手握之，以刀片的另一半切土豆、切萝卜、切白菜、切豆腐、切黄瓜、切肉。她用左手持铲炒菜，并用左手掌勺盛到碗里。

父亲仍由她照拂，屋子依旧干干净净，井井有条，甚至每一个用过的塑料袋也会绾结成团，放在一个纸盒里，以方便再用。

大约就是这些日子，我的逆境得以改变，遂给母亲雇了保姆。然而她一再辞退，认为自己能行。2010 年秋天，父亲再犯脑溢血，乃至瘫痪，侍护起来甚为艰剧，她才同意我请保姆。

算一算，我母亲共照顾父亲 20 年，其中她以脑血栓后遗症之躯，照顾我父亲 11 年。2011 年 5 月 1 日，我的父亲逝世了。

办完父亲的丧事，母亲便独立生活。此前，我已经接母亲进城了。她和我共住西安明德门小区，我妻子给她买菜，我也可以随时看她。我数征意见，要雇保姆给她，她无不干脆地说："不要！娃呀，我能行么。"见我默然，她补充说："我不行了，你就雇。"我依了母亲，她便快乐的样子。

我父亲逝世3年以后，母亲衰颓明显。她移趾拖沓，扬眉拙滞，常常有所凝虑。母亲虽然没有多少学历，不过她是睿智的，通明的，生命感觉颇为敏锐。

在这一年，她有两次郑重交代，我以为它就是遗嘱了。秋冬之际的一个黄昏，她对我说："娃呀，我要是不行咧，我就想走快一点！"

为了安全和容易操作，我买了电磁炉，以让母亲做饭烧水。烧水的壶，有一个弧形的柄，因为她左手之力有限，只能垂提，不能平端。她先提壶接水，再提壶放到电磁炉上，再提壶灌进保温瓶里。数年如此，并无大碍。不过有一天她笑着对我说："不行咧，不行咧！一壶水提不起了。"

母亲的坦诚让我起敬，也让我伤感。母亲承认她不行了，就实实在在是不行了。我宽慰她说："放心吧！现在给你请保姆。"她说："请保姆吧！"

母亲在81岁的时候，以其之老，以其之恙，终于不能自己做饭烧水了。对此变故，我当谨记。

我便四处奔走，给母亲雇保姆。此事既是轻车熟路，又是无从把握的。请保姆一事让人生畏，令人失望。你可以交心，你难以得心。保姆是赚钱来的，这无大错，不过保姆来赚钱，是否会敬业，是否凭良知？总之，换了一个，又请一个，循环往复，计有五次。

六

2015年1月16日早晨，刚刚起床，我便接到保姆的电话，告我母亲情况有异。我一边打120，一边跑。三五分钟我便见到母亲，不过她已经昏迷。急救车随之而至，径送医学院。诊断为脑溢血，便直入重症监护室。

经过43天的治疗，一切都正常了，不过脑溢血后遗症严重至极：除了思维尚有，母亲彻底瘫痪，包括彻底失语。

大夫让母亲回家康复，我怕难保平安，便托朋友，让母亲进了另一家医学院，在所谓的特护病房过年，过十五。一切都稳定了，我才接母亲回家。

母亲躺在床上，头不能在枕上转，脚不能在空中抬，十指也没有一个可以动。母亲几乎变形了，生命仿佛演化成了一棵植物。

然而任何珍贵的植物也不会有灵魂寓于生命之中。

我的母亲是有灵魂的。她紧闭嘴唇，凄迷满目。我想，她一定是觉得自己成了一个拖累吧！母亲是要强的，她不愿意这样。

我对妻子说："不管怎么样，我还有母亲。既使她不会答应，我也可以叫妈。如果母亲走了，就永远没有人可以让我叫妈了。"

为了振作和激发母亲，我说："妈，现在要训练说话呢。你跟我读。"我便发音：一，二，三，四，五，六，七，母亲也随我发音：一，二，三，四，五，六，七。她舌头僵硬，发音含糊。

我非常清楚，已经无法让母亲恢复说话的功能了，然而我想让母亲意识到我爱她，我需要她。我想让母亲明白，既使她躺在白色的护理床上，一动也不会动，她也仍有一个母亲的价值和尊严。

母亲很是幸运，临终之前的数月，竟碰到了一个天使般的保姆。母亲及母亲的房间一直是清洁的，连一个从新西兰来的护理专家也为之称赞。我以为此乃母亲的善报，是上天的恩赐。

妻子、我姐姐和我妹妹，交替着跟母亲说话，保姆也跟母亲说话，目的是促进交流，可惜她不应答，不理睬。她面向天花板，望着虚无，没有任何表情。

我必须唤醒母亲对生活的关注和热情，否则她的虚弱会加速的。我搬来一个方凳，挨近母亲坐下，讲我小时候所经历的她的故事。我讲她掐生产队的苜蓿，讲她用架子车拉小麦磨面，讲她买猪、养猪和卖猪，讲她肩上搭着毛巾，一边擦汗，一边拌搅猪食，讲她腊月的黄昏在荒地里碰到了一匹狼，讲她把我绑在后院的槐树上打我，教训我。我唯一不能告诉她的是，我可怜的弟弟已经不在了。

母亲嘴唇嚅动，咽喉里也有了声响，显然百感交集，要表达什么意思。可惜她左侧大脑半球受损，完全失语了，遂在脸上涌满了哀戚。

保姆夸我，我妻子扫视一周，对我点了点头。我姐姐和我妹妹颇为嫉妒地站起来，拉了拉母亲的枕巾，又抚了抚床单的皱痕。

母亲躺在床上生活着，我不知道她是否懂得春去矣，秋也去矣！

七

2016年11月8日上午，我母亲走了。